从一粒微尘中窥得日月 在异世中寻找完美世界

辰东超高人气幻想之作 千万读者热烈追捧

完美世界

辰东◈著

定价
29.80元/册

奇才盛会 风波迭起 边荒之地 挑战诸王

《完美世界》第1～23册全国火热销售中！

异人崛起

11

辰东 著

ARTTIME 时代出版
时代出版传媒股份有限公司
安徽文艺出版社

图书在版编目（CIP）数据

异人崛起. 11 / 辰东著. — 合肥 ： 安徽文艺出版社，2020.12

ISBN 978-7-5396-7006-5

Ⅰ. ①异… Ⅱ. ①辰… Ⅲ. ①长篇小说－中国－当代 Ⅳ. ①I247.5

中国版本图书馆CIP数据核字(2020)第129244号

YIREN JUEQI 11

异人崛起11

辰东 著

出 版 人：段晓静

责任编辑：李　芳　卢嘉洋　　　装帧设计：周艳芳

出版发行：时代出版传媒股份有限公司　www.press-mart.com

安徽文艺出版社　www.awpub.com

地　　址：合肥市翡翠路1118号　邮政编码：230071

营 销 部：(0551)63533889

印　　制：湖南天闻新华印务有限公司　(0731)88387856

开本：710×1010　1/16　　印张：18　　字数：300千字

版次：2020年12月第1版

印次：2020年12月第1次印刷

定价：32.00元

异人崛起 11

CONTENTS

/目 录/

CONTENTS

/ 目 录 /

第257章

约战星空下第九

晴空万里，碧海无边，海天一线。

海面原本很平静，现在却腾起大浪，浪涛砸向岛屿。

一时间，桃花花瓣漫天飞舞，白底红纹，像是染着血。

海面上共有四人赶来，一人身穿银色甲胄，一人身穿乌金甲胄，一人身穿青铜甲胄，还有一人身穿黄金甲胄。他们各自手持大戟、长矛、天戈等。

这四人很张狂，目光如电，满头发丝飞舞，有的是紫发，有的是黑发，他们散发出的气息都非常恐怖。

西林族内有人族成员，也有其他族成员，因为他们当年是地星上的一支军团，并非单一的族群。

毫无疑问，这支军团实力强得离谱，据闻臭名昭彰的星空骑士都不如他们，曾被他们一路压制。

可惜，他们最后背叛了母星，用手中寒光刺目的长矛刺向自己人，用冰冷的天戈击向母星上那些苦战过后正在养伤的老兵。

“楚风，滚过来！”一声大喝像是天雷般在岛屿上空炸响。那四人逼近岛屿，站在海面上，身上的金属甲胄泛着寒光。

那个身穿乌金甲胄的青年站在前面，睨视楚风，一副轻慢的样子，手中的黑色战矛已经扬起，指向楚风。

他所摆出这种姿态，但凡有点血性的人都会被激怒。

楚风心里憋着一股气。对于这种人，他不想回应，只想横扫过去。

“轰！”

楚风一步迈出，从岛屿的桃林中消失，一脚踏到海面上，溅起白茫茫的浪涛。

在他眼中，西林族狼心狗肺，现在又见到该族年轻一代这么飞扬跋扈，他即便已经很克制了，可还是忍不住怒气上涌。

“都说了，这个杂种不会逃。他这段日子狂妄自大，顺风顺水惯了，你让他滚过来，稍微刺激他一下，他必然会跟你决战。”那个身穿银色甲胄的青年淡笑，只瞥了楚风一眼，就自顾自地跟那身穿乌金甲胄的青年说话。

“怎么，你觉得愤怒吗？事实上，在我西林族眼中，这颗星球上的人都是杂血后裔，都是卑微的虫子。这原本是我们的星球，只有我等纯血族群才有资格居住。你们算什么？早已非正统！”身穿乌金甲胄的青年面带冷意，话语相当刻薄。他蔑视地星上的所有人，有一种无与伦比的优越感。

“我叫李乘风！”他自我介绍道，一头浓密的长发垂到腰际，体魄强健，身上的甲胄发出黑色光芒，手中的战矛漆黑而冰冷。

此时，不要说楚风，就连这颗星球上其他生物都怒不可遏。

东海不少强大的海兽浮出水面，咆哮不已，激荡出上百米高的大浪。

“聒噪！”李乘风呵斥一声，猛力一踏脚，海面顿时发生大爆炸，成片的黑色涟漪从他脚下扩散出去，远处的海面腾起血雾。

这个人很强！

他蔑视地星上的所有生物，更是将楚风当成一个猎物般地审视。

楚风终于开口，不过不是针对眼前四人，而是直接向号称星空下第九的魏恒叫板。

“魏钧驮蛋，我楚风要向你挑战！你不是号称星空下第九吗？原兽平台上见，同阶一战，必击败你！”

这样的话语一出，星空中一片寂静。

原兽平台上，所有人都不说话了，谁都没想到楚风竟直接挑战绝顶圣人魏恒。

星空下第九是什么身份？真正的天之骄子！

十大星球都不见得能培养出那样的人。

也只有在地星最辉煌的时期，才出了三个天资卓越的年轻人，那种盛况已经不可复制。

“你在说笑吗？敢挑战圣人？不知死活！”李乘风开口，神色冷峻。在他看来，这是大逆不道的话。

“魏钧犺蛋，敢否？”楚风再次大喝。

下一刻，原兽平台上简直要炸窝了。一个逍遥境的进化者要挑战圣人，真是石破天惊。哪怕是同阶对抗，这也根本不可想象。

圣人是什么层次？即便在平台竞技场中被压制道行，圣人那个层次的见识、经验、手段等也不是年轻天才可比拟的。

“现实中，我现在还奈何不了你，但在原兽平台上，我定能胜你！魏钧犺蛋，你敢应战吗？”楚风又一次大喝，震动原兽平台。

这绝对是很好的新闻素材，一时间，楚风之名被快速传播开来，而别有用心之人更是大力推动这件事。

不得不说，楚风这般挑战，刹那间就震动星空，引发轩然大波。

“不愧是‘妖妖成仙’想要培养的人！不管实力如何，他的勇气的确可嘉。他真要是能如昔年的妖公主那般令人害怕，那就厉害了！”有人赞叹道。

东海海面上，身穿乌金甲胄的李乘风双目冷幽幽的。他居然被楚风无视，且对方一再开口要挑战绝顶圣人。

“杂血后裔，你也不看一看自己的身份！跟圣人大战？你在想什么？做梦吗？我来对付你！”李乘风断喝。

这时，李乘风手持黑色战矛，向前迈步，周身散发出可怖的黑光。

“李乘风这个名字我听说过，他是西林族非常有名的一位天才。”这时，岛屿上有人低语。

一群人都神色一动。

西林族不同于一般的族群，因为整体天赋绝佳，号称进化基因至强族群之一。

事实上，许多人猜测，当年的地星之所以如此辉煌，就是因为那里的族群天赋很高。

而西林族只是其中之一，地星当年的盛况由此可见一斑。

李乘风是顶级强族中大名鼎鼎的天才，一定无比强大。

楚风冷冷地道：“那我就从你开始，消灭西林族所有降临到地星的天才！魏钧驮蛋不是说要除掉我吗？他自己不出手的话，来多少西林族人我斩多少。我今天就在这里放话，星空下第九，我要将你打成钧驮蛋！”

这一刻，钧驮很无奈。他认为自己最近已经没有招惹楚风了，楚风却一次又一次让他面部抽搐。

“你们是昔年那群失败者的后裔，而且血脉早已不纯，都该毁灭！要让母星保留一份纯粹，我等回归才合宜！”李乘风大喝，化成一道黑色的闪电冲了过来，跟楚风交手。

“锵！”

岛屿上，元魔背着的那柄青色阔剑发出清脆的响声，直接出现在了楚风的手中。

“当！”

海面上，楚风以青色阔剑劈在那杆黑色战矛上，一时间光芒刺目，骇浪滔天。

李乘风嘴角挂着一丝冷笑，身上的乌金甲胄黑光大盛，手中的黑色战矛幽光骇人，如一条毒蛇般向楚风刺去。

“当！”

楚风挥剑，跟李乘风大战。

不得不说，这个李乘风真的非常强大，实力远超展鹤、紫鸾等人。他手中的黑色战矛围绕着楚风刺来刺去，能量强大无比。

仅这么一瞬间，两人手中的兵器就碰撞了数百次。

楚风没有系统学过剑法，但他将拳意融入青色阔剑，加上他有惊人的速度以及绝佳的肉体力量，现在与李乘风激烈碰撞，并不落下风。

李乘风目光冷幽幽的。他一看就知道楚风是野路子出身，没想到楚风居然能跟他搏斗到这一步，的确拥有非凡的战斗力。

“一杆龙枪动九天！”

李乘风气势大变，周身雷电缭绕，手中的黑色战矛迸发出刺目的黑光，脱手而出，刺向楚风。

楚风横移身体，但是黑色战矛宛若有了灵性，发出龙吟声，化作一条黑色的蛟龙，并且凝聚空中的雷电，带着可怕的电光，“轰”的一声向楚风轰击而去。

这是西林族当年的枪法。不过，李乘风如今施展的已经不纯粹是枪法，而是演绎出了该枪法的神通。

“当当当——”

楚风手中的青色阔剑发光，能量大增，劈在黑色蛟龙上，阻挡住这致命一击。

最后关头，楚风凭借无与伦比的力量，硬是打得黑色战矛显现而出，不再是蛟龙形态。

李乘风身体一个踉跄。显然，他施展这蕴含着神通的枪法时，能量消耗很大。

“噗！”

楚风一把将黑色战矛抓在手中，并反手向前刺去，在李乘风身体无力之际，将他刺中。

“嗖”的一声，李乘风化作一道黑色的闪电，关键时刻从黑色战矛下脱身而去，虽然身上受了伤，但是摆脱了危局。

“死！”李乘风发怒了。众目睽睽之下，他居然负了伤。

楚风目光冷厉。这个人的确很强，比一般的神子、圣女级人物都要厉害一截，两人交手数百招，他才刺中对方。

西林族果然可怕。

“杂血后裔，再来试试我这大日拳！这是地星上久负盛名的拳法，是曾经的嫡系必学之法，你会吗？身为这颗星球上的人，你连这种传承之术都没有，还谈什么正统？死！”李乘风喝道。

他是西林族这一代的至强天才之一，怎能败给地星的一个杂血后裔？

李乘风发丝飞舞，眼神森冷，竭尽全力地出击。

一刹那，他的拳头黑光大盛，击向楚风。

“我不会这拳法，但又如何？你们以纯血一脉自居，可是光有血脉又有什么用？你们不再属于这颗星球，早已跟那些入侵这里的刽子手没什么区别。我不会大日拳，但依旧是这颗星球认可的后人，一样可以击败你！来吧，所谓正统！”

楚风丢下青色阔剑与黑色战矛，赤手与李乘风搏斗，能量体运转而出，狂暴至极。

“轰轰轰——”

在楚风霸道拳头以及可怕能量体的攻击下，李乘风哪怕很强大，并且会大日拳，也还是被打得嘴角流血。

李乘风也施展能量体，那是成片的黑色莲花，能挡下一些石球。

但是最后，他挡不住了。

“轰！轰！轰！”

楚风连出九拳，击中李乘风。西林族一代奇才战死！

“魏钧耿蛋，可敢一战？”楚风再次仰天叫阵。

一时间，岛屿上的人瞳孔收缩，受到非常大的冲击。

西林族可不是一般的族群，而是宇宙中的顶级强族。在场的很多人自问比不上李乘风，甚至与他实力差距很大，可现在他却死在了楚风的拳头下。

“这么多年过去西林族已经退化了吗？”有人不敢相信。

一提到这个族群，所有人想到的就是强大、天赋超绝，该族走出的天才必然可怕无比。

尤其是该族源自地星，是这颗星球上诞生的血脉。

而楚风也生于这里，只是相对而言，在外人看来，他已经不是纯血嫡系一脉。

正是基于此，在开战前有不少人觉得，单以血统而论，楚风先天不足，不如李乘风。

现在看到这种画面，他们一个个无比吃惊。

“不是西林族不强，而是这个楚风太厉害了！他虽然诞生于地星没落时期，但毕竟是当年那群强者的后代。”

“我有一种猜测，他返祖了，说不定血脉之力无比强大，所以能压制纯血的西林族。”

岛屿上一片喧哗，来自不同星系的神子、圣女级人物都心神悸动。这是打出来的战绩，不掺杂一点水分。

如果说肽山之战还有人质疑，那么现在人们都倒吸了一口凉气。西林族这种顶级强族中走出的天才被楚风除掉，没有比这更有说服力的了。

“啊——”

海面上传来一声咆哮，像是野兽在凄厉地嘶吼。

这正是那个身穿银色甲胄的青年发出的。

在楚风跟李乘风开战前，他曾轻慢地说过，稍微刺激一下楚风，楚风就会与李乘风决战。

那时，他悠然自得，跟李乘风有说有笑，无视楚风。

现在，他则充满悲伤，目眦欲裂，双眼喷火，满头发丝猛烈飘舞。

他手持一杆锃亮的银色大戟，杀气腾腾。

“你杀了我弟弟！”

西林族整体天赋超凡，性格坚毅且冷酷无情，但现在这个人身躯发抖，情绪略微失控。

“我还要杀你！”这是楚风的回应。他比西林族人还霸道。

身穿银色甲胄的青年目光森冷，没有冲过来，而是直接放开手中的银色大戟。大戟化作一道闪电，突破声障，迸发出刺目至极的光芒，向楚风劈来。

这是精神武功！

一般人施展精神武功，驾驭的兵器以短小而锋利的飞剑为主，他居然驾驭一杆大戟，这超乎常理。

无须细想也知道，他的精神力异于常人，非常强大。

“轰！”

空气轰鸣，白雾炸开，银色大戟无比锋利，光焰腾腾，带着极其惊人的能量劈向楚风。

“哧！”

楚风也施展精神武功，祭出赤色飞剑。赤色飞剑相对银色大戟来说很小很短，浑身红艳艳的，如同一道赤色闪电飞了出去，阻挡银色大戟。

“当当当——”

火星四溅，两者激烈交击，迸发出刺目的光芒。

一时间，人们眼花缭乱。

雪亮的银色大戟化成一只张牙舞爪、凶悍无比的白虎，沿途所过之处，海面被劈开，海水被蒸干。

这杆银色大戟被赋予了生命，化作一只凶兽，极为可怕。

"我观想白虎，以星光焚炼精神，成就卓越的精神武功，又注入一缕凶兽魂，如此驾驭兵器，岂是你一个野路子出身的人所能比拟的？"身穿银色甲胄的青年低语，眉心光芒大盛，额头上浮现出白虎印记，看起来无比凶狂。

就连他自身都有化成白虎的迹象，气息越发恐怖。

显然，他曾是一个观想境的天才，只不过为了跨界而自废道行，精神力是他最大的倚仗。

楚风修炼过精神武功——驭剑术，但跟西林族的精神武功比起来，很粗浅。

楚风驾驭赤色飞剑对抗那杆银色大戟时，各种技巧与力量都有所不如。

"我李乘云今日不仅要斩你，还要消灭你的家人，为我弟弟复仇！"身穿银色甲胄的青年李乘云冷冷地道。

此时，他的变化是惊人的，不再眉清目秀，颀长的身体有化为凶兽的迹象，通体银光大盛。

接着，他脊背弓起，化成虎形，大声咆哮，整个身体都被刺目的银光笼罩着。

岛屿上，人们倒吸了一口凉气。这是观想境的手段。

一般来说，自废道行跨界而来的进化者短期内根本恢复不了。但是，这个李乘云居然可以动用观想境的一些手段。

不过，终究有所不足，此人观想的是白虎，但最终还是无法完全化虎。

"轰！"

楚风挥拳。他知道自己的精神武功粗浅，不是高深绝学，便不以其为主要攻击手段，而是施展拳法。

仔细想来，大力牛魔拳、蛟魔拳应该都是高深的秘术。他果断施展而出，用肉体武功对抗精神武功。

黄牛曾说过，随着施展拳法者境界的提升，这两种拳法也会跟着蜕变，威力激增。

此时，楚风没有将两种拳法融合起来，而只是施展其中一种。

唯有在实战中才能检验拳法的威力。他就是要在这种关头锤炼拳意，看一看大力牛魔拳的威力究竟如何。

"轰！"

楚风以拳头硬抗银色大戟，能量喷涌而出，造成可怕的冲击波，碧海上发生大爆炸。

就这第一击而已，楚风便感受到大力牛魔拳果然不同了，威力增加，能对抗这银色大戟。

接着，随着他挥拳，整片海域都震荡起来，宛若有一头太古莽牛在嘶吼，要踏裂大地，蒸干碧海。

“威力有所提升，但是谈不上质变。”楚风皱眉。在激战中，他还在思索这个问题。

“轰隆！”

楚风动用能量体，跟拳法结合起来。一刹那，三十几个粗糙的石球飞了出去。

李乘云脸色变了，不敢硬抗，而是疾速后退，避开能量体，并在远处控制银色大戟，寻找机会劈向楚风。

这时，李乘云猛然嘶吼起来，发出可怕的声波，对楚风疯狂展开精神攻击。

李乘云知道，楚风这种能量体很恐怖，都已经冲上了能量体黑马榜，不能给他施展能量体的机会，要在精神领域压制他。

“精神牢笼！”李乘云一声轻喝。

一道又一道雪白绚烂的光束从他的眉心间飞出，化作一道又一道光柱，构建成一个精神牢笼，转瞬即至，要封住楚风的精神。

“这是西林族的精神武功！”远方，有人惊呼。

楚风起了一身鸡皮疙瘩，预感到这种精神武功很难缠。他迅速运转呼吸法，肉体与精神一同呼吸，身体发光，血气与精神凝为一体，从而保护自己。

虽然他学到的精神武功不多，且相对粗浅，但是他知道肉体是承载精神的，血气充沛，自可保护精神。

这一刻，他的肉体洁净无垢、神圣无瑕，精神也在运转呼吸法。

楚风觉得自己的身与心前所未有地强大，不惧对方的精神攻击。而且，在他尝试反击时，体外的精神牢笼直接崩开一部分，让那李乘云顿时惨叫出声。

“你……”李乘云震惊。

他感受到了对方精神与血气的可怕。这个杂血后裔到底学了什么呼吸法，才能造成这种气象？

“难道你得了母星上的那种呼吸法？”李乘云更加震惊了。

没有掌握母星上的那种呼吸法是西林族的遗憾，他们学到了很多惊世秘术，唯独与那种呼吸法无缘。

要知道，那才是最珍贵的，掌握了呼吸法，便能拥有一切，便可演绎出一切法，包括精神武功。

最终，他们只得到了一小部分，而这一小部分其他几个无敌族群也掌握了。

“原来如此。他这样构建精神牢笼，我其实也能效仿、揣摩出来。”楚风此时有所明悟。

同时，他一怔，正是因为运转了黄牛传给他的呼吸法，他才能在突然间精神通透起来。

“道引？错了，应该是盗引！”楚风自言自语。

运转这种呼吸法后，他刹那间就揣摩出了对方精神武功的要义，这简直是在盗取秘术。

“也不对，需要我自己去感悟，演绎出属于自己的真正的精神秘术，而不是走他的老路子。”楚风领悟的越发深刻了。

这一刻，他深深地明白了呼吸法的重要性。难怪有古代大能说其他都可以舍弃，唯有呼吸法是根本。

顶级呼吸法本身就能演绎出秘术。

这时，楚风依旧在施展肉体武功。他的拳头威力巨大无比，震荡得汪洋起伏，水雾淹没至高空。

下一刻，莽牛虚影消失，但是大力牛魔拳的威力更大了。

“是了，黄牛曾说过，大力牛魔拳、蛟魔拳等拳法共有七种，原本诞生于一棵怪树的七根枝杈上，七位大能分别折去一根枝杈，从中体悟出妙理，各自得到一种拳法。”

楚风醒悟，当年牛魔族的大能得到那种法，自然演绎出牛魔拳，而他是人族，现在拳法蜕变，返本还源，自然会不同。

一时间，他彻底相信了，七种拳法合一，必然是一种震惊世间之术。

便是现在，他也感觉到了不同，粗略领悟到了一种可怕的拳意。

几乎是同时，楚风在精神领域与肉体领域都收获巨大。

恍惚间，他意识到这都跟道引呼吸法有关，是道引呼吸法让他的肉体武功与精神武功都发生了蜕变。

这时，李乘云绝望了，因为他的精神牢笼在崩塌，他的精神力在迅速衰弱，而他想要撤回那些精神力都不能。

“我怎么会败？！”李乘云难以接受这个事实。他几乎能动用观想境的部分精神能量，可是现在，他的精神力遭到了重创。

“一定是那种呼吸法，你……竟然得到了！”李乘云不断后退，惶恐无比。

楚风刚学过天涯咫尺，怎会放过如此机会？敌人的精神力变得虚弱，正是斩灭敌人的好机会。

“轰！”

楚风一冲而过，施展崭新的肉体拳法，李乘云轰然倒下。

“上！”剩下的两名西林族年轻强者震惊了。他们从李乘云的话语中猜测到一二，眼神狂热，疯狂向楚风冲去。

第258章

战绩惊星空

西林族两大强者出击！

一人身穿暗淡的青铜甲胄，手中的青铜天戈也十分古朴，但是这个人丝毫不内敛，紫发飘舞，眼神如电。

他手持天戈，向楚风击去，认准了楚风身上有那种呼吸法。

另一人身穿黄金甲胄，光芒绚烂，耀眼得让人睁不开双眼。

此时他眼神有些吓人，像是看到稀世珍宝般盯着楚风，举拳出击。

这两大高手散发出的气息很可怕，让人感觉到一股要被撕裂般的压迫感，岛屿上的人脸色都变了。

楚风左手持李乘风的黑色战矛，右手持李乘云的银色大戟，猛力挥动，以敌人的兵器向前进攻。

“说，你是不是得了道引呼吸法？”那个身穿青铜甲胄的青年眼神如电，呼吸急促，看得出来非常紧张。

当然，他没有直接开口，而是用精神力传音，以免消息泄露。

“当！”

与此同时，他手中的青铜天戈扫来，爆发出恐怖的力量，震得楚风踉跄后退，手臂发麻，手中的黑色战矛险些飞出去。

正面交锋中，楚风居然被逼退。这个身穿青铜甲胄的青年战力强得离谱！

“说，不然我立刻劈死你！”身穿青铜甲胄的青年用精神力喝道。

下一刻，他手中的青铜天戈挥动起来，带着一道饕餮虚影。饕餮咆哮着，仿佛要吞噬楚风的精神与肉体。

“轰！”

楚风被震得倒飞出去，左手的黑色战矛、右手的银色大戟都差点脱手飞出去。

这一刻，楚风终于知道这个人为何如此强大了。“这是一个观想境的进化者！”

岛屿上，那些神子、圣女级人物的脸色都变了。“这种人怎么能跨界成功？他是如何过来的？”

“轰！”

就在这时，那个身穿黄金甲胄的青年也发动了进攻。他的右拳发光，如同一轮太阳，绚烂得让人无法直视。

恍惚间，仿佛真的有一轮太阳坠落下来，在那里焚烧起来，金光激荡，海水被蒸干了一大片。

这是正宗的大日拳，威力大得邪乎。

楚风手中的银色大戟在这一拳之下都被压弯了，他的双手更是血迹斑斑。楚风后退而去，眼里闪着寒光。

这真的有些出人意料，居然是两名观想境的进化者！

“说，你是不是掌握了道引呼吸法？敢不配合，立刻除掉你！”身穿黄金甲胄的青年也用精神力冷冷地逼问楚风。他站立在海面上，整个人都不可看清，所见到的唯有一团刺目的光。

“真是观想境的进化者！”岛屿上，许多人惊呼。

此时，原兽平台上也炸窝了。

所有人都意识到：楚风危矣。这是一个大境界的差距，很难跨越。

“西林族真狠啊，竟然提前送观想境的进化者过去，付出的代价多半非常大，只是为了对付楚风吗？”人们震惊。

西林族与地星本土进化者原本是同一颗星球上的血脉，当年走到岔路口，而今再次起了激烈冲突。

“完蛋了！楚风的确非凡，但是现在对上观想境的进化者，没什么活路。”

“不愧是一向冷酷无情的西林族，说要除掉楚风就一定要除掉，不会给他一点机会。两个观想境的进化者，毫无疑问，这是绝对压制啊！”

但凡看到这一幕的人都惊讶不已。

海面上，身穿青铜甲胄的青年正在对同伴说道：“李乘风执意要独自与猎物决战，最后败亡，与我们无关。”

身穿黄金甲胄的青年点头道：“嗯，他们太自负，战死在这里，怪不得我们，现在由我们收拾残局。”

瞬间，人们就听出了问题，西林族这几人间不睦，难怪各自出击。

眼下，这两个观想境的进化者言语中带着冷漠，神情相当淡定，根本没为那两人的死感到痛惜与愤慨。

楚风目光冷幽幽的，问道：“你们是怎么过来的？”

他真的感到很意外，连伏荒、元魔这种人物都是自废道行才能成功跨界，这两名西林族的高手居然能完好无损地直接过来。

身穿黄金甲胄的青年脸上带着淡笑，道：“你以为我们西林族离开这颗星球后就彻底不被认可了吗？不，我们终究拥有这里的血脉，比其他族群的人容易跨界一些，加上有圣人相助，自然有一定的概率成功跨界。滚过来吧，以你逍遥境的实力，还想和我们动手吗？”

身穿青铜甲胄的青年开口道：“还是让我来吧，你的大日拳太狂暴，万一你不小心将他打死就不好了。魏圣人有旨，尽可能将他活捉回去。”

“不，还是我来！”

这两人居然抢着出手，完全不把楚风当一回事。

不过，依照双方目前的境界来看，他们的确有这种资本。

观想境进化者压制逍遥境进化者再正常不过，这可是差了整整一个进化层次！

“你们真是够了！”楚风开口。他一抖手，将袈裟披在身上，顿时红光艳艳，金色纹路交织。

他准备利用袈裟中蕴藏着的“众生平等”场域将这两人拉到与自己同一层次，而后解决他们。

然而，这两人却相当平静，根本就没有在意楚风身上的袈裟。这时他们取出一面幡，幡上道族的阴阳图若隐若现。

“嗯？”楚风的冷汗流下来了，袈裟失效，“众生平等”场域被压制，不起作用。

“没听说过‘道高一尺’吗？”身穿青铜甲胄的青年脸上挂着冷笑，揶揄道。

楚风叹息。

无论是“道高一尺”，还是“魔高一丈”，都是奇特的场域，各有神异之处。眼下，那面幡上蕴藏的“道高一尺”毫无疑问压制了“众生平等”。

然后，楚风果断逃了！

人们愕然。以楚魔王的性格，他居然这么干脆地逃了？还真是不拖泥带水，原以为他会奋力一搏呢。

“你还想走？”两人冷笑，追了过去。

不过，两人很快就吃惊不已，观想境的他们追逍遥境的楚风居然很费劲，差点就追丢了。

楚风才学天涯咫尺，差一点就将这两人甩开，但终究还是差了些火候。

岛屿上，许多人跟了过去。

原兽平台上，也有很多人在关注这里。

今天有可能是楚风的末日，谁都没有想到最终攻击楚风的会是两个观想境的进化者。

“说，你是不是得了道引？”楚风身后，身穿青铜甲胄的青年的精神咆哮很猛烈，冲击着楚风的心神。

不过，楚风运转呼吸法后，血气与精神融合，庇护着精神，他没有受伤。

“果然，一定是道引，不然，他多半就会被我的精神武功击伤了！”

“让我来解决他，不要动兵器，徒手擒获最好！”身穿黄金甲胄的青年站立在一团刺目的金光中，笑道。

“轰！”

楚风停下，祭出残破的画卷，偷袭这两人。

“哧！”

那身穿青铜甲胄的青年脸色冷冰冰的，抬手间祭出一方残缺的青铜小印。青铜小印快速放大，如同大山般，对抗画卷。

他们准备得太充分了，死死地限制住楚风，不给他一丝机会。

“那就由你去对付他吧，我来防备这画卷。”身穿青铜甲胄的青年说道，同时催动那残缺的青铜印。

“哈哈，好，功劳是我们两人的，真有道引的话，我们先睹为快！”身穿黄金甲胄的青年暗中回应。

而后，他看向楚风，自我介绍道：“我叫黄晟！”

他并不着急，而是一步一步向楚风逼去，周身的金光越发炽烈。

“你还不滚过来，真等我亲自出手压制你吗？”黄晟喝道。

楚风没有再逃。他刚学的天涯咫尺还没领悟到家，对上观想境的进化者效果不大。

“西林族的冷血杂种，今天，我要让你们明白，哪怕你们高我一个大境界，我也一样消灭你们！”

“哈哈，真是可笑！你以为自己是谁？星空下第一？差了一个大境界也妄想翻天？”黄晟说到这里时，全身光芒大盛，整个人彻底消失，那里只有一团璀璨的光。

“轰！”

他冲了过来，拳头迸发出刺目的金光，击向楚风。

对于逍遥境的进化者来说，观想境进化者的拳印简直是致命的，真要被击中，恐怕会当场丧命。

这是大日拳！

这种拳法太霸道了。

“砰！”

楚风后退，同时也出拳了，但稍微触及大日拳的能量涟漪后，便再次疾速后退。

在此过程中，楚风负了伤。

“敢跨一个大境界对敌？可笑！”黄晟再次挥拳，金光万道，笼罩这里，整片天地都在轰鸣。

岛屿上的神子、圣女级人物都追了过来，看到大战的情景，颇为吃惊。

因为，楚风不断利用天涯咫尺移动身体，不断触碰大日拳，虽然嘴角在流血，但是坚持住了，没有倒下。

此时，楚风的心渐渐宁静下来，他在参悟一种妙术。

大力牛魔拳如今返本还源，它蕴含着进化领域的共振之力，利用好的话，完全能以弱击强。

共振威力巨大，真要能持续共振，一股很小的力量就足以毁掉很大的物体。

比如，军队过桥，脚步太统一，踩在桥梁上形成共振，足以将一座坚固的大桥毁掉。

现在楚风所参悟的妙术要针对的不是死物，而是活着的强大生物，要在进化领域进行类似共振的毁灭性攻击。

他顿时明白为何大力牛魔拳爆发力惊人了，因为进化领域的共振威力非常大。

下一刻，黄晟皱眉。他那大日拳居然用起来不顺畅，被楚风抵挡住了。

楚风目光灼灼。这种妙术果然超凡入圣，效果惊人，进化领域的共振一出，完全能以弱击强。

“轰！”

就在这片刻间，楚风的拳头依照特殊的规律振动，不断与大日拳碰撞在一起，结果没有落于下风。

“怎么可能？”黄晟大惊。

他是观想境的进化者，一般情况下，要除掉一个逍遥境的进化者实在太简单。可是现在，他很被动，拳头间有血流出。

楚风惊喜。大力牛魔拳的根本要义被他提炼了出来，其中，道引呼吸法起了至关重要的作用：盗取拳法精粹，盗取天机！

毫无疑问，他得到的妙术真要完善下去的话，定会威力无比。

难怪有一种说法，那棵怪树上诞生的七种拳法合一，将是无敌术。仅是眼下这一种就让人觉得无比可怕。

黄晟不明白楚风何以能对抗他的大日拳，他不想发生意外，于是第一时间就动用撒手锏。

“压制！”

“轰”的一声，黄晟的观想道果以及他的画卷一起出现，向楚风压制而去。

楚风以血气为纸张、以精神为颜料绘就的绝世画卷也展开了，并猛烈抖动，映照诸天的百强星球浮现，跟楚风融为一体。

“轰！”

楚风猛力一挥，绝世画卷简直要摧毁一切，强如黄晟也抵挡不住。“轰”的一声，黄晟那悬浮着一轮金色太阳的画卷直接炸开，被毁掉了。

黄晟也因此而遭受重创。

“怎么可能？”黄晟大叫，面露恐惧之色。他到底遇上了怎样一个人，以逍遥境的实力就能对抗观想境的进化者？

他头皮发麻，眼前这个杂血后裔竟这么惊人！

当年星空下第九的魏恒等人能以弱击强，可眼前这个野路子出身的杂血后裔怎也能如此？

“轰！”

楚风一冲而过，绝世画卷横扫向黄晟。

在最后关头，黄晟满脸绝望之色。他是观想境的进化者，却被一个逍遥境的人打败。

黄晟毙命，身上那刺目的黄金甲胄崩裂开来。在楚风的绝世画卷面前，所谓甲胄跟一张草席没什么区别。

不远处，身穿青铜甲胄的青年震惊不已。他看得真切，楚风徒手与黄晟大战，用一幅绝世画卷击破了所有观想境的攻击手段。

这种战绩惊天动地！

那是什么画卷？

可惜，他没有看清，只隐约间见到很多星球发光，内部仿佛有生物的轮廓，且散发出惊人的压迫力。

只是一闪而已，那绝世画卷就消失了，收于楚风的身体内。

其实，他隐约间有种猜测，但是不敢相信。

那是百强星球吗？

内部是宇宙最可怕最强大的前一百个生物？

他汗毛倒竖，有些难以置信。若真是那样的话，那是何等惊天！

映照诸天的巨擘是辉煌照耀古今的存在，享受诸天万域共祭。

在各星系中，每一颗进化成文明高度发达的星球上都有祭坛，供奉那一百个无法想象的生物。

其中任何一个都能毁掉成片的生命星球，震慑广袤无垠的星海，统御诸天，不可战胜。

可现在，却有一个人能让百强星球围绕自身旋转，星球内部有那种生物的轮廓，这实在有点诡异与可怕。

“他疯了吗？”身穿青铜甲胄的青年不确定自己看到的是否为真。画卷出现得太迅疾，一闪而过，便让黄晟殒命了。

他胆寒了，如果真是那种画卷，还怎么打？

如果猜测为真，那将是无法想象的绝世画卷，映照诸天级的强者成片现身，谁能抗衡？

他终于明白楚风先前祭出的粗糙石球为何不可战胜了。那只是表象，当有一天粗糙石球内分别浮现出无字天书、混沌莲池、金色大日等，那简直不敢想象！

“啊，黄晟死了，怎么回事？方才我只见到那里能量激荡，而后战斗就结束了。天啊，楚魔王走了出来！”有人惊叫。

海面上，一路跟过来的神子、圣女级人物无不大惊失色。

一名观想境的进化者就这么被除掉了，出手的竟是逍遥境的进化者，这简直太出人意料了。

这种战绩太惊人，足以震动星空。

有人颤声问道：“因为那破烂的画卷与残缺的青铜印对抗，发出刺目的光芒，我都没有看清黄晟是怎么死的，你们看清了吗？”

“我也只看到楚风硬抗大日拳，然后，黄晟用金色太阳画卷及观想道果要压制楚风，不承想一片模糊，刹那间而已，黄晟就死了。”

楚风的绝世画卷展开得太快，猛烈一抖就除掉了敌人，而后刹那间收回。

天材地宝、绝世画卷等神物都会自晦。

更主要的是，楚风祭出的破烂画卷与身穿青铜甲胄的青年祭出的青铜印悬在半空中，散发场域光芒，遮住了很多人的视线。

此时，原兽平台上，许多人心中躁动。关键时刻，破烂画卷与青铜印对抗，场域干扰天眼监测，致使人们都没有看清黄晟是怎么死的。

当楚风出现时，原兽平台一片轰动。

这是何等骄人的战绩！

“楚魔王太强悍了，逍遥境斩观想境，要吓死人啊！”

“也只有那些无敌族群培养出来的后人才能有这种表现吧！”

“我猜测，放眼整个宇宙，当世能以逍遥境实力除掉观想境进化者的年轻人不会超过两百个！”

宇宙族群何其多，强大的族群都数以十万计，这种排名简直令人心悸，这是傲视同代的能力！

原兽平台上沸反盈天。

虽然楚风之前就很厉害，但是真正能体现他战绩的还是这一役。跨一个大境界除掉西林族的黄晟，对楚风来说意义极大。

人们遗憾没有看到关键性的一幕：楚风到底是怎么斩灭黄晟的？

九成的人认为，楚风的绝世画卷正好压制黄晟的金色太阳画卷。

“早就该猜到，他构建出的能量体都能排进能量体黑马榜前两百名内，他的一身战力自然超凡无比！”

“话不能这么说，有不少人构建出震惊世间的能量体，可是自身战力很弱，只是研究型学者。”

“你觉得，楚魔王会是纸上谈兵的人吗？”

外界一片热议，所有人都震惊无比。

东海上，人们望着楚风的眼神变了，这绝对是一个可以跟百强星球上那些无敌族群的传人掰手腕的狠人啊。

“号外，号外，楚魔王斩灭观想境的进化者。”楚风的威名传遍星空！

地星上，本土进化者得到消息，第一时间传播开来，引发轩然大波。

姜洛神、陆通、杜怀瑾、叶轻柔等人得悉情况后，都瞠目结舌。

栖居虎泷山的诸王则无比喜悦。

各大财团的人被惊得不轻，感叹自己已经追不上楚风的脚步了。

极地元磁仙窟，戚琳等人都神色复杂，有点难以相信。

大洋内，南域海老龙王原本兴师动众，准备关键时刻袭击楚风，结果得到消息后，一头扎进海沟中就不见了。

蓬莱仙岛的人咬牙切齿："这个孽畜真是越来越能折腾，可惜啊，我族的长者一时间走不出仙岛，没有办法第一时间去对付他！"

"这位楚兄还真是强悍！"龙女叹道。

东海，身穿青铜甲胄的魏蓝心中战栗，不断后退。他真的不想无谓送死，因为他比黄晟强不了多少。

天空中残破画卷跟青铜印在对抗，下方两个人也在对峙。

"轰隆！"

楚风主动出击，一下子就冲了过去。因为他速度太快，空气发生大爆炸，白雾弥漫。

魏蓝眼中射出两道光束。他最终没有退走，而是选择迎战楚风。他来自西林族，该族规则严苛，畏敌者死！

而且，他姓魏，跟绝顶圣人魏恒有些血脉关系。他真要是不战而逃，丢的不仅是自己的脸，还有星空下第九的脸，回去后也难逃一死。

"轰！"

两人交手。

楚风很稳，尽显从容。他有足够的底气，不说绝世画卷，单是共振妙术就能让他跟观想境的进化者决战。

他用道引呼吸法体悟出大力牛魔拳的精华部分，获取到大力牛魔拳最为本质的要义。

进化领域的共振术太难掌握，若非有道引呼吸法，楚风恐怕难以从大力牛魔拳中提炼出这种精华要义。

这么多年以来，大力牛魔拳所展现的威力也只是振荡，有一定的共振秘术掺杂在内，但是绝对没有达到楚风提炼的这个层次。

楚风意识到，当年的那棵怪树了不得，亲手折下七根枝杈的七个生物肯定领悟到了不同的核心要义，但是他们传给后世子孙时，那些核心要义都已经演变成大力牛魔拳、蛟魔拳、鹏魔拳等，成为定式，而非原本的东西。

现在，楚风借助道引呼吸法体悟大力牛魔拳，使其返本还源，这才获取核心要义。

进化领域的共振妙术实在太恐怖，可称为绝世妙术，比定式大力牛魔拳厉害多了。

此刻，楚风运用共振术，以弱击强，对抗观想境进化者的强力攻击。

“轰！”

魏蓝施展大日拳，猛烈进攻，拳头刺目至极。

他的拳头威力也大得让人胆寒，一拳下去，空间扭曲，爆炸声如同九天惊雷，震耳欲聋。

楚风跟魏蓝交战后，摸索出魏蓝的脉动，施展共振术，震得观想境的高手口鼻流血，拳头剧痛。

“死！”魏蓝大吼，催动大日拳，璀璨的金光笼罩海面，也将楚风笼罩在那里。

楚风不惧，拳印振动，快到不可思议，且很有规律。他迎了上去，拳头跟魏蓝的拳头撞在一起。

魏蓝的右拳被共振妙术振得断落了。

人们看得眼睛都直了，像活见鬼一般。

这可是观想境的力量啊，尤其是大日拳名震古今，是一种威力非常大的拳法，从名气上来说，比大力牛魔拳还有名。可是，魏蓝现在却不敌楚风。

当然，人们不知道楚风施展的是什么拳法，这自然早已不是大力牛魔拳，而是一种绝世妙术。

“轰！”

楚风的拳头振动，再次向前击去，让虚空都嗡嗡作响。

“啊——”魏蓝怒吼，右腿如鞭，向楚风抽去。这是西林族的一种近身搏斗术，能轻易摧毁敌人的肉体。

但这种搏斗术对楚风根本无效，哪怕魏蓝比楚风高了一个进化层次，他所施展的近身搏斗术依旧被楚风的共振术破解，且他的那条腿也断了。

魏蓝一直没有动用自己的画卷和观想道果，因为他怕那样自己会死得更快。前车之鉴，黄晟那样做了，结果楚风一个抖动间，百星浮现，黄晟当场殒命。

不过，魏蓝也不得不施展各种手段，不然，再这么下去的话，他必死无疑。

“哧！”

魏蓝动用了紫气东来指，一道又一道紫光飞出，结果全被楚风一一瓦解。

“该死！”魏蓝披头散发，咆哮着催动自己的画卷。那画卷上有一朵又一朵黑色莲花，算是西林族赫赫有名的画卷——他走了前人之路。

楚风没有展开自己的画卷，他依旧在检验共振妙术的威力，拳头发光，不断颤动，击在魏蓝的画卷上。

在激烈搏斗的过程中，那幅画卷四分五裂，而后所有的黑色莲花全部炸开，焚烧起来。

楚风自己都吓了一大跳。“这共振妙术真能破开对方的画卷，说它是绝世妙术都没有夸大。”

画卷也有自己的振动频率，只要找到，他就能发力与之共振，而后使之崩碎。

此时，冷静如楚风也有些激动。先前他还想在原兽平台上购买一些有关秘术的秘籍，现在看来可以缓一缓了，他已经得到了绝世秘术。

况且，就算去购买，也买不到这个级别的秘籍。

“我还有蛟魔拳，应该也能返本还源，提炼出核心精华！”楚风眼睛发光。

他盯着魏蓝，向前逼去，同时略有遗憾地道：“光顾着揣摩共振妙术了，没有参悟大日拳与紫气东来指。它们虽然远不及共振术，但也不错。”

此时，魏蓝无比凄惨，面露恐惧和绝望之色。

刚才对方都没有展现自己的画卷，就毁掉了他以血气和精神绘就的画卷，让他惊悚不已。

“你怎么能……”魏蓝声音发颤。他已经失去斗志，正在不断向后退，脸色惨白无比。

“有什么不可能？”楚风轻描淡写地说道，而后一拳向前砸去，“轰”的一声就将魏蓝打死了。

楚风仰头望天，喊道：“魏恒，魏钧驮蛋，星空下第九，现在可敢与我一战？”

第259章

婚约

此时，魏恒的感受如何，人们不得而知。

但是，钧驮的心情大家能理解一些。这对于钧驮来说简直是无妄之灾，又被骂了！

域外某一颗星球上，钧驮的脸色阴沉无比。

他最近都没有再招惹那小子了，可是，那小子有事没事就骂他一顿，原本是针对魏恒的，结果也捎带上他。

阴九雀、宇文成空等人，看到这一战也都很吃惊。楚风的实力未免太强了！

他们是星空骑士，是当年的刽子手，曾想让后辈除掉楚风，结果都失败了。现在看来，朱武雀与宇文风战死并不是意外。

到头来，绝顶圣人魏恒反倒没有什么反应，或许他压根就没有关注这件事。

叫阵失败，这让楚风感到失望。

不过，楚风知道，魏恒哪怕现在没有关注，也会很快得悉这件事。因为，他派来的四人都战死了。

楚风这么做，等于是打他的脸，他不可能没有反应。

“哧！”

半空中，破烂的画卷飘落，被楚风接到手中。残缺的青铜印失去控制后，也渐渐暗淡，坠落下来。

楚风一把将青铜印抄在手里，他又多了一件很厉害的古器。

附近，所有神子、圣女级人物都沉默了。楚风这种战绩让他们震惊，逍遥境斩观想境，而且一斩就是两人，这是何等辉煌的战绩！

之前，还有不少神子、圣女级人物想围攻楚风，给他一点教训。现在，谁敢去围攻楚风？那纯粹是找死！

东海，一群神子、圣女级人物心情复杂，默不作声，而原兽平台上一片嘈杂。

“我已经看到一颗新星在没落之地冉冉升起！”

“太意外了，一个野路子出身的人居然强到这一步，能跨境界大战，这是无敌族群培养的传人才有的气象啊！”

“自这一日起，这个楚风不再是因为能折腾而出名，而是凭借骄人的战绩名震星空！”

……

域外，人们热议。这一战的结果太出人意料了。

强大的年轻天才都是从那些强族中诞生的，这已经是定律，很多年了都不曾被打破。

可是，现如今在一片蛮荒之地，在宇宙边缘刚恢复进化环境的废土上，却出了一个这么厉害的年轻人。

许多人意识到，地星上有一位天之骄子在崛起，在成长，以后他的成就或许会无比耀眼。

当年很辉煌的星球难道真的有可能复苏，再现全盛时期的辉煌？

若是如此，有些吓人！一些人不禁倒吸了一口凉气。

不过，人们很快摇头，没落了这么多年的旧地很难恢复昔日的鼎盛。

“楚魔王，我看好你！要是你能力克同辈所有人，压制那些无敌族群的天才，包括十大星球的道子、天神子等，我就将我姐姐嫁给你！”在人们热议时，一个银发小女孩在原兽平台上喊道。小女孩名为映晓晓，不过是几岁的小孩子，却拥有金色账号。

许多人在围观这个漂亮的银发小女孩，她似乎非常有名。

楚风有些诧异，却相当淡定地回应道：“嗯，我可以给你姐姐一个机会。”

原兽平台上顿时鸦雀无声，一片寂静，所有人都看向楚风。

“有什么不对吗？”楚风依旧淡定地问道。

“当然不对”，很多人想要这么大声说，但是一时间又都无语。这个楚魔王还真是勇气过人，什么都不知道，就敢随便回应。

“兄弟，她来自亚仙族！”终于，有人开口打破了宁静。

而后，原兽平台上一阵大乱。

“兄弟，你太厉害了，这种话都敢说出口！”

“亚仙族是十大族群之一，源自十大星球！”

……

一刹那，楚风终于明白了情况，被惊得不轻。

银发小女孩来头太大了，竟来自自古恒定的十大星球。

至于她的姐姐，人们太熟悉了，名为映谪仙，名气大得离谱，被誉为星空下十大丽人之一。

映谪仙不仅天赋绝佳，而且喜欢研究古咒语、当世圣歌等，是一位顶级明星，红遍整片星空。

映晓晓先是发愣，而后“咯咯”笑了起来。

“楚魔王，我看好你哟，加油！不过在这之前，你得先打败映无敌，用你的拳头狠狠地修理他！”

人们愣住了。

映无敌是谁？十大星球大名鼎鼎的旷世人物，亚仙族的天之骄子，实力强大绝伦，也是映晓晓的兄长，人如其名，顶着无敌光环。

“映晓晓，你给我去练功，再敢偷懒，半年都给我在火焰洞中待着，不许出门！”这时，有人呵斥道。

“啊，映无敌，你整天对我这么凶，对姐姐却那么好，我跟你拼了！”映晓晓喊道，“楚魔王，你敢修理映无敌吗？打败他的话我就把我姐姐嫁给你！”

众人惊呆，这样的妹妹还真是少见，恨不得楚风修理她哥，娶了她姐，也真是够可以的。

然后，人们看到映晓晓被一只大手果断地拖走了，那个人通体璀璨，看不到真容，一双眸子发出的光芒更加炽烈，看了众人一眼，就拉着映晓晓消失了。

人们知道，那应该就是映无敌。

映谪仙、映无敌这对姐弟乃旷世人物，在十大星球中都赫赫有名。

之后，楚风也果断离开，关闭了光脑。

这时，他已经赶回那座岛屿，发现元魔依旧躺在那里，不过紫鸾早跑没影了。

“你看你，那么多神子、圣女走时都没有带你离开，你的人缘也太差了吧？”

听到这么赤裸裸的嘲讽，元魔骂道：“伏荒刚才亲自守在这里看着我，谁敢救我？”

当然，还有很多人知道楚风的战绩后都退走了，不想动他的俘虏。

楚风顿时笑了，说道：“给你两个选择：一是跟在我身边，听我使唤；二是换取秘籍！”

“你……”元魔大怒道，“我一代魔子级人物，岂会当人跟班？”

“魔子很强吗？神子我都打败过。”

“那样的神子也配和我比？有种等我伤好以后，咱俩公平一战！”元魔叫道。

“我刚消灭两个观想境的西林族强者。”

听到这话，元魔便发呆了，不再说话。

“你先考虑。走，我们去抓那只紫色的小鸟，这次我真在她身上留下磁晶针了，她逃不掉！”楚风说着，施展天涯咫尺，带着元魔“嗖”的一声从这里消失。

楚风在这片海域穿行，忽东忽西，速度快得惊人，最终发现了紫鸾的踪影。

楚风嘴角露出笑意。他不仅看到了紫鸾，还看到了展鹤与李凤。他们走在一起。这都是他的俘虏，上次他在肽山渡雷劫时，他们跑了。

“哪里走！”楚风大喝。

紫鸾顿时吓得发出一声尖叫，展鹤与李凤也头大。他们已然得知了楚风斩灭观想境进化者的战绩，知道自己根本不是楚风的对手。

紫鸾果然最不禁吓，眼泪都要流出来了。这娇娇女实在对楚风怕得不行。

展鹤、李凤也头皮发麻，老实地站在原地，没有逃跑。

楚风出手，连带着元魔在内，在四人体内布下磁晶针。

此时，地星上许多势力都在密议。不久前的一战太惊人，楚风以逍遥境的实力斩灭观想境进化者，他们已无法与楚风抗衡。

蓬莱仙岛上，气氛诡异。

有的人竟很激动，连声音都在发颤。

“难道……真的是道引？”

“能跟十大星球的无上呼吸法比肩的道引终于出现了！那个楚风崛起得如此迅猛，多半是跟此法有关。”

“它属于我蓬莱仙岛，我们必须得到！”

接下来的两日，楚风带着四人在这片海域游荡，不敢离开太远，怕错过机缘。

伏荒等一干神子、圣女级人物也都没有离去。这片海域下的洞府随时会出现，他们都想要争夺机缘。

楚风曾就近去看过龙女，也险些去偷袭蓬莱仙岛。

不久后，他意外听到一个消息：方丈仙岛的小公主不久后要出阁。

“嗯！我记得他们找过我，让我去方丈仙岛。唉，当时似乎很中意我，怎么现在直接就要嫁出去了？去看一看！”

当然，楚风不准备登岛，那样太危险，在岛外的话，现在无人可与他抗衡。

方丈仙岛面积很大，光彩熠熠，将附近的海面都映照得色彩斑斓，周围灵气翻腾，相当非凡。

岛屿上，山峰若隐若现，云雾氤氲，半空中光芒绚烂，景色瑰丽。

海面上，一艘大船悠悠地驶入方丈仙岛所在的海域，楚风他们赶到了这里。

方丈仙岛跟蓬莱仙岛一样，属于秘境，随着天地复苏，才在地星主空间显现。

大船上，展鹤将能量注入船中，专心驾船，再也不敢逃了。

楚风很悠闲，身前是一张玉石桌，桌上摆着几碟小菜与一壶酒。他迎着海风，看向碧海与仙岛，偶尔饮上一小口酒。

紫鸾略带委屈，一副受气包的样子，又是倒酒又是唱歌。她平日娇气惯了，哪里做过侍女？

甲板上，圣女李凤亭亭玉立。她现在是候补侍女，偶尔也负责上前斟酒。

至于元魔，则躺在甲板上叫道：“楚魔王，我死也不服！我乃一代魔子，伤势好后哪怕不敌你也弱不了几分，岂能为你仆从？”

楚风不理他。最终，元魔屈服，跟楚风讲条件，答应可以帮楚风出手，但是不能是仆从。

楚风点头，并告诫元魔，只要背叛，他体内的磁晶针就会炸开，后果自负。

域外，许多人在关注楚风，见此情景无不一脸诡异。

“来人止步！”就在这时，方丈仙岛上有人开口。因为大船离岛屿过近，马上就要靠岸了。

楚风起身，看向前方，还没有说什么，对面的人已经认出他来，脸上顿时露出吃惊的神色。

“楚兄怎么来了？”有人跟楚风打招呼，同时有人离去，向岛屿深处的人禀告。

楚风一怔，对方这么重视自己，自己那一战打出了威名？

可是，如果所料不差，方丈仙岛、蓬莱仙岛这样的地方都会有老怪物，不会怕他一个逍遥境的进化者，他若胆敢登岛必有危险。

“上一次，你们不是说方丈仙岛的小公主倾情于我吗？这不，我赶来了。”楚风随口说道。

“楚兄说笑了，我们的小公主都快要嫁人了，这种玩笑话可说不得。”那人说道。

“唉，真伤心，我都准备来迎娶你们的小公主了，结果新郎不是我，这叫我情何以堪。”说到这里，楚风取出一块令牌，展示给岛上的人看。那正是方丈仙岛的人送给他的，他可以凭此令牌登岛。

楚风这种姿态一出，岛上的人顿时如临大敌，竟有数人先后很严肃地开口，对此事进行解释。

什么情况？楚风意识到这里面有问题。他们怎么会如此在意？他也只是随口调侃一下，不可能抢亲。

就算是元魔心思这么不细腻的人，也感觉到方丈仙岛的人躲躲闪闪，很有问题。

岛中，一名名为李错的中年男子得到禀告，顿时皱眉。在那些老怪物隐居起来专心修炼的时期，他成了副岛主之一，负责处理日常事务。

李错很严肃地道：“他居然找上门来了，不过，现在清琪不可能嫁给他。星路上那位大人物看上清琪，不管怎么说，这根线不能断。要知道，那可是一位贵人，平日在天神星上修行，地位超凡。常人不要说接近天神星，就连怎么赶过去都不知道，那可是十大星球之一啊！”

“可是，我们原本的计划是将清琪嫁给楚风。现在他找上门来了，就这么打发他走？太可惜了，不能放走他，如今我们有八成的把握可以确定他掌握了道引呼吸法！”一名瘦骨嶙峋但是精神矍铄的老妪说道。

李错道：“嗯，自然不能放过。他终于来方丈仙岛了，我们得想办法留下他。可是他一向机警，不见得会登岛，而你我虽然能压制他，却无法出去。”

“要不让清琪去应付他，虚与委蛇，假意奉承，诓他入岛？”老妪说道。

“不行，清琪的性格不合适。况且星路上那位贵人万一知道了这种事，估计会心生不满。清琪要嫁给那位贵人，不能出意外。跟十大星球建立关系，这才是重中之重。至于楚风，我们另想办法。对了，岛屿上还有适龄的女子吗？容貌一定要出众，地位也要高。”

老妪道：“地位高的适龄女子没有，美貌的倒有合宜的，比如清琪身边的侍女若兰，青春靓丽，比清琪弱不了两分。”

“嗯，就说若兰是岛主的另一个女儿。如果那个楚魔王真有意的话，就让若兰嫁给他。”李错说道。

李错是副岛主之一，权力不小。

“不错，先稳住他。”

“对，千万不能让星路上那位贵人不满，当务之急，是与十大星球搭上关系！”

“这个楚风自然不能放过！道引呼吸法可以改变一切，是我们最需要的东西。他身上若是有道引呼吸法，我们必须将其取到手中！”

“错不了。几日前西林族的黄晟、魏蓝败亡，楚风以逍遥境的实力斩灭观想境的进化者，绝对跟此呼吸法有关，不然他何以这么强？都快跟那些无敌族群的传人比肩了！”

岛屿外，楚风意外地等到消息：方丈仙岛的岛主非常欣赏他，岛主还有一女，是其钟爱的掌上明珠，也到了待嫁的年龄，想要许配给他。

楚风一脸古怪之色。他不过是随口说说而已，方丈仙岛的人为什么这么当真，还如此郑重？事出反常必有妖！

然而，岛屿上各方人物得到消息的时间不同步，做出的反应也不相同。

一个非常漂亮的侍女款款走来，相当傲慢地道：“楚风是吧？我劝你还是死心吧，我家清琪公主怎么可能会看上你？速速离开，不要扰人姻缘！”

她一脸嫌恶之色。

楚风原本还真没别的想法，可现在这么不被尊重，顿时道：“不是你们方丈仙岛的人请我来的吗？说你家清琪公主对我有意，怎么现在翻脸了？”

“你不要乱说话，我家清琪公主已经有喜欢的人了！”这名侍女呵斥道，神色有些慌乱。

很快，岛屿上再次出现几人，其中一个年轻男子面带敌意，道：“楚风是吧？我家主上看中了清琪公主，这里没你什么事，快滚吧！”

这绝对是赤裸裸的挑衅，带着强烈的敌意。

楚风脸色阴沉。这里面还真有事？原本这里的事跟他无关，但现在被人恶意相向，他顿时心头火起。

“你的主上是哪个？”楚风问道。

那个年轻男子再次挑衅道：“我的主上贵不可言，栖居十大星球，你没资格知道。你还是哪里来就哪里去吧，不要以为自己很了不起，跟十大星球的人比起来，你就是一个蛮荒土人！”

“去，把他给我拿下。”楚风吩咐展鹤、李凤、紫鸾。

三人站出，向岛屿上闯去。

“轰！”

一道光幕腾起，有场域符文闪烁，三人被逼退。方丈仙岛的防守很不凡。

“实话告诉你，我的主上就是知道方丈仙岛的岛主希冀将女儿嫁给你，才横插一脚的，你能怎样？”年轻男子暗中传音，得意扬扬，接连挑衅。

显然，他是想激怒楚风，逼迫楚风登岛。

“你一个下人也敢跟我这么说话！”楚风神色冷峻。

“谁说我是下人？我也是圣子！”那个年轻男子大怒，感觉受到了侮辱，“我的主上来自十大星球，自然可以得到我的尊重和追随。你竟敢这般辱我！”

“辱你？我还要拍死你！”楚风动了。哪怕知道对方是故意刺激他踏入险地，且多半有所准备，他也不是很在意。到了他目前这个层次，进可攻，退可守。

“轰！”

果然，这地方不简单，地面很快浮现五面小旗。小旗都乌黑晶莹，是以玄磁炼制而成的，当中甚至掺杂了一点神磁。

每面小旗不过一米长，但是剧烈摇动起来后，符文无数，一下子将地面覆盖，且五面小旗很快隐去，形成攻击性场域。

“反五行旗？”楚风吃了一惊。这是非常规的场域，能反五行，更能反镇域印。这是专为他准备的。

要知道，对方不过是一个很容易让人轻视的下人，却拿出了这么一套威力巨大的武器。

“砰砰砰——”

楚风移动身躯，手持那方残缺的青铜印，阻挡一道又一道黑色光芒的袭击。

“哗啦啦！”

同时，他祭出那幅破烂的画卷，保护自己，抵挡反五行旗的攻击。

一时间，上百道黑色光芒不断激射而来，袭向楚风。

楚风脸色阴沉。这就是十大星球的底蕴吗？一个下人而已，都能拥有这种威力巨大的武器，他跨界时是怎么带过来的？

“十大星球的底蕴岂是你能够想象的？受死吧！”那个年轻男子冷笑道，并祭出成片的磁晶，以增加反五行旗场域的威力。

楚风以破烂的画卷护体，以残缺的青铜印开道，想要闯出去。这时，他明显感觉这地方越发危险。

他运转火眼金睛，仔细盯着反五行旗场域，而后迅速推演。

最近，楚风不仅进化迅猛，场域造诣也有所提升。相对来说，他在场域上的天赋似乎高得无以复加。

一般来说，研究场域的难度是进化难度的十倍。楚风却能齐头并进，由此可见他在场域上的天赋到了何等惊人的地步！

最近，楚风明显感觉到自己的场域造诣再次提升，已经达到大师层次了。这也是他敢登岛的原因。

他运用火眼金睛，仔细观察反五行旗场域，最终寻到出路。

“轰！”

楚风直接闯了出去，手中青铜印砸去，地面崩开，五面反五行旗再现。他用手中画卷一扫，“嗖嗖”几声，五面小旗都被他收进画卷内。

“砰！”

楚风一脚将那满脸错愕之色的年轻男子踢飞，而后一步踏出，跟着出来。大浪滔天，年轻男子腾空而起，跌落在大船上。

“十大星球是吧？给我说说看！”楚风俯视年轻男子，冷冷地道。

旁边，紫鸾吓得心跳加速，越发畏惧眼前的楚魔王。

元魔也神色复杂，感觉这个楚魔王厉害得邪乎。

第260章

天神星来客

“慢，楚兄暂且息怒，这当中有一些误会。我来自十大星球，带着使命而来，要挑选旷世奇才回去。楚兄你且先停下！”名为张川的年轻男子快速喊道。

“这种关头，你提及十大星球，是想让我有所忌惮吗？可笑，你一个仆从也配来这里挑选旷世奇才回去？是怕死，故意威胁与诱惑我吧？”楚风一脚踩下，“还有，你不过是一个下人而已，也配与我称兄道弟？”

张川惨叫。

“你说有些误会，可刚才一而再，再而三地向我挑衅，说出那种话，恶意满满，能有什么误会？是怕死，想拖延时间吧？不觉得可笑吗？”

“砰”的一声，楚风一脚扫出，张川再次横飞了出去。

“好了，你们几个审问他，让他说说我想知道的那些事。”楚风将张川交给展鹤、李凤、紫鸾他们。

三人面面相觑，但是不敢不遵命。

张川喊道：“楚风，你如此对我，就不怕遭劫吗？我可是来自十大星球！”

楚风坐在那里，拎着酒壶饮了一口酒，睨视展鹤三人，道：“赶紧审问，问不出结果的话，后果自负，我这里不养闲人！”

“快说，你来自十大星球中的哪颗星球？你的主上是谁？”展鹤他们赶紧喝问道。

张川浑身是伤，不断冒冷汗，但依旧不招供。

方丈仙岛上，一群人惊呆了。楚风刚才竟然直接登岛，还从岛屿上把人给掳走了。

“放了他！”有人喊道。张川是那位贵人的手下，真要在这里出意外，他们担心会被怪罪。

“你们说放人就放人？”楚风懒得理会方丈仙岛的人，他看了一眼躺在甲板上养伤的元魔，道，“你也去审问，问不出结果，后果自负！”

“凭什么？”元魔真想跟楚风拼命，但最终还是妥协了。

元魔不愧是魔子级人物，手段惊人。他让展鹤拿出一条捆灵绳绑住张川，而后直接就给扔海里去了。

“啊——不！”张川大叫。

他被捆灵绳绑住，动弹不得，而周围有大白鲨徘徊。哪怕面对没有走上进化之路的普通鲨鱼，他也受不了了。

“我招了，我说、我说……我的主上来自天神星，名叫鱼九变，身份高贵，受人尊崇。”

“没听说过。”楚风摇头。

忽然，从岛屿深处走来一个蒙面女子，身段修长，看其气质，应该姿容不凡。她声音冰冷，道：“楚风，你过分了，来我方丈仙岛搅闹，扰我姻缘，你到底想做什么？”

毫无疑问，清琪公主到了。

楚风觉得莫名其妙，没有理会清琪公主，而是看了一眼紫鸾。

紫鸾生闷气，这是要她去打嘴架？这个楚魔王还真是大爷一般，自己端架子不理人，把什么事都交给她？

紫鸾不情不愿，但还是开了口：“我们怎么过分了？什么时候扰你姻缘了？我们只是路过这里而已，结果你们方丈仙岛的人好生奇怪，非要嫁一女给楚风，那个人不是你，好像叫什么若兰。然后这个张川出现，冷嘲热讽，羞辱我等。我们还觉得你们方丈仙岛的人过分呢，这就是你们的待客之道吗？”

“什么，我嫁给他？不可能，我要跟公主在一起！”刚才那个说楚风配不上清琪公主的侍女若兰惊呼出声。

不远处，从岛屿深处走来的一名老妪脸色变了。她没有预先和清琪公主以及侍女若兰沟通，结果现在穿帮了。她感觉要坏事。

这一刻，楚风的眼睛瞪了起来。不久前，方丈仙岛的人说要将岛主的另一个女儿若兰嫁给他，原来那只是清琪公主的侍女。

虽然他压根就没想过真跟方丈仙岛结亲，但是现在发现他们将一个侍女推出来欺骗自己，楚风顿时脸色冰冷。

“欺人太甚！”紫鸾口齿伶俐，又善于察言观色，见楚风脸色不好看，顿时以一个贴心侍女的身份表达愤懑，“很早以前，你们方丈仙岛就想将清琪公主嫁给楚风，现在反悔不说，还想用一个侍女来替代，这对楚风来说简直是羞辱！”

别人还没有说什么，侍女若兰顿时翻脸道：“你乱说什么？我怎么可能嫁给他？我会和公主一起前往天神星，你的主上楚风算什么！”

“楚风小友，你误会了。若兰，你给我闭嘴！”刚赶来的老妪急忙圆场，“若兰已经被岛主收为养女，的确算是一位公主。”

若兰顿时脸色苍白，感觉像是受到了打击。她觉得自己成了牺牲品，再也无法跟清琪公主进入十大星球了。

“太气人了！”紫鸾喝道，说完还忍不住看了一眼楚风，继续临场发挥，以尽到一个贴心侍女的本分，“你们方丈仙岛太过分了，就这么轻视、这么看不起我等吗？说一千道一万，那也只是一个侍女，别说什么养女，恐怕她自己都不知道成为岛主养女的事吧？”

顿了顿，紫鸾又道：“还有，这个张川的话你们听到了吗？他的主上鱼九变故意针对楚风，听闻方丈仙岛想要嫁女给楚风，才半路横插一脚，进行破坏。现在鱼九变娶清琪公主，而你们让楚风去娶清琪公主的侍女，这是在配合鱼九变羞辱楚风吗？”

楚风重重地冷哼了一声。他觉得紫鸾说得很对，方丈仙岛的人确实欺人太甚。

至此，一切都很明显了，方丈仙岛为了跟十大星球攀上关系，非常主动。

“楚风小友，你听我们解释……”老妪还要开口。她真想留下楚风，稳住他，寻找机会将他诓骗上岛，因为他们眼红那道引呼吸法，想要得到。

楚风道：“没什么可解释的。我对你们方丈仙岛的人不感兴趣，公主也好，侍女也罢，我都不会娶。我同你们没什么关系！”

老妪张了张嘴，心里无比憋屈。现在看来，他们肯定留不住楚风，更没有办法让他上岛了。

这时，清琪公主开口道："既然你觉得与我方丈仙岛没有关系，那就请放张川回来。他是我们岛上的客人。"

"你有病吧？"紫鸾开口，"公主病得治。你以为全世界都要围着你转？这个张川羞辱我等，你一句话就想让我们放人？都说了我们跟你们没关系，你觉得自己的面子很大？"

清琪公主闻言，脸刹那间一阵青一阵白。

楚风对紫鸾点头道："说得有道理，看来可以考虑将你留下。"

听到这种话，紫鸾差点哭出来。她很想说，你还是把我拿去换秘籍吧！

因为，她的兄长紫宵已跟她联系过，告诉她用秘籍来交换她的人就是紫家人。

她欲哭无泪，觉得自己表现过头了，然后就闭嘴不开口了，决定主动犯下一些错误，好被交换回去。

这时，元魔、展鹤、紫鸾、李凤四人的光脑全都发光，收到了重要消息。

随后，楚风的光脑也提示，原兽平台上有人联系他。

他去查看，结果一个浑身散发金光的年轻男子出现，呵斥他们："你们胆子不小，放开张川！"

方丈仙岛上早已有人联系来自十大星球的贵人鱼九变，此人现在通过光脑命令楚风、元魔、紫鸾他们。

"你算什么东西，敢这么呵斥与命令我等！"楚风不拿正眼看这个人，尽管他看起来很威武，被光芒笼罩着，宛若神祇。

"鱼大哥。"清琪公主轻呼。

一瞬间，在场的人都知道了，这个人就是鱼九变。

"主上，他们对你不敬！"张川告状，狠狠地扫了一眼楚风等人。

"放人！"鱼九变冷冷地说道，带着命令的语气，像是不容人拂逆。

"元魔，你们还愣着干什么？"楚风回头看向元魔、展鹤几人，道，"这么上好的饵料，都用捆灵绳绑好了，立刻给我去钓鲨！"

"好！"元魔是一个野性十足的人，哪怕鱼九变身份不一般，可这么呵斥他，还是让他万分恼怒。

“扑通！”

元魔将张川直接扔进海里，下方有七八只大白鲨游动，闻到血腥味，全都张开血盆大口，向张川扑去。

“啊——”张川吓得魂飞魄散。

“你们好大的胆子！”鱼九变厉声道。

楚风淡淡地开口道：“不服？你也过来，直接将你扔海里喂老鳖！”

将鱼九变扔进海里喂老鳖？

方丈仙岛上，一群人脸色都变了。这个楚魔王果然桀骜不驯，面对十大星球的贵人都这么放肆，简直是无法无天。

对于方丈仙岛上的遗族来说，十大星球就是“天”，至高无上，连当年全盛时期的地星都无法与之相比。

将清琪公主嫁给天神星的贵人，在方丈仙岛的诸多进化者看来，这是一种荣耀，更是一种保障。

“找死！”空中的金色身影发出冰冷的声音。见有人这么蔑视自己，鱼九变散发出可怕的杀意。

“主上，救我啊！”海中，张川大叫着，眼看就要被几只大白鲨包围了。

“楚风，我错了，放过我吧，你让我做什么都可以，我再也不敢了，啊——”张川鬼哭狼嚎，简直要吓破胆。

元魔一扯捆灵绳，就将张川提出了水面。一时间，几只大白鲨跟着跃起，张开血盆大口，向半空中咬去。

“救命啊！我愿意做牛做马，追随在楚大魔王的身后，永远效忠。求你们了，饶过我吧！”张川涕泪交流。

可怜之人必有可恨之处。楚风没理会张川，由着元魔去折腾。

鱼九变面无表情。他痛恨张川没用，简直没有一点骨气，丢尽了他的脸。

清琪公主的侍女若兰这时大声喊道：“楚风，你们太过分了，还不快放开张川！不管怎么说，他都是我们方丈仙岛的客人。”

楚风无视她，没有理会。

“你们两个的‘公主病’得治！”紫鸾扭着小蛮腰，撇嘴说道。殊不知她自己也有“公主病”。

“方丈仙岛跟我们有什么关系？你管得太多了！”元魔不屑地说道，而后直接将张川再次扔进海中，不再提起来。

“啊——救命啊！我可以背叛鱼九变，饶过我吧！”张川的声音越发微弱，而后戛然而止，海面上冒起一朵猩红的血花。

“楚风，你断绝了自己活下去的最后希望！”鱼九变冷幽幽地说道，声音寒到人的骨子里。

“你算什么东西？有种就过来，别废话！”楚风不耐烦地挥了挥手，像是在驱赶苍蝇般。

要知道，他现在面对的可是十大星球的人，却摆出这副姿态，像是看不到以后会降临的狂风暴雨。

“蛮荒之地没有规矩，你会为自己说过的每一句话而后悔的！”鱼九变沐浴金光，身体朦胧，但眼中射出两道骇人的光束，盯着楚风。

“我等着，只要你敢来，我就敢直播与你的大战。十大星球之一天神星的来客啊，想必门票可以卖得很高。”楚风相当轻慢，在甲板上悠然地饮酒、吹海风。哪怕面对一个来头难以想象的人物，他也镇定自若。

这时，方丈仙岛的人抢先针对楚风。那个老妪脸色阴沉，道：“楚风，你知道自己在说些什么吗？那可是来自十大星球的鱼九变公子，贵不可言！”

真要有所取舍，方丈仙岛会毫不犹豫地选择站在天神星贵人这一边。

至于道引呼吸法，他们的确想要谋夺，但可以留待以后。

楚风瞥了岛上的人一眼，道：“十大星球随便出来一个人，就压弯了你们的脊梁骨，又是嫁女又是赔笑，真是……奴性十足，一点儿骨气都没有。”

楚风淡淡地说着，却深深地刺痛了方丈仙岛上众人的心，戳中了他们的痛点。

须知，他们与蓬莱仙岛的遗族一样，都曾经是这颗星球正统血脉强者的仆从，他们对此始终有心结。

“楚风，你这是取死之道！你太年轻，什么都不懂，这样飞扬跋扈，早晚会横死！”老妪声色俱厉，呵斥楚风。

“对你们来说，天神星是‘天’，需要跪着去接近；而对我来说，鱼九变只是敌人，饵料也！”楚风回应道。

“你等着，三日内，我必降临地星主空间取你性命！”鱼九变说完，炽烈的金光“砰”的一声散开，他直接消失了。

霎时间，消息传开，十大星球之一的天神星的天才鱼九变即将降临地星。这引发了轩然大波。

十大星球的人要来了？影响必定无比深远！

地星上，无论是神子、圣女级人物，还是各处秘境中的遗族，全都议论纷纷。

原兽平台上更是一片嘈杂，人们议论纷纷。这样的消息着实吸引了很多人的眼球。

东海，方丈仙岛前，楚风喝下最后一口酒，轻轻将玉杯一抛。玉杯“咚”的一声落在海中，激起一串晶莹的水花。

他看也不看方丈仙岛上众人一眼，便径自转身，道：“我们走！”

方丈仙岛上，一群人心情复杂，有愤怒，也有忌惮。

他们真要出去的话肯定不是楚风的对手。可是，看到楚风这么轻慢自己，他们又都心有不甘。

他们跟蓬莱仙岛的人心态相仿，在当世以地星正统自居。

“楚兄弟请留步。”这时，有人开口。

身为方丈仙岛副岛主之一的李锴赶到，此外还有两名面容苍老却精神矍铄的老者。

“我与你们没有关系，也不想再与你们产生交集。”楚风神情冷漠。他很看不起这群人，对他们没有什么兴趣。

“今天多有误会，楚兄弟不要介意，可否稍作停留？我们愿意设宴赔罪。”李锴说道。

“不必了，就此别过。”楚风冷笑道，同时一挥手，让展鹤驾驭大船。

楚风知道，方丈仙岛的人一而再，再而三地留他，不可能是欣赏他，肯定是另有所图。

仔细想来，他们很有可能是冲着道引呼吸法而来的。几天前，西林族的高手跟他激战时，猜到他的呼吸法是道引呼吸法，神色激动而亢奋。

这些细节应该落在别有用心的人的眼中了。

方丈仙岛的人同为地星本土进化者，对道引呼吸法绝对无比上心。

这些人挽留他肯定没安好心。

楚风冷笑，懒得理会他们。那些老怪物猜测他身上有道引呼吸法，却出不了岛，奈何不了他，只能干着急，估计心里很难受。

“你真是傲慢无礼！副岛主好言留你，对你礼遇有加，你却这般轻狂，太不将我方丈仙岛放在眼中了！”清琪公主身边的侍女若兰斥责道。

她险些就被嫁给楚风，断了进入十大星球的机会，现在依然不放心，所以这般开口，想切断与楚风最后的可能。

李锴闻言，看了她一眼，皱着眉头却没有说话。

若兰心虚，急忙低头。

“可笑，有些人觉得能嫁入天神星是多么了不起的荣耀，实在太虚荣。你不知道你的祖上可能是被他们消灭的吗？不了解所嫁之人的底细就以此为傲，虚荣与盲目到了什么程度！”楚风冷冷一瞥，不再看若兰第二眼。

这些话不仅让若兰恼恨，也让清琪公主脸色难看，其他人也有不少脸色铁青。

“你别假清高！十大星球高不可攀，一旦有年轻的天之骄子降临地星，到时候你什么都不是，肯定会惨败奔逃。鱼公子马上就要来了，到时候看你怎么逃！”若兰喊道。

“天神星就是‘天’吗？值得你们跪着接近？你们可能是习性使然。”楚风说完，就让展鹤开船，直接离开，不再多言。

楚风背着双手站在大船上，悠悠远去，留下背后一群脸色铁青的人。他们若是能出岛，早就去追击楚风了。

“副岛主，我们在这颗星球主空间有一些布置，可以攻击他，甚至还可以想办法请一些前辈出岛。这个人实在太张狂，必须给他点教训，而且他身上非常有可能藏着道引呼吸法，不容错过！”有人低语，希望主动出击。

“不急，鱼九变公子说三天内就会降临，应该不会食言，有他出手就够了，我们暂且无须大动干戈。”李锴目光冷厉，盯着楚风远去的背影。

无论在哪里，十大星球都是永恒的话题，涉及十大星球的事必会举世瞩目。

十大星球亘古不变，始终处于最强之列。十大星球一旦有什么风吹草动，想不受关注都不行。

楚风在东海跟鱼九变起了纷争，这件事以最快的速度向四方传播，星空中各族都在关注。

原兽平台上，这件事也成为焦点话题，人们都在热议。

在天神星上栖居的天神族太强大了，敢在无数族群中以天神自居，足以说明他们至高无上的地位。

鱼九变来历神秘，人们只知道他出自那颗星球，但对他究竟有怎样的地位还不得而知。

现在，各方都想知道鱼九变降临地星后会发生什么，是十大星球的地位不可撼动，还是十大星球的天才会跟那颗没落星球的天才碰撞出绚烂的战斗火花？万众期待！

“他真的可以过来吗？”碧海中，楚风询问元魔、紫鸾他们。

可以料想，鱼九变起码是观想境的进化者，不然对不起他出自天神星的身份。

难道他会自废道行，进入地星？想来不可能。十大星球竞争激烈，鱼九变不敢这么做。

“既然西林族能送观想境的进化者进来，十大星球手段更惊人，想必也有办法。”元魔说道。

“嗯。”楚风点头。他在调整自身状态，研究各种妙术，使自己始终保持在巅峰状态，等待大战。

跟十大星球的人大战，这绝对是大事件。

时间过得很快，一转眼三天就过去了。一天，东海中突然巨浪滔天，伴着一股恐怖的气息，有人从陆地方向赶来，到达海域。

“楚风何在？过来受死！”炽烈的光团照亮碧海，在那光团中有一个人，宛若神祇降临尘世。

“饵料，你来了，今日就用你来钓老鳖！”远方，楚风大声回应，声音如同雷霆在海面上回荡。

第261章

盗取万法

海面上，金色光团刺目，如同一轮金色太阳。

在这刺目的光团中有一个男子，他身体强健，长发垂腰，目光如电，宛若神祇。

他被光芒笼罩着，容貌有些模糊，看不真切，但是那霸道的姿态以及那气势让人忍不住心颤。

“楚风，滚过来受死！”男子张口间，声音滚滚，犹如雷鸣，带着无边的杀意和怒意。

这个男子就是鱼九变。

三天前他的亲信张川被喂大白鲨，他只能眼睁睁地看着，无能为力，还被楚风奚落，心中早已满是杀气。他来自十大星球，平日间谁敢拂逆?

“鱼九变，过来领死！”楚风喝道。他在选择战斗地点，准备进行这一战。

这里靠近方丈仙岛，附近出现了很多人，多为各路神子、圣女级人物。他们得到消息后第一时间赶到，观看这场龙争虎斗。

此外，各大财团、元磁仙窟、麒麟旧巢等势力也都有人到场，大家无不想亲眼观看这一战。

人们早已料到，这一战必然爆发于东海，应该就在方丈仙岛附近。事实上果然如此。

张川在这片海域被喂鲨鱼，来自天神星的鱼九变也选择在这里诛灭挑衅自己的对手。

海中，鱼九变立身绚烂的金光中，凌空而来，宛若金色的战神，散发出的气息恐怖至极。

“哧哧哧！”

离得还很远，鱼九变就出手了。他掷出的三杆短矛宛若三道雷霆，白雾翻涌，空气大爆炸。

他远距离出击，恨不得立刻消灭楚风。

楚风站在碧海上，黑发披散，双目深邃而有神。他横移身躯，避开短矛。

到了楚风这个层次，尤其是他学成天涯咫尺后，他人想远距离击伤他，根本不可能。

三杆短矛破空远去，附近海域的人心惊肉跳，迅速躲避，生怕遭遇无妄之灾。

短矛力度太大，也不知道飞了多远，撞上海面的一座岛屿后，才被阻挡住。

“轰！”

大浪滔天。

那座岛屿被三杆短矛击中，爆炸开来，瞬间化为齑粉，沉入海底。

一座规模不小的岛屿就这样消失了。

各路神子、圣女级人物倒吸了一口凉气。这个鱼九变果然可怕，一上来就是这样毁灭性的一击，有几人敢与之争锋？

大海中，波涛万顷，剧烈起伏。

鱼九变立在海面上，沐浴金光，通体绚烂，连发丝都宛若由黄金铸成，气息恐怖绝伦。

这时，他没有再出手，因为方丈仙岛的人都在跟他打招呼。

“鱼大哥，你来了。”清琪公主脸上带着甜美的笑容，美目含情。她已然出岛，正站在海面上迎接鱼九变。

此时，她已经摘下面纱，果然姿容不凡，青春而靓丽，亭亭玉立。

“鱼公子，你终于来了，赶紧杀了那恶徒吧！在你面前，他也敢妄称天才？与十大星球的人相比，他算得了什么！”侍女若兰脸上带着笑，一副很开心的样子。她希冀鱼九变出手，早点解决楚风。

鱼九变对清琪公主点了点头，脸上也露出些许笑容。

方丈仙岛上，许多人心中激动。这就是天神星的贵人，以后他们将因他而与十大星球产生联系。

“你们退后，回到岛上。”鱼九变开口，而后向楚风逼去。

两人相距数里，可是在鱼九变这等强者面前，如同近在咫尺。

鱼九变盯着楚风。

这一刻，举世瞩目。

十大星球的天才来了，降临地星，要跟楚风一战。

原兽平台上早已轰动，许多人目光火热，无比期待。

“下注了，下注了，买楚风能否创造奇迹，抵住十大星球的天才狂风暴雨般的攻击。谁来下注？”

“这一刻终于到来了！十大星球的人出手，必定会无比可怕！”

无论是地星上，还是其他星球上，也不知道有多少人在关注这一战。

但凡涉及十大星球的事，都不是小事。只要有十大星球的人参与，就必将风云激荡，乾坤共震。

此刻，所有关注这一战的人都在盯着东海。究竟是十大星球的天才毫无悬念地诛灭楚风，还是楚风可以跟十大星球的天才对抗到底?

人们心里希望这是一场龙争虎斗，可以看得过瘾。

可是，从以往的战绩来看，十大星球的天才一旦出手，几乎都是毫无悬念地胜出，很多年都没有例外。

地星，东海。

“见我如见天神族，过来叩见！”鱼九变冷冷地开口。他很气派，金色发丝飘舞，周身散发刺目的光芒。

“嗡！”

回应鱼九变的是一杆黑色战矛。黑色战矛对着他的脸抽去，压得空间都扭曲起来。

楚风单手持矛。这是他从西林族高手那里夺来的战利品，通体乌黑，泛着寒光。

“见你如见天神族？”直接抽你！这是一种蔑视，也是一种不屑。

“当！”

刺耳的声音响起。一杆大戟在鱼九变的手中出现，锋利无比，宛若从地狱划过的一道寒光，照亮海面，跟楚风手中的黑色战矛碰撞在一起。

接着，两人如同闪电般迅速移动，不断出手，金属撞击声不绝于耳，刺目的符文不断激荡。

可以看到，音爆时产生的雾霭、刺目的光芒一起浮现，将这片海域笼罩，能量剧烈翻腾。

“挡住了，没有毫无悬念的诛灭，楚风堪与之一战！”许多人怪叫。

生死对决时，双方激烈搏斗很正常。

可是，只因为涉及天神星的人，涉及十大星球的天才，那就完全不一样了。

十大星球的人出手，没有立刻诛灭敌人就算是对方创造了奇迹。

“鱼公子出手，居然没有立刻诛灭他？”方丈仙岛上，侍女若兰吃惊不已。在她的认知中，天神星的天才无所不能，地星的进化者不会有一点机会。

然而，现实是楚风丝毫不惧，以手中的黑色战矛挡住了鱼九变的攻击。

不仅如此，两人还战得颇为激烈。

“这怎么可能？楚风是逍遥境的进化者，而鱼大哥早已是观想境的强者，两人相差一个境界呢！”清琪公主美丽的面孔上也写满了惊诧与不解。

天神星，那是天才的故乡、奇才的诞生地，天神星的人绝对可以横扫其他星球的诸多进化者。

可是现在，来自天神星的鱼九变居然被楚风挡住了。

两人间的战斗无比激烈，兵器对击，火星四溅，大浪冲天。

“两人能量不在一个层次才对。”有人皱眉。

“轰！”

在刺目的光芒中，在惊涛骇浪间，两人倏地分开，不再纠缠在一起，终于让人们看出了端倪。

楚风手持黑色战矛，在他周围，一个又一个粗糙的石球滚动着，释放出让人窒息的能量。

他催动能量体，驾驭手中长矛，对抗观想境的绝顶高手。

“他的这种能量体太恐怖了，竟然能够拉平他与天神星天才的能量差距！”许多人倒吸了一口凉气。不少人意识到，尽管人们已经对楚风的能量体给予了高度重视，可现在看来，还是小觑了。

天神星的天才高楚风一个大境界，两者的能量差距应会无比巨大。

可是现在，楚风竟以粗糙的石球这种能量体拉平了差距，这是何其惊人与可怕的事！

“看来这种能量体的排名要在能量体黑马榜上飙升，所有人都没有看透它的本质，它远比人们想象的还要恐怖！”有名宿慨叹道，给予楚风的能量体高度评价。

的确，人们都心惊不已。

那可不是一般的观想境高手，而是来自天神星的天才！

差一个大境界，绝对等于隔着一道不可跨越的鸿沟，可是楚风借能量体把差距拉平了。

“死！”鱼九变喝道，他也觉得颜面无光。从天神星走出的人怎么能这么低效率，应该轻而易举除掉对手才对。

一刹那，他手中的大戟发出冲天的光芒。

“轰！”

鱼九变挥动手中的大戟，向前冲去，炽烈光芒漫天，带着成片的雷霆，景象恐怖绝伦，宛若末世来临。

“当当当——”

两人的兵器猛烈碰撞，快如闪电。

鱼九变手中的大戟不断劈出，雷霆无数，闪电交织，寒光刺目，白茫茫一片。

他挥动大戟的速度实在太快了。

楚风黑色长发飞舞，手持黑色战矛，并驾驭数十个粗糙的石球，跟对方激战。

“砰砰砰——”

楚风催动能量体与黑色战矛后，这片地带能量激荡，让人感觉压抑无比，几乎要窒息。

“轰！”

楚风有一次挥动黑色战矛时，将途经的一座岛屿砸得崩裂开来，就此毁灭。

两人决战到后面，手中的兵器都承受不住那巨大的能量了，在半空中炸开。

“不想浪费时间了，立刻除掉你！”鱼九变厉声道。他周身绚烂，手捏拳印，施展天神族的战技——一种无比恐怖的拳法，向楚风击去。

楚风双手振动，也动用了绝招——共振术。

此时，星空中无数人在紧张地关注这一战。这是非凡一战，十大星球首次有天才降临地星与地星本土进化者大战，影响深远。

究竟是神话永恒，十大星球依旧不可战胜，始终镇压诸天，还是一个没落之地的天才会崛起，打破神话？

举世瞩目！

地星，东海，大战更激烈了。

“楚风，拿命来！”鱼九变大喝，拳印如山岳般气势磅礴，简直不可战胜。

“轰！”

鱼九变释放出的能量太强，拳头散发刺目的光芒，这片海水被打得崩开，而后干涸，露出海底。

“天神族的拳法之一——流光拳！”

“太快了，眼睛都跟不上他的速度，这委实可怖。换作其他观想境的进化者跟他对决，肯定会很被动，跟不上他的节奏。”

一些人汗毛倒竖。

鱼九变的两只拳头快得不可思议，且所到之处无坚不摧，空间都被砸得扭曲起来。

楚风力战，不落下风，却也暗自心惊。

若非学会了天涯咫尺，他在速度上会吃大亏。对方的拳头太快了，这是一种超凡入圣的战技。

“天神族的流光拳神异莫测，速度快得吓人，一般的人根本躲避不开，楚风却能应对，厉害！”有人慨叹。

须知，流光拳是震惊星空的战技，许多强族都拿这种战技没有办法，只能被动挨打。

“轰隆隆！”

流光拳越发惊人，随着流光拳的施展，鱼九变全身都在迸放光芒，其中一对拳头最为刺目。

两人缠斗在一起，快速移动，纵横这片海域，像是两道闪电在追逐。

人们越看越吃惊。楚风的速度太快了，不弱于流光拳的速度。他仿佛化为炽烈的光芒，忽左忽右，大战来自天神星的鱼九变。

“轰！”

沿途，他们路过一片星罗棋布的岛屿。

一拳下去，一座岛屿就被击沉。

两人的拳头不仅快，而且势猛力沉。

“他在动用什么秘法，竟挡住了天神族的流光拳？”人们惊异。

“他施展的身法是天涯咫尺，这是他上一次交换来的绝世秘术。至于那恐怖的拳印有些诡异，你们看他的拳头在不断振动，很有规律，跟上次对付西林族高手时动用的法门一样，可怕得邪乎！”

“当真是令人震惊，逍遥境进化者施展的拳术居然能硬抗天神族观想境强者施展的流光拳！”

面对一位实力强大的天才，楚风从容不迫，施展天涯咫尺让自己若电光般纵横海域，忽东忽西，再以共振术破解那无坚不摧的流光拳。

他无所畏惧，哪怕对方来自天神族，也没什么大不了的。

楚风越战底气越足。

鱼九变神色冷峻，一声大喝，动用流光拳的撒手锏。刹那间，接连三拳砸出，幻影重重，速度飙升两三倍，威力大幅度提升，简直要击穿天宇。

海面上，鱼九变所到之处，流光拳覆盖一切。

不少名宿神色一动。进化者将流光拳练到高深境界时，拳头速度可提升九倍，且可带动自身整体速度提升，不可力拼。

现在，鱼九变突然将拳头速度提升了两三倍，也很可怕，对上同代敌人，不说手到擒来也差不多。

“砰砰砰——”

楚风受到突然爆发的流光拳的冲击，拳头发麻，虎口裂开，鲜血流出。

他踉跄着后退，鱼九变突然使出的撒手锏的确给他造成了麻烦。

“鱼公子威武，天下无敌！”清琪公主的侍女若兰很兴奋地喊道。看到满头金色发丝飘舞的鱼九变越发勇猛，她非常高兴。

只是，她的叫声刚落，局面就被楚风稳住并渐渐逆转。

共振术越发恐怖，楚风在摸清对方的流光拳脉动后，展开了反击，速度也大大提升。

“轰！轰！轰！”

楚风向前猛攻，双拳轻颤，与天神族的流光拳共振。

果然，鱼九变吃了大亏，受伤不轻，拳头上的光芒暗淡下去。

鱼九变脸色大变。逍遥境进化者击伤观想境进化者？开什么玩笑！他来自十大星球，怎能负伤？

经过这几日的揣摩和研究，楚风对共振术的理解参悟到了非常高深与惊人的地步，运用起来也越发得心应手。

他把握对方的流光拳脉动后，越发从容与冷静，放开手脚攻击对手。

就这么片刻间，鱼九变接连吃亏，拳头流血，踉跄后退，身上的光芒暗淡很多，身影完全显露出来。

他金黄色的发丝披散着，眼神冷厉，心惊不已。天神族的战技怎么会被压制？

清琪公主的侍女若兰紧闭嘴巴，再也不开口了。这个结果实在超出她的预料。

各路神子、圣女级人物更是震惊。楚风的实力太可怕了，这是要打破神话，向世人证明十大星球并非不可战胜吗？

下一刻，楚风施展共振术时，拳印发生变化。他竟然在模仿流光拳，通体发光，简直是沐浴光辉而行。

“他在演绎流光拳。这……也太有天赋了吧？怎么可能？这才看鱼九变施展，他就能效仿了？”

人们简直不敢相信自己的眼睛。

要知道，各种拳法可不是流于表面的东西。真要是那么好学，各族的绝学还有什么秘密可言？

但是，楚风成功了。他运转流光拳有模有样，随着不断施展流光拳，他简直要化成一团光了，拳头威力也疾速提升。

就连鱼九变都震惊了。这真是活见鬼，外人怎么能在这么短的时间内学到天神族的战技？

楚风心中喜悦。上一次跟西林族的高手对决时，他一心研究与参悟共振术，而没有去揣摩对方的秘技。现在天神族的年轻天才就在眼前，他毫不客气地开始揣摩起对方的战技来。

道引呼吸法让他心中空明，体悟到流光拳的一些要义。他不是照搬，而是以自己的理解去研究流光拳，以源自母星的道引呼吸法催动流光拳。

星空中一片喧哗。各方人马不是不知道楚风厉害，但是他这么临阵学法，还是将一干人惊得不轻。

这种人物放在任何时代都会光芒万丈，无论诞生在哪里，终究都会冒尖。

"砰！"

楚风施展的流光拳爆发，加上共振术，简直有无敌之势，鱼九变的拳头与手臂上都出现了裂痕。

鱼九变迅速改变战技。他身形如鹤，手指捏在一起如同鹤嘴，指端刹那间喷出刺目的剑气。这是顶级秘技——仙鹤剑。

天神族的秘术很多，有的是自己原本就有的，有的是从其他强族那里得到的，多年积累下来，他们的底蕴深不可测。

仙鹤剑这种秘技很可怕，与其说是剑法，不如说是一种奇功绝学。这种秘技可以将全身的能量集中起来，从"鹤嘴"那里喷出，无坚不摧，是攻破防守的顶级秘技。

果然，鱼九变的右手那里，"鹤嘴"微张，喷出刺目的剑气，仿佛要撕裂空间。

楚风迅速躲避。稍有不慎，这剑气就会击中楚风的拳头。

不过，楚风不惧，继续跟鱼九变对抗。

瞬息间，楚风就捕捉到了这种全新战技的脉动。共振术再现，在"砰砰"声中，楚风的拳头颤动，与仙鹤剑共振。

"噗！"

鱼九变捏成"鹤嘴"的几根手指顿时满是伤痕。

楚风彻底放下心来。共振术已趋于成熟，可以在最短的时间内捕捉到敌人因改变战技而发生变化的脉动，无论战技怎么变，敌人都会被共振术所伤。

接下来，楚风模仿仙鹤剑。片刻间，他的几根手指捏成的"鹤嘴"开始喷出剑气，全身能量集中于一点释放而出。

“噗！”

鱼九变一个不慎，肩头就被“鹤嘴”喷出的剑气击中。

他目光森冷，心中愤怒。这是他的秘法，结果反倒被敌人效仿，用以攻击他。

“旷世奇才，这个楚风太厉害了，居然能在生死大战中学法，天赋惊世！”

星空中，许多人惊得不轻。一个出生在宇宙边荒没落之地的年轻人，居然将十大星球的人压制了。

这是奇迹，十大星球的不败神话要被打破了！

“鱼大哥怎么会受伤……”清琪公主低语。

她身边的侍女若兰脸色苍白。那可是天神星的贵人，难道会败？

鱼九变脸色冰冷。今日他居然被压制，他感觉很羞耻。

“哧！哧！哧！”

一刹那，鱼九变的战技再变。他十根手指齐齐张开，光束一道又一道地飞出，五颜六色，异常绚烂。

“天啊，那是乱星指！”

毫无疑问，这又是一门顶级绝学。

乱星指乃当年某一强大族群的镇族妙术，后来这个族群覆灭了，该妙术便被天神族占为己有。

然而，片刻间而已，楚风就十指齐张，射出一道又一道光束。他又在偷师。

“神人楚风，这种悟性太惊人了！”星空中，很多年轻人惊呼。

“这个魔王了不得啊！”也有名宿感叹道。

天神族的绝学居然不断被楚风学去，这实在令人太疯狂了！

鱼九变脸色铁青。

乱星指威力无穷，哪怕是观想境的进化者，挨上一指的话也无法幸免于难。

这是不传之秘，现在却被他人学了去。

“神话永恒，十大星球不可能被战胜！我来自天神族，怎么可能会败？地星人，你打破不了神话！”鱼九变咆哮。一时间，他浑身浮现鳞片，光芒炽烈，像是有万千刀光在闪耀，能量气息变得更加恐怖，弥散开来。

楚风神情淡定，道："你还有多少顶级战技，统统展现吧，我很乐意参悟。十大星球的人啊，别让我失望！"

"天神族统御诸天，岂是你所能挑战的？"鱼九变大喝，向前扑击。

"你这样的天神族人，我一只手就能对抗！"楚风冷冷地说道，也向前冲去。

第262章

鲲出世

鱼九变浑身都是金色鳞片，像是穿上了一件黄金战衣。

在他的身体上，鳞片刺目，化成刀光旋涡，仿佛可以绞灭一切。

鱼九变“嗖”的一声冲了过来。

“轰！”

鱼九变再次出手时，能量增强一大截，体表的金色鳞片非常恐怖，绞得楚风拳头直流血。

“死！”鱼九变大喝，身体越发璀璨，刀光旋涡疯狂旋转，向楚风绞去。

楚风不仅拳头流血，身体多个部位也负了伤。

楚风一声大吼，将速度提升到极限，并现学现用，施展流光拳，一拳又一拳向鱼九变击去。

“锵锵锵——”

铿锵声震耳，鱼九变身体上的所有金色鳞片都在抖动，刀光旋涡越发恐怖，能瓦解能量攻击，并将能量化为己用。

这是什么秘技？许多人大吃一惊。

“哧！哧！哧！”

刀光旋涡吞噬能量后，突然喷出刀气，疯狂劈向楚风。

一刹那，怒浪滔天，白茫茫一片，空间扭曲，刀气交织。

远处，一座荒岛轰然炸开，在刀气中被绞得粉碎。

楚风后退，心头微惊。他的身体被刀光覆盖，肩头、手臂等部位都出现了伤口。

“天神族统御诸天，地星最辉煌时期的人都不是我们的对手，何况这个时代的人？拿命来！”鱼九变大喝。

现在，鱼九变连脸上都浮现出金色鳞片，满头金色发丝飞舞起来。他越发凶猛，向前扑击。

“哧！哧！哧！”

楚风抬手间施展乱星指，一道道光束击在金色鳞片上，火星四溅，而后被刀光旋涡吞噬。

“轰！”

接下来，鱼九变体表的金色鳞片抖动，刀气纵横，从刀光旋涡中激射而出。

“砰！”

楚风身体多个部位被刀气劈中，受了不小的伤。

“鱼大哥果然妙术无尽，现在施展的就是一门无敌绝学！”清琪公主放心了，脸上露出一丝笑容。

方丈仙岛的其他人也都面露笑意，略微松了一口气。

不要说他们，就连星空中的人都一致认为这是了不得的战技，着实可怕。

“这应该是一门无敌战技！”

“楚风危矣，如果破解不了，就很有可能会被刀光旋涡绞灭！”

不少人皱起眉头，暗叹十大星球果然可怕，神话永恒，很难打破。

此时，楚风也感觉这种秘技相当诡异，跟寻常的妙术不太一样，非常难以破解。

若非学会了天涯咫尺，速度快得超凡，他一定会负伤更重。

“嗡嗡嗡——”

虚空颤动。楚风双手画出莫名的轨迹，跟鱼九变身上的金色鳞片共鸣，进行有规律的振动。而后，楚风向前攻去。

“铮铮铮！”

鱼九变身上的金色鳞片抖动，如同金属片相互撞击，铮铮作响。刀光旋涡再现，先是吞噬楚风的能量，接着喷出刀气。

不过，这一次效果不是很好，鱼九变的刀光旋涡没能吞掉楚风全部的能量。

楚风长舒一口气。共振术有效，他费了一番功夫，终于还是捕捉到对方奇异战技的振动频率。他开始了反击。

鱼九变不信邪，因为，他的这种手段跟某种无敌法有关。此时，他周身的刀光旋涡一个又一个，刀气激荡，简直要撕裂空间。

“轰！”

大浪滔天。

楚风的共振术太惊人，他再一次捕捉到对方的节奏，共振发生，瓦解刀光旋涡。

在鱼九变的周围，原本绚烂的刀气一下子成片地暗淡下去。

“砰！”

楚风的拳头成功砸在鱼九变的身上，金色鳞片纷飞，鱼九变踉跄着后退，负伤不轻。

“嗯？”直到这时，楚风才意识到那金色鳞片以及刀光旋涡有些特别。

“这是他观想出来的东西！”刹那间，楚风明白自己被误导了。他原本以为那些金色鳞片来自鱼九变的本体，其实那是观想出来的，鳞片只是附着在鱼九变体外，并非身上长出来的。

同一时间，星空中也有很多人恍然大悟，那是鱼九变观想出来的东西。

“观想了一条鱼？他怎么会这么强？有点古怪！”星空中，不少人皱眉，一时间琢磨不透。

然而，此时楚风欣喜不已。共振术连观想出的道果都能击破？这实在惊人，让他底气越来越足了。

“你有一门绝世妙术，能以弱击强，从内部瓦解对手。不过，你想破我的观想道果，今天注定要失败。”鱼九变开口。掉落的金色鳞片再现，他通体金黄，且身体在剧烈变化中。

一刹那而已，鱼九变的能量气息变得更加惊人。

“我先前不想全部展现，但是没想到自己被宇宙边荒一颗没落星球上的野蛮人逼到这一步，那就施展出完整版吧！”鱼九变的目光无比森冷，身体激烈变化，金色长发消失，全身都布满了金色鳞片，接着整个身体扭动起来。

“轰！”

鱼九变化成了一条金色的大鱼。

楚风运用火眼金睛看得清楚，这是鱼九变的观想道果，与其自身交融在一起。

金色的大鱼在碧海上跳跃，气息恐怖绝伦，震撼人心。

鱼九变完全不同了。

周围所有人都心惊肉跳，宛若面对一只史前凶兽，连灵魂都在战栗。

星空中，人们疑惑，观想一条大鱼竟能这么恐怖?

霎时间，有个人猜到了什么，顿时神色一动，更有人失声惊呼。

“难道是那张图落入了天神族手中？”

“没错，这就是依据那张形神兼备的真形道图观想出来的，看来……天神族得手了。”

原兽平台、黑血角斗场等一些高人气的平台都轰动了，很多人猜测到了这是什么情况。

“不就是一条鱼吗，有什么出奇的地方？”有人不解。

“那是鲲，可化鹏！”一位名宿道出真相。

人们不禁倒吸了一口凉气，全都震惊不已。

部分人在震惊的同时，想到了一件旧事。

当年，天神族去攻打一颗没有覆盖星际网络、无比原始的星球，那里有不少蛮神，崇尚力量，但拒绝科技。

据悉，天神族就是为了寻找鲲鹏真形道图才跟那里的人开战的。

那片看似未开化之地却接连跳出多位蛮神，让天神族付出了很大的代价，大批族人伤亡。

现在看来，天神族真的在那里找到了鲲鹏真形道图，族中底蕴越发深厚。

“海阔凭鲲跃！”鱼九变化成汪洋中的主宰者，眸子冰冷无情，金色的身体带着滔天大浪跃起，快如电光向楚风扑击过去。

果然，鱼九变彻底观想出鲲身后，实力恐怖到让人心惊的地步，整片碧海都在轰鸣，都在颤动。

“砰！”

刹那间而已，鱼九变就将楚风撞飞了。这一次鱼九变没有动用金色鳞片、刀光旋涡等，而是直接用鲲之身。

楚风咯血，身体横飞出去。

幸好他的呼吸法非凡，能跟十大星球的无上呼吸法比肩，早已将他的肉体滋养到了异常坚实的程度。

不然，楚风刚才会被直接撞死。

须知，那可是鲲之身。

“太强悍了，这是无敌道果，鱼大哥果然了不起！”清琪公主惊叹。

方丈仙岛的人自然知道，进化者一旦观想这种生物，就算是成群同境界的进化者都可以压制，更不要说只是对付一个低境界的进化者了。

星空中，许多人在议论。

“这有些不要脸，观想境进化者欺负逍遥境进化者，要知道，鱼九变可是看过那种无敌真形道图的，观想出来的东西恐怖无比。”

“这下麻烦大了，天神族底蕴太深，这个鱼九变有幸看过那张真形道图并观想了出来，这仗还用打下去吗？”

“砰！”

楚风再一次被撞中。

鲲之身在这片汪洋中有无敌之势，速度快，而且体魄强健，是最强大的武器。

楚风再次咯血，身体横飞而起。

人们一阵惊愕。楚风的肉体竟这么强，被鲲之身撞中不止一次了，都没有崩裂？

“挣扎也是徒劳的，你必死无疑！天神族统御诸天，威严不可冒犯！”鱼九变喝道。

“你算什么东西，不过是倚仗境界高而已。我如果进入观想境，站在这里都不会动一下，让你用鲲之身随便撞！”楚风说道。

他在想办法，想要全面捕捉对方观想道果的脉动。这有些难度，因为这是完整版的观想道果，比刚才的战技厉害得多。

但是，楚风对共振术有信心。

“死！”鱼九变喝道，浑身金色鳞片齐张，能量光束交织，向楚风击去。

“嗡嗡嗡！”

数十个粗糙的石球在楚风周围浮现，排列起来阵势惊人，而后随着他双手的振动，产生共振。

“轰！”

楚风挡住了对方的冲击，同时捕捉到了鲲之身的脉动，毫不犹豫地施展绝世秘术。

数十个粗糙的石球排列着，增加共振术的威力，冲击鱼九变的鲲之身，场面无比惊人。

原本通体金黄、强悍无比的鲲之身剧烈颤动起来。

“啊——”鱼九变惨叫，身上一片又一片金色鳞片脱落。

须知，这种观想道果到了一定层次，能演绎无敌手段，现在却被楚风破解。

楚风心中满是收获感与满足感，他知道自己将共振术研究透彻了，连观想道果都能瓦解。

“啊，不！”鱼九变大叫。

半空中到处都是金色鳞片，一片又一片金色鳞片闪着寒光，染着血，坠落在碧海中，溅起浪花。

鱼九变痛苦大叫，几乎昏厥过去。

鲲之身因观想而生，首先要经过自身心灵的承认，不然何以显现?

正因为如此，这种被撕裂的痛楚难以忍受，哪怕是天神族的人也承受不住。

“天神族不过如此！”楚风冷冷地说道。

人们惊呆了。那可是来自十大星球的年轻天才，竟被楚风强力压制。

方丈仙岛上，无论是清琪公主，还是她身边的侍女若兰，抑或是副岛主李锴，都脸色骤变。来自天神星的贵人怎么会败?

地星历经漫长的没落岁月，如今才开始走向复苏。楚风怎么能强到这等地步?清琪公主等人不敢相信。

这种人物眼下就能如此，一旦进入宇宙中，进入那些鼎盛的生命星球，是否会进一步蜕变?这让方丈仙岛的人略感惊悚。

星空中，此时已然人声鼎沸。

观想境进化者观想鲲鹏这种至强的生物，若是成功，说其掌握了无敌法都不为过。

人们不得不叹，天神族底蕴深厚，拥有的奇功绝学数不胜数，连鲲鹏真形道图都能寻到并据为己有，实在惊人。

鱼九变有幸见过鲲鹏真形道图，观想出了鲲之身，可还是败了，被没落之地的那个年轻人压制。

这是何等惊人的结果！

星空中，各方人马大受触动。

无论是原兽平台还是黑血角斗场，也不知道有多少人在热议。

“楚风了不起啊，今日一战打破神话，向世人宣告了十大星球的人也是可以战胜的。”

“鲲之身的确强悍，若是一般的观想境进化者上去，哪怕是许多的人一起上，也会被横扫。可惜，鱼九变观想得还不够，而且遇到的敌人太超凡。楚风那种以弱击强的手段真是可怕，那是击败神话之术！”

“鲲鹏，由鲲而鹏，那种变化才恐怖。鱼九变还未练到家，差了一些火候。”

地星，东海。

鱼九变依旧是鱼形，还没有恢复为人身。

鱼九变之前通体被光团笼罩，连发丝都是金色的，宛若神祇，可现在虚弱地立在半空，仿佛随时会坠落进汪洋中。

“挺住，不要气馁，你要相信天神族无敌，信念不可失！”一个声音传来，如惊雷滚滚，震得长空都在轰鸣。

许多人吃惊，还有天神族的人到来？

然而，看到开口的人是谁后，人们又都愣住了。居然是楚风在为鱼九变打气！

方丈仙岛的人刚面露喜色，以为有强援来了，看到是楚风在鼓励鱼九变后，也全都愕然。这是何意？

事实上，鱼九变也有那么一瞬间双目发光，想到天神族的辉煌以及压制宇宙各族的荣耀，信心大增。

可是，在知道那句话是楚风说的后，鱼九变长号出声。这是羞辱吗？

受刺激后，鱼九变提起精神，鲲之身再次覆盖上一层金色鳞片。这也是观想所致。

“你以为自己已经掌控了一切吗？”鱼九变通体金黄，在一股怒火的支撑下，要跟楚风死磕到底。

“有什么手段尽可以施展，像流光拳、仙鹤剑、乱星指这样的绝学，多多益善，我来领教！”楚风哈哈大笑道。

“你敢辱我！”鱼九变目光森冷，愤怒无比，觉得自己被羞辱了。因为有目共睹，楚风曾经临阵学法，领悟那些秘技。

“你不会没有顶级战技了吧？天神族底蕴深厚，不会这么不禁打吧？”楚风皱眉。

楚风刚才没有乘胜直追，只有一个目的：盗取绝学。天神族的战技太惊人，他想趁机参悟。

“可恨……可恨啊！”鱼九变低吼。自己来自天神星，难道存在的意义只是陪衬这个没落星球上的野人吗？

金色的鲲之身内隐约间有一道人影浮现，拳印刺目，正是流光拳。

鱼九变愤怒到极致，演绎顶级秘技，流光拳的速度居然被其提升了四倍左右。

然而，迎接鱼九变的是共振术以及同样快如闪电的流光拳，其当场伤痕累累。

“你可以再来，换一种全新的绝学！”楚风喊道，目光炽烈，略显兴奋。他很想再揣摩一些妙术，以为己用。

“哧！”

与此同时，楚风抢先一步施展乱星指。他十指齐张，光束一道道地飞出，攻击鱼九变。

“噗噗噗——”

鱼九变没能全部避开，遭受重创，差点一头栽倒在海中。

“你……”楚风用鱼九变的手段对付鱼九变，这对鱼九变来说是耻辱。

鱼九变能够看出，对方参悟出的妙术跟自己的不太一样。楚风不可能把握这些妙术的所有要义，却能以一种非常神秘的呼吸法催动这些妙术，且效果极佳。

化别人的法为己用，用心揣摩与体会，最终融入自己的法中，这很可怕。鱼九变心中愤恨的同时，也感觉到惊悚。

“是那种呼吸法？”鱼九变猜测。

可是，据悉那种呼吸法虽然惊世，但也不至于如此，当年这颗星球上的人又不是没施展过，天神星的高层就见识过。

“你到底还有没有绝学？真没了的话，要你何用？做饵料钓老鳖算啦！”楚风喝道。

“这……”星空中，站在鱼九变这边的人都想说脏话了。这也太嚣张了，让他们都有些心疼天神族的年轻强者了。

“你……该死！见我如见天神族，你竟敢羞辱宇宙最强族群，必定没有活命的机会！”鱼九变恨恨地道。

楚风淡笑道：“你算什么，一条烂鱼而已，也能代表宇宙最强族群？”

“啊——”鱼九变大吼。鱼九变自然不会坐以待毙，鲲之身在蜕变，金光大盛，仿佛要化成一只无上神禽。

刺目的羽毛撑破金色鳞片生长出来，鸟喙即将成形，腹部有爪子要伸展出来。

“由鲲而鹏，鱼九变这是在观想鲲鹏真形，想要临阵突破！”许多人倒吸了一口凉气。

一刹那，鱼九变那里形成一个惊人的光团，宛若一个茧包裹着鱼九变。

这是非常可怕的蜕变，一旦成功，鱼九变就会进化成一个崭新的生物，其实力自然也会提升一大截。

楚风盯着那个包裹着鱼九变的光团，开始演绎蛟魔拳，同时运转道引呼吸法，想要提炼出蛟魔拳最核心的东西，使其返本还源。

最近几日，楚风发现以道引呼吸法提炼蛟魔拳的要义时需要可怕的压力才行，在平和的状态下根本无法体悟蛟魔拳应有的本质。他觉察到，这样的尝试需要在极限境地下进行。

刚才，他并未遇到真正的生死压力，同时为了巩固共振术，盗取几种顶级秘法，就没有尝试。

现在，他忍不住了。真正的机会到了，对方已经没有新的妙术可以施展，竟要临阵蜕变，这对于他来说是一种巨大的压力。

故此，楚风开始演绎蛟魔拳，希望在鲲鹏真形的压力下，能够得到蛟魔拳最本质的东西。

“由鲲而鹏，我倒希望你能成功。”楚风平静地开口。

听到这种话，所有人都神色古怪。楚风竟然盼着敌人强大起来，这是多么自负！他这是要做什么？

楚风神色平静，心头却无法平静。

大力牛魔拳返本还源后，他得到了共振术，堪称绝世秘术，强大得让他自身都震颤。

蛟魔拳中藏着什么？他颇为期待！

“轰隆！”

可惜，那个“茧”龟裂，而后炸开，出来一个怪物：鱼身，长满金色鳞片，背上有一对小翅膀，光芒绚烂。

鱼九变没能成功进化成神鹏。不过，即便没有进化成神鹏，鱼九变的气息也强了一截。

“啊——”拥有鲲之身、鹏之翅的鱼九变怒吼，眼睛射出冷幽幽的光芒，盯着楚风。

“你吼什么？居然蜕变失败，太没用了！”楚风呵斥道，并冲了过去。

听到这种话，所有人都一怔。这是嫌弃来自天神星的对手？

这一刻，鱼九变神色冷峻无比，双翅一振，能量大增，疯狂冲向楚风。

楚风一下子催动一百个粗糙的石球，同时运用共振术，向前击去。

在此关头，他都没有展现自己的画卷。

“轰！”

一百个粗糙的能量石球前所未有地一起出现，增加了共振术的威力，导致那个怪物浑身是血，身受重创。

“你怎么这么弱？为什么蜕变失败？真是气死我了！”楚风冲了过去，拳头光芒绚烂，击向鱼九变。

楚风无法借对方之势挖掘自身的潜力，以便获取蛟魔拳中隐藏的妙术，非常失望。

人们愣住了。这……还有天理吗？他嫌弃对手也就罢了，敌人蜕变不成功，反倒要受到责怪？

“由鲲而鹏，你给我继续啊，必须成功！”

显然，那是不可能的。受到楚风这么猛烈的攻击，来自天神族的年轻强者都快承受不住了。

星空中一片寂静。

方丈仙岛的人如同泥塑木雕。

第263章

通天隧道

星空中，各族进化者见到这一幕，无不张口结舌。

想要实现生命层次飞跃的鱼九变，哪怕由鲲而鹏的进化不算成功，但毕竟蜕变出了金色的鹏翼，可结果还是这么惨。

这可是十大星球的人，号称自古统御诸天的天神族的后代。

此时，鱼九变眼睛猩红，都要喷火了。

敌人这种态度，对鱼九变的伤害无穷大。

“这可是逍遥境对观想境啊，须知，后者来自天神星！”有人慨叹道。

这个人不提的话，人们几乎忘了这并非同层次进化者的战斗，而是差了一个大境界的进化者的战斗。等回过神来后，星空中关注这一战的人再也无法保持安静了。

原兽平台、黑血角斗场等平台一时间沸反盈天，各种声音铺天盖地而来。

在楚风与鱼九变开战之前，很多人认为神话永恒，十大星球必定很难战胜，已经很长时间没有人敢去挑战十大星球的人了。

今天，这一切都要被改写。这在过去人们想都不敢想，说出去都没有人相信。

一向是十大星球的人谱写辉煌传说，可是今日反过来了，天神星的年轻进化者成为陪衬，被楚风强力压制。

鱼九变还没有死，但也活不长了。楚风只要愿意，就可立即除掉鱼九变。

来自十大星球的鱼九变现在被楚风拎在手中，哪里还有刚出场时的气势？

鱼九变刚刚降临时，被一团金光笼罩着，金色发丝飞舞，宛若神祇，可是现在成了什么样子？

方丈仙岛上，所有人都沉默了。这个结果真是让他们难以接受。

清琪公主脸色惨白。

侍女若兰更是花容失色，情绪低落，心中恐惧。她眼中的天神星贵人居然败得这么惨？

从一开始若兰就蔑视楚风，憧憬着跟清琪公主嫁入天神星，甚至比清琪公主还积极。在她的观念中，其他星球的人怎么能跟十大星球的人相比？地星这片没落之地的人更加不行。

然而，楚风用拳头打败了鱼九变，也打破了若兰嫁入天神星的美梦。

“怎么会这样？鱼大哥居然大败……”清琪公主嘴唇发白。

“公主，楚风实在强得离谱，以逍遥境的实力打败观想境的进化者，唉！”旁边，一名年轻人轻声叹气。

听到这种话，方丈仙岛诸人心头剧震，他们也几乎忽略了楚风以逍遥境的实力战胜观想境的鱼九变这一事实。

是楚风太厉害，还是他们看重并想倚仗的鱼九变太没用，没有天神族人应有的风采？

此时，鱼九变伤势太重，显出真正的本体。

鱼九变真的是一条鱼，通体金黄，头上长着一对龙角。

“给我醒来，我还有很多话想要问你呢！”楚风逼鱼九变醒来。

鱼九变眼神森冷，知道自己多半没有好下场，也不求饶，反而发狠道：“地星人，你还能活多久？与天神族为敌，你必死无疑，谁都救不了你！”

楚风没有理会鱼九变，而是取出光脑，登录原兽平台，开口道：“诸位，谁想买鱼啊？要知道，这可是天神族的鱼，平日间谁能见到？错过这村就没这店了。谁想要的话就下单吧，我联系通天隧道公司马上邮寄过去。”

楚风还想跟与天神族有仇的族群、道统说点什么，可他发现根本不用他多费口舌，竞争的人早已挤爆原兽平台。

这让楚风大吃一惊。

显然，竞争的人都有来头。

天神族高高在上，统御宇宙，平日谁敢招惹他们？如今好不容易有一个胆大包天的魔王恣意妄为，天神族的仇人自然不会放过这个机会。

负责派送的是通天隧道公司，这是宇宙最古老的财团，背景与底蕴太吓人，相传连十大星球都不会干预他们。

他们从未泄露过客户的信息，这是金字招牌。

无论谁找他们在宇宙中邮寄东西，都没有出过事。哪怕在古老的岁月中有过意外，他们也都一路追查到底，最终不仅给了客户天文数字的赔偿，还抹除了那些“意外因素”。

所以，通过通天隧道公司送达绝对安全，就算是天神族的人也追察不到。

有人说，通天隧道公司其实就是十大星球中的两三个族群一起扶持的；也有人说，在开天辟地前的古老岁月中，通天隧道公司这家财团中沉睡着混沌神祇，足以与十大星球抗衡。

不管怎么说，选择通天隧道公司无后顾之忧。

不远处，鱼九变气得浑身哆嗦。

这是何等的奇耻大辱！来自天神星的它，竟然成了交易品？

远处，方丈仙岛的人真是心中滋味难明，一个个难以接受这样的结果。

这就是他们想倚仗的天神族贵人？这样的结果对他们来说太讽刺了！

各路神子、圣女级人物都面面相觑，震惊无比。

那可是十大星球的人，居然要成为交易品？这实在有些惊人。

楚风与一个拿出了最珍稀秘籍的人达成了交易意向，而后他在光脑上操作，联系通天隧道公司。这次，他选择了人工服务。

“通天快递，我的坐标是地星东海，临近方丈仙岛。”

“先生，我要纠正，我们是通天隧道公司。”一个有着磁性嗓音的女子很客气地纠正道。

“差不多，反正是宇宙快递。”

那个声音很好听的女子解释道：“不一样的。我们还负责开辟通向残破古宇宙的路径，以及研究混沌中先天神魔的栖居空间。空间隧道业务广泛，宇宙快递只是我们旗下规模还算可以的一个业务部门。”

楚风闻言，郑重地说道："我有感觉，以后我们会有非常广泛的合作。"

"嗯，很高兴地告诉您，我们内部曾对您做过评估，认为将来我们在前沿领域或许与您有一定的合作可能性。"

随后，楚风将鱼九变身上的各种物件都收走。

有几件观想层次的兵器很不凡，此外还有一颗内部封着一滴金色液体的水晶。

元魔叫道："天神液！"

元魔心惊，因为天神液可以辅助修行。

"这东西能巩固人的道行根基，有惊人的奇效！"

"它价值连城，可以去除进化者因为进化过猛而在体内留下的各种隐患。"

原兽平台上也有许多人惊呼，一些人十分眼红。

天神液可遇不可求，天神族很少将其送给外人，外人想买的话也非常难，除非去宇宙黑市。

楚风了解后顿时大喜。

他进入逍遥境不久，而且一口气挣断了数十道枷锁，进化太迅猛了，一直担心自己根基不稳。所以，他不敢再服食剩下的蟠桃、朱果等圣药。

现在好了，有了天神液，他能进一步提升道行了！

显然，这是鱼九变为自己准备的。一旦在地星突破到一定层次，需要花费时间去巩固道行根基时，鱼九变就可以直接服食此液。

"哈哈，太好了！"楚风大笑。

这是他目前最需要的东西。在他看来，这滴天神液比什么都珍贵。

"你……"鱼九变眼睛喷火，十分恼怒。这样的东西鱼九变也是好不容易才得到的，没想到便宜了敌人，早知如此，宁可毁掉！

"对了，你想活命的话，现在还有唯一的机会，将天神呼吸法交出来！"楚风盯着鱼九变。

"你就不要做梦了。凭你也妄想打天神呼吸法的主意？天神呼吸法是宇宙中的至强呼吸法之一，除天神族的人，无人可掌握！"鱼九变自然不会配合。

"我怀疑你没有掌握天神呼吸法，不然怎么会这么弱？"楚风说道。

这种话也太打击人了。鱼九变很强，且来自天神星，竟被这么评价。

“鱼九变应该没有掌握完整的天神呼吸法。”元魔开口，表示看到过真正的天神族强者出手，那场面太恐怖，无与伦比。

“那个年轻的天神族强者张口间吞吐刺目的金光，那种呼吸节奏可怕得让人心悸。”元魔轻叹。

有一次，他在一颗蛮荒星球上狩猎，远远看到一个天神族强者抬手间凝成闪电长矛并猛然一掷，跨境界消灭一些蛮神后代。

那个天神族强者真的像神祇一般，睥睨天下，所向无敌。

“真的很像天神下凡！”元魔叹息。

“这么说来，我抓到的这个鱼九变不在最厉害的那批人之列，并非天神族少神那种层次的人。”楚风点头道，“这就对了，我一个逍遥境的进化者就可拿下鱼九变，若这就是天神族的最强传人，那我真是要失望了。”

楚风早已猜到了这一结果，并不觉得意外。

同时，他也不惧天神族真正的天之骄子。

他现在刚步入逍遥境，等踏入观想境，哪怕遇到天神族少神，遇到那些强大的旷世奇才，他也不惧。

“你到底是什么身份？”楚风问鱼九变。

“我只是替少神来地星灭你的人而已，真要是天神族的道子前来，一只手就能消灭你！”鱼九变恨恨地说道。

“笑话！我若踏入观想境，什么道子，什么少神，敢来这里，统统消灭！”楚风不惧。

然后，他知道了鱼九变的身份。鱼九变也算是一个天才，但不是天神族的嫡系成员，甚至不算正统后代。

“你是天神族某位大人物的家臣的子嗣？”楚风面露异色。

为了突出天神族的强大，鱼九变不惜揭底，说自己非纯血一脉的后代，而只是一名家臣的后人。

“说得好听是家臣，其实也就是家仆吧。”楚风大笑，看向方丈仙岛的人，道，“你们可知这些情况？这就是你们的联姻对象，还真是……”

第264章

风云激荡大时代

方丈仙岛上，一群人愣在那里，遭受到巨大的打击。

他们极力结交的天神族贵人，来自十大星球的天才，居然只是一名家臣的子嗣。

他们弯腰赔笑还嫁女，姿态放得很低，甚至有些卑躬屈膝，只是为了跟十大星球拉上关系，与天神族贵人结下善缘。

可是，到头来他们得到了什么?

鱼九变的真正身份居然是家臣的后人，也就是所谓家生子，名副其实的家仆。

“这……鱼公子怎会是……”侍女若兰俏丽的面孔上毫无血色，很难接受这个结果。

她一直憧憬着跟随清琪公主嫁入十大星球，甚至比清琪公主还要上心，结果等到的却是一个家生子?

副岛主李锴与几名白发苍苍的老者皱着眉头，脸部抽搐，心情坏透了。

若是追溯到以前，他们跟蓬莱仙岛的人一样，都是地星正统一脉的下人，也算是家仆。虽然现在以正统自居，但他们心中始终有一根刺。

所以，他们很想翻过这一页，不愿再触及旧事。他们不惜谦恭地嫁女，就是想获得认可，跟星空中的强大族群联姻。

怎能料到竟会是这么一个结果!

所谓贵人只是天神族一位大人物的家臣的子嗣，这对他们的打击太大了。他们的公主要嫁给一个仆人?

这无形中刺痛了他们的心，让他们想到了自己这一脉的过往。

他们的祖先当年只是仆从，追随在那群强者身后，被传授顶级武学，被赐予一切。那时，地星在宇宙星海中排位第十一，他们这一脉也享有无上荣光。

时隔多年，昔日那群强者都陨灭了，他们这一脉拥有一切后早已野心勃勃，不念旧情，想要取而代之。

那群战死的强者曾托付他们的祖先将留下的一切交给合适的后人，但是，如今的方丈仙岛诸人不想交出。

毫无疑问，真要有所谓正统嫡系后人寻来，他们会毫不留情地选择背叛。

他们想寻一个靠山，对抗可能出现的“旧主”，现在没想到却是这么一个结果。他们备受打击。

楚风的大笑声在他们听来分外刺耳，让他们感觉颜面无光。

他们不惜嫁出岛上的公主，结果却是寻了一个家仆。这让别人怎么看？真是讽刺。

清琪公主得悉鱼九变的真实身份后，修长的身体一阵轻晃。她也被打击得不轻，心中的诸般幻想都破灭了。

楚风大笑后，懒得理会方丈仙岛众人，只是瞥了他们一眼，就不再关注。

这种事无须多说，各路人马都觉得方丈仙岛这次非常丢人，一心攀高枝，结果闹出笑话。

当然，能跟天神族的家仆结亲，也不算自降身份，毕竟有天神族做靠山，不少人还是愿意这么做。

可是，方丈仙岛的人过早就四处张扬，说他们的公主要嫁给天神族的贵人，一位年轻的大人物。现在真相被揭穿，这就有些尴尬了。

“低调，做人一定要低调，不能四处张扬，不然会很惨！”楚风在那里教训元魔、紫鸾他们。

四人闻言都无语，心想：就凭你的所作所为，你也好意思说低调?

“低调内敛的楚魔王，什么时候发货？不要再耽搁时间。”原兽平台上，跟楚风达成了交易意向的人调侃与催促道。

“马上！”楚风回应。

“你身后那个少神到底什么来头？我与他往日无冤，近日无仇，这个傻瓜为什么盯上我？”楚风问鱼九变。

人们闻言，全都惊呆了。有谁敢这么称呼天神族的嫡系一脉为傻瓜？这个楚魔王简直是张狂至极！

这是对天神族传人的蔑视吗？

楚风不是第一次听到“少神”两个字，先前伏荒就曾说过，宇宙中有位少神放话让楚风去死。

那种口吻，那种姿态，当真是高高在上，像是帝王下旨，要赐死楚风。

接着，鱼九变更是前来执行那个少神的命令，对付楚风。

“因为你出生在这颗星球上，本身就是一种罪。少神看你不顺眼，就是要灭了你！”鱼九变冷冷地开口。

这还真是一个霸道的理由，不过仔细想来也有深层次的原因。

这里是地星，当年被攻克过，据悉曾有十大星球的人暗中主导。

天神族当年可谓双手沾满血腥，他们的最高层曾经跟地星映照诸天的至强者大战。

“那个什么少神，我还看你不顺眼呢，有种你就过来，我要你好看！”楚风指着天穹，面对星空，面带冷意，发出挑战。

管你是少神还是道子，真敢过来，一样拿下！

鱼九变双唇翕动，以微弱的精神力传音道：“楚风，原本你还能苟延残喘一段时间，可这一次你竟敢对付少神看中的女人蓝诗，你肯定活不成了！”

鱼九变没有明着说出来，而是暗中告知楚风。这不是什么好意，而是想刺激楚风进一步对付蓝诗，从而让少神发怒，早点对楚风发动雷霆攻击加以报复。

楚风闻言一怔。来自仙乐净土的新星的确风姿绝世，有成为宇宙红星的可能，被那位少神看上了？

楚风无意中跟这个新星结怨，没想到惹出了大祸。

不过，楚风又笑了。他正要跟蓝诗接触谈条件呢，一旦谈判失败，他会在星空中拍卖蓝诗的衣物，这定然会造成巨大的轰动。到时候，那位少神是否会发疯？

“嘿嘿——”楚风自顾自地笑了起来，弄得所有人都一头雾水。

唯有正在关注这件事的蓝诗起了一身鸡皮疙瘩。她的精神力在同代中罕有匹敌者，且直觉相当敏感。

见从鱼九变嘴里问不出其他东西了，楚风很快在方丈仙岛附近找到了一片折叠空间，并再次联系通天隧道公司，开启空间隧道，将鱼九变送走了。

可叹鱼九变，来时万众瞩目，通体璀璨，金色发丝飞舞，如同一位年轻的神祇；去时虽然依旧万众瞩目，却是以这样的方式，前后的反差太大了。

很多人感慨万千。地星那地方还真是山高皇帝远，各族的高手在那里即便出了事也没人管得着。

其他星球的人就不说了，现在连十大星球的人都没能幸免。

星空中，各路人马心情复杂，有的拍手称快，有的恨得咬牙切齿。

显然，楚风在一部分进化者眼中是狂放不羁的反抗者，在另一部分进化者眼中则是臭名昭著的规则挑战者。

“他一旦踏进星空中，肯定会死得很惨。那些老怪物可都是狠辣无情之辈，就算是毁灭一颗星球都不会眨一下眼睛！”

“嗯，他都不见得能走出那颗星球。我猜想，天神族不能忍，西林族会发怒，各方圣人屡屡被冒犯，也定会出手。”

星空中，不少人预测地星上将有狂风暴雨，无敌族群的天之骄子多半会有人降临，去对付楚风。

因为，他闹出的动静太大了！

此时，就连天神族的人都得悉了这件事。他们高高在上，原本不屑于关注这些，但是这次没办法，这件事涉及他们。

“找死！”那位少神知道后，一掌拍碎整座洞府，愤然出关。

“我说，天神族少神，你赶紧来吧，我还准备换秘籍呢，想来你的价值更高！”这一日，楚风张狂地喊道。

而后，他大呼：“魏恒，魏钧驮蛋，你想好是否要接受我的挑战了吗？”

原本置身事外，觉得自己终于从旋涡中脱困的钧驮又一次沉下脸：你不是盯上天神族了吗？怎么还对我念念不忘？每次都提及，真是找死啊！

星空中的动静太大了，各方反应激烈，真正的狂潮要到来了，一些实力惊人的英杰准备上路，有些天才人物即将降临地星。

也是在这一日，号称星空下第九的魏恒终于做出回应。

风起云涌，大时代到来!

楚风不理会这些。他准备去不灭山看望黄牛它们，不知道它们如今怎样了。他还准备在不灭山服下天神液，从而再次进化，提升道行。

楚风有段时间没去不灭山了，不知道黄牛、大黑牛、西伯利亚虎王、驴王与蛤蟆怎样了，是否在石壁上给他留了言。

想到这些，楚风心绪起伏，又想起了和它们在一起的日子。那段日子里，尽管遇到了各种危险，麻烦事不少，楚风却相当愉快，想想真是有些怀念。

“我估摸着，海底洞府出现还得等上一段时间。我没时间也没心情守在这里，你们自己留心。若是海底洞府出现，你们直接闯进去争夺机缘。”在离开前，楚风在碧海中的大船上请元魔、紫鸾等人吃全鱼宴，并告诉他们放开手脚，不用忌惮什么。

元魔大口吃肉，大碗喝酒。他野性十足，桀骜难驯，哪里用楚风多说?

紫鸾则如小鸡啄米似的不断点头，巴不得楚风赶紧走。守着这个魔王，她总是心中发慌，像一个受气小媳妇似的。

至于展鹤和李凤，也相当顺从，绝不敢拂逆楚风。

楚风的光脑是关闭的。现阶段联系他的人太多，有关他的议论也太多，实在太乱，他懒得管。

“有人放话给你了。”这时，紫鸾小嘴张开，眼睛大睁，相当吃惊地说道。

“又是那些想跟我做交易的人吧？告诉他们，我暂时没空，等回来后再说。”楚风相当淡定地说道，“对了，有没有名气特别大的圣女级人物？目前是不是蓝诗最有名？”

元魔故意道：“有，映谪仙，天骄神女，同时是红遍星空的明星，来自十大星球，弟弟是映无敌。你敢惹吗？”

楚风毫不在意，道：“她没降临地星，也和我无仇，我惹她干什么？你们替我留意，真有这个级别的仇家到来，比如那个少神的姐姐或者妹妹出现，立即跟我联系。”

无论是元魔还是展鹤，都一脸诡异。这魔王还真是胆大，那位少神都还没打过来呢，他就先惦记上人家的姐妹了。

“喂，我这里有重要消息，你们跑题了。”紫鸾再次开口。

“我们谈美女，你干吗不满？”元魔瞥了她一眼。

“星空下第九的魏恒圣人发话，你再敢跳的话，他就一根手指头按死你！”紫鸾告知楚风。

西林族圣人魏恒相当轻蔑地放出话来，就如同他上次在地星显圣那般，高高在上，俯瞰这颗生命星球。

“魏钧驮蛋真回应我了？”楚风吃了一惊。

“不过，他不屑于应战，说你没资格，他纵横天下时，你还不知道是哪粒尘埃呢。”紫鸾转述道。

“魏恒！”楚风收起笑容，想到老圣人明叔被魏恒那般折磨，就杀气腾腾，恨不得立刻杀过去。

昔年的星空下第九的确惊艳天下，而今更是名震星海，号称绝顶圣人，横扫同阶无对手。

紫鸾告知楚风：“他说，他的后人上路了，即将进入地星。那是西林族当世神子。除掉你后，那名神子将宣布西林族正式回归，再次成为这颗星球的主人。”

紫鸾相当尽职，告诉楚风来自星空中的消息。

楚风道：“魏钧驮蛋依旧自恃。好，那我就斩了他的后人，看他还能派谁出马。西林族神子，该族这一代的最强传人，来得正是时候！”

人人都知道，西林族神子跨界这件事影响很大，丝毫不弱于天神族少神降临。因为这涉及地星正统之争。

西林族早已反叛，如今他们要回来，这是想拿楚风祭旗，宣告他们的回归。

他们很傲慢，对地星目前的本土进化者很不屑，认为其都是杂血后裔，根本不是正统，唯有他们回归，在母星复苏之际绚烂崛起，才算名正言顺。

“还有什么人要来？”

楚风这次心平气和。他早已料到地星上会刮起一阵风暴，会来一批狠角色，果真开始了。

“机械族神子也快要到了，扬言要找你切磋。”

所谓切磋说得太文雅，其实就是想除掉楚风。该族非常强，而且和西林族交情很深，互为盟友。

“那群机械人都该回炉炼成铁！”楚风冷冷地道。

他自然不会忘记，上一次机械族大军对他展开万里大追击，从东海追到各座名山。当时他一路负伤，大战非常惨烈。若非关键时刻妖公主现身，将漫天战舰打爆，那时他就危险了。

楚风冷幽幽地道：“此一时，彼一时。机械族神子要来的话，我正好与它算一算之前的那笔账！”

元魔四人闻言，哪怕习惯了这魔王的张狂自信，此时也还是心惊。

机械族是顶级强族，进化岁月悠久，该族历代神子都以机械金刚自居，身体坚实无比。

“重大消息，天神族少神真的起程赶来地星了，还带领了一群顶级天才！那可都是各族的最强传人！”紫鸾惊叫起来，把这个刚出来的消息念给楚风听。

先前有关天神族少神会来地星的消息都只是传闻，现在消息被证实，那位少神的确已经动身，挟无敌威势而来，会在近期降临地星。

紫鸾补充道：“他号令一批圣子级人物跟随征战，还对你发话，让你最好自决，不要等他亲自出手。”

楚风没有恼怒，而是平静地开口道：“看来在他出现前，我得约一下蓝诗。那个少神不是看中蓝诗了吗？我偏不让他如意！”

“天啊！”紫鸾惊叫道，“果然山雨欲来风满楼。出大事了，各种猛人、诸多大族都出来了！”

“还有什么人？”楚风问道。

“如今排名第十一的星球，那里的人也要来了！”紫鸾告知楚风。

“掌握幽冥呼吸法的族群！”楚风的脸色顿时阴沉下来。

他在月星上时，从传承能量塔那里了解到了不少旧事。

如今排名第十一的星球在当年排名第十二。当年，那里的进化者倾巢出动，号令各片星域，带领很多生命星球的大军进攻地星。

从明面上看，他们就是主力。

事实上，他们背后有十大星球的几族人马支持，比如天神族映照诸天级的至强者皆出动，参与围攻。

不管怎样，掌握幽冥呼吸法的那一族当年是名义上的领军者，星空骑士等都听从他们的号令。

现在，那一族又来了！

“很好，都来吧！奈何不了他们的圣人，那就先对付小的，一个一个解决！”楚风握紧拳头。

紫鸾很尽职，认真地禀告道：“幽冥族的绝顶圣人开口，语带调侃，称呼你为虫子，说魏恒不和你打，他和你打。当然，前提是你能在这次的风暴冲击下活下来。”

“幽冥族的圣人算哪根葱？原兽平台上同阶一战吗？到时候我去消灭他！”

楚风对这一族充满敌意，毕竟他们是毁灭地星的主力，曾号令诸多星域组成联合大军来进攻地星先民。

在楚风眼中，这是跟星空骑士、西林族、十大星球的黑手等并列的刽子手，算是元凶之一。

元魔开口，刺激楚风：“这根葱很大，当年号称星空下第八，比魏恒还高一名。而那个时代极度辉煌，百舸争流，天骄逐霸。后世人经过研究，认为那一代人最为强大。”

楚风神色一动，幽冥族的这个圣人竟这么强大。

然后，楚风想到了妖公主。在那个最为绚烂的年代，妖公主力压群雄，诸天第一，实在太超凡。

“我也给你机会，虫子，你若在这次风暴中不死，咱们原兽平台上见！”这一日，魏恒再次开口，依旧轻慢地称呼楚风为虫子。

“魏钧驮蛋也答应了。好，我打不死你！”楚风咬牙切齿。他对魏恒真是没有一点好感，恨不得立刻劈了魏恒。

举世皆惊。人们知道，接下来必然有天大的风暴，一个风云激荡的大时代即将到来。

各族都相信，绝顶圣人不会那么轻易出手，那样做有失身份，之所以如此放言，显然是认为楚风在这场大风暴中必死无疑。

仔细想来也是，天神族少神亲临，带领一群圣子级人物围攻，在这样的情况下，谁能活下来?

加上西林族神子、机械族神子也即将降临，几乎不弱于十大星球的幽冥族也派人来了。

此外，许多大人物纷纷上路，有不少甚至是映照诸天级至强者的后人。

事情越闹越大，地星成为风暴中心。

不久后，楚风果断离去，跟元魔、紫鸾等人分开，独自上路，赶往不灭山。他想见到黄牛、大黑牛、蛤蟆等，更想在不灭山服食天神液，再次进化，提升道行，以应对诸天强敌。

第265章

再聚首有期

东海，某一片海域云雾弥漫，阴气有些重。

楚风一路深入，最后见到一座岛屿，灰蒙蒙的雾霭越发浓厚。

这就是不灭山所在的岛屿，一般的人根本寻不到，也接近不了。楚风能够顺利找到，是因为他的身上有一块从不灭山带出来的石头。

他顺利登岛。岛上太安静了，可以说死一般寂静。

一路上，满地都是石头，也有植物，但都是干枯的、腐烂的，带着浓重的腐朽气息。

楚风没有停留，径直向岛屿中心赶去。那里耸立着七座仿佛插进天穹中的大山，那就是不灭山。

楚风来到不灭山前，再次见到了大量的骷髅，但它们的眼窝深处还有些许火光，那是将灭未灭的神魂。

这像是一座死亡之岛，充斥着无数骷髅生物，有数百丈长的不知名凶兽，有十米长的黑色大蚂蚁，还有传说中的九尾狐……

这里骷髅生物种类繁多，且带着腐朽的气息，来到这里仿佛来到地狱的入口。

楚风赶到山前，看到褐色岩石上刻着密密麻麻的字。大黑牛、西伯利亚虎王等果然出来过，给他留了言。

“楚风，我们进化神速，体质大幅提升，生命层次飞跃，这种境况连我们自己都害怕，唉，发愁啊！”

毫无疑问，这是大黑牛的留言。看到的人都能感受到大黑牛那一脸的得意之色。

大黑牛还告诉楚风，不灭山深处有圣药，吃了能使人实力大增。

“可惜啊，圣药虽好，却带不出去，你无福消受。那是一种紫色浆果，像太阳般发出刺目的光，味道真的很可口，入口即化，浓香飘溢十几里，服食后全身迸放紫光，双足轻飘飘地离地而起，宛若要羽化飞天。舒畅！”大黑牛描述详尽。

后面，驴王补充写道：“小楚，我们现在一个个实力突飞猛进，再见面时你会大吃一惊的。你要努力啊，千万不要落后。”

楚风无语。这软骨头的老驴以前可不敢称呼他为“小楚”。他感觉到这几个家伙肯定得到了很大的机缘，实力大增，不然驴王不敢这么嘚瑟。

楚风很高兴。他之前还担心它们的处境，现在看来，它们的处境远比他想象中的好。这不灭山中居然还有圣药，果然惊人。

“不愧为培养妖圣的地方！”楚风感叹。这地方太邪门，妖族进化者在这里试炼失败了就会成为骷髅生物，而一旦成功，以后必定会崛起，成为妖圣。

别的圣地只有传承，少有限制，不灭山却有各种可怕与严苛的要求。

不灭山专门培育妖圣，在这里试炼的妖族进化者如果最终成不了妖圣，那就算是失败者。

由此可见不灭山有多惊人，难怪连妖公主都说黄牛它们有大机缘，根本不用楚风送蟠桃、朱果等。

不灭山里面什么都有，在这里试炼的妖族进化者只要天赋、毅力足够惊人，一步一步走下去，能够活下来，就可以获得各种好处。

“兄弟，你跟不上我们的进化速度也别沮丧，以后虎哥罩着你！前阵子我吞食了一颗由金身罗汉级黑虎的精血浓缩成的舍利子，伐毛洗髓，一路蜕变，如今血气旺盛如海。”这是西伯利亚虎王的留言。

这几个家伙一直嘚瑟，留言中洋溢着乐观、喜悦和自信。

嘚瑟的留言下面，是它们认真起来的文字。它们叮嘱楚风，如果被人欺负、追击，遇到打不过的敌人，一定要隐忍，千万不要拼命，等它们出去后再为他出气。

楚风微笑，心中暖洋洋的。这几个家伙总算还没飘上天。

随后，它们也在一块巨型岩石上讲述了它们的担心。它们说黄牛与蛤蟆消失有一段时间了，一直没有出来。

楚风之前就知道，只有黄牛和蛤蟆深入了不灭山试炼地，成功则以后必然为绝世妖主，失败则会成为骷髅生物。

大黑牛、西伯利亚虎王、驴王、金雕王都很有自知之明，只是等在那片绝地之外，没有跟进去。

“小黄终于出来了，满身是伤，看得我们心疼。不过，小黄越发强大了。”大黑牛真情流露，留言中带着担忧，也带着欣慰。

“兄弟，你在外面究竟怎样，我们不知道。不要逞能，要照顾好自己，等我们出去帮你出气。我们在这里都好，小黄每次都带出来大量战利品，让我们跟着沾光。还有那只蛤蟆，接触多了感觉它真不错，圣药、妙术等都带出来过，很大气，就是嘴巴太毒，说自己吃圣药都要吃吐了，看着我们吃都想吐。”

楚风看到这里，感觉蛤蟆获得的机缘肯定很多，估计实力早已大增，不过，它那样还真是挺张狂的。

他觉得再次见面时，那家伙斜眼看人的毛病会更严重。

想到那只蛤蟆以后出来，口水四溅，斜着眼睛看一群神子、圣女级人物的场面，楚风就想笑。

他第一次跟蛤蟆见面时，它那口水就如同倾盆大雨般，差点淋他一身。

不过，蛤蟆不愧是神兽，的确厉害，曾跟楚风打得很激烈，最后才被压制。它真要在不灭山崛起，想必实力会越发强大。

至于黄牛，楚风更不担心。黄牛有慧根，天赋超绝，楚风会的黄牛都会，而且全都练到了出神入化之境。

当初幼小的黄牛就表现出无比惊人的战斗力。

接着，楚风又看到了另一块石壁上的留言。

“我们学了妖族的盖世绝学，可惜，我们向妖祖发下了血誓，不能将其传给妖族以外的生物。楚小子，暂时不能传你，以后再说。”

“黄牛改换呼吸法了！它在绝地深处有巨大收获，修得妖祖所留的呼吸法。它让我们告诉你，它传给你的那种呼吸法现在看来疑似不完整，少了后半部分。”

这块石壁上的文字很多，非常密集。前期是大黑牛它们替黄牛转述，后来，黄牛自己出来，详细叮嘱楚风，它担心楚风进化时会出问题。

显然，黄牛与蛤蟆长期待在绝地中征战，想出来的话很不容易，所以留言很少。

“楚风，我传给你的那种呼吸法应该是地星上的无上呼吸法，但是散落到星空中后缺失很多，你要自己尝试补齐，不然它很难支撑你后面的进化。此外，大雷音呼吸法也是残法。我现在又得到了一种无上呼吸法，但事关重大，我不敢在石壁上留下，万一泄露麻烦就大了。以后若是相见，我可以想办法传你，我想妖祖誓言不至于限制得那么死。”

这是黄牛的留言，让楚风感觉很温暖。楚风也在上面认真刻写起来，他告诉黄牛不用为他担心，他已找到道引呼吸法的后半部分。

同时，他为黄牛和蛤蟆欣喜。黄牛与蛤蟆注定要成为恐怖的强者，再次现身的话，绝对能横扫一方。

大黑牛、西伯利亚虎王、驴王等也都实力大增。

“楚风，你在外面难以寻到圣药，所以不要急于进入逍遥境。进入逍遥境时最好以圣药辅助，挣断全身枷锁，这是妖祖在培育妖圣起步阶段数次提到的事。”黄牛很严肃地留言，告知楚风。

楚风长舒一口气。看来不灭山果然如妖公主所说的那般，机缘很多，什么都不缺，能让天赋超绝的妖族后人一路成长。

楚风留言，让它们放心，告知它们：自己将肽山祭坛上的祭品都收入了囊中，手上不缺圣药，现在还有蟠桃与朱果没吃完呢。

而后，他又将妖公主所说的一些关于进化的见解告诉它们。

“楚风，再相见时，爷要收你为坐骑，骑着你去看世界，闯天下，展现爷的绝代风采！”

这么赤裸裸的挑衅的话自然是蛤蟆所留。这家伙真是欠收拾！

随后，楚风看到了它们最后的留言，了解到了留言中提到的事，不禁惊喜万分。

不灭山内有古老的能量塔，它有完整的意志，可感知外界天地的变化。它告诉黄牛和蛤蟆，地星近期在剧变，或许可以放它们去现实世界征战，检验进化成果。

“能量塔告诉我们，所谓试炼地不局限于不灭山，时机成熟时，整个地星主空间都是试炼地！很久以前，不灭山选择落在地星，就是料到地星早晚会风云激荡，会有各族天骄争霸，是理想的试炼地。”

楚风看到这样的留言自然很激动。这预示着黄牛、大黑牛、驴王、蛤蟆它们随时会出来，到时候他就能够与它们再聚首了。

楚风果断留言，告诉它们最近发生的事，比如他与天神族少神、西林族神子等人对上了，而且将要跟圣人在原兽平台上决战。

风云激荡的大时代，楚风得详细告知它们有哪些敌人，免得它们出来后什么都不知道。

楚风取出一颗水晶，水晶内部封着一滴金色的液体，正是天神液。

他捏开水晶，一口将天神液吞了下去。

黄牛、蛤蟆它们实力突飞猛进，随时会出来，兄弟几个将再聚首，与那些敌人大战，他自然也要进一步变强。

一刹那，一团绚烂的金光将楚风笼罩，楚风浑身金光大盛，无比刺目。

此时，他的发丝都变成了金色的，垂到腰际，瞳孔也是金色的。

楚风全身上下一片金黄，炫目至极。

天神液有奇效，在调理他的身体，去除各种隐患的同时，也让他的肌体变得越发无瑕而强大。

楚风觉得整个人都轻松了，在肽山一口气挣断数十道枷锁而导致的后遗症都消失了。

当时他血气不足，差点死在肽山，哪怕后来回虎泷山用星核龟蛋补了回来，他的身体也还是有一些小问题，需要慢慢调理。

现在好了，他通体金黄，充满生机，精神力亦精纯无比。

楚风面露笑意。他知道自己又可以进化了，不用担心根基不稳。天神液帮他解决了一切麻烦！

过了很长时间，楚风身上的金光才渐渐消退。他感觉颇为奇异，血肉、筋骨、精神力无一不佳，内视之下全身剔透如水晶。

这是一种洗礼！

楚风笑了，非常满意。他舒展四肢，身体攀升到最强状态。

他准备就在这不灭山外进化。他取出鲜红欲滴的蟠桃，张口就咬，一时间汁液流淌，香气浓郁，弥散出去不知道多少里。

若是有人见到这种情景，一定会眼睛发直。这可是圣药!

楚风周身有瑞光腾起，细胞活性增强，身体开始蜕变。

消除隐患后，他就无所顾忌了，立刻服食圣药，以提升体质，再次实现超级进化。

蟠桃下肚后，楚风还不放心，又吃了几颗朱果，顿时满口浆液，芬芳馥郁，让他有种错觉，自己将霞举飞升。

接下来，楚风的变化有些惊人。他身上的光芒突然收敛，随后全身皮肤干枯，失去光泽，并发出轻微的“咔嚓”声。

不过，在他的体内，细胞活性更强了，生命气息爆发，如同火山喷发。

不久后，楚风暗淡的肌肤龟裂开来，并发出轻微的脆响。在“簌簌”声中，他的体表一层老皮脱落。

这种蜕变有些吓人，如同蛇类蜕皮。

此时的楚风身体如玉石般温润而坚实，每一寸肌肤都在发光。

楚风现在的进化不需要再挣断枷锁了，但他的体质依旧在大幅度提升，精神得到滋养。

他全身老皮脱落，就连毛发都在重新生长，这非常惊人。他的身体比许多丽人的身体都要无瑕，长发光亮，垂到腰际。

“嗡！”

楚风身体发光，血气旺盛。

他感觉到体内有一股强大无比的力量，举手投足间都有可怕的威力。

在他的额头那里，光焰跳动，那是近乎实体化的精神，让他感知越发能轻易隔空搬运起庞大而沉重的物体。

毫无疑问，这样一来，他施展精神武功时，实力也将大增。

进化在持续，过了最初的阶段，接下来是各种微妙的变化，让他切实感受到身体活性在不断增强。

逍遥境没有所谓枷锁，不会划分为十几个层次，楚风从初期一举跨入了逍遥境中后期。

可惜，蟠桃等圣药因采摘过久，各种有效物质流失太严重，且这不是祖根结的果实。若是刚采摘下来的祖根结的果实，一旦服食，岂止这么一点作用？

若是那样，纵然不能让他霞举飞升，也能让他脱胎换骨，生命层次不断飞跃。

但楚风已经知足。他这次真要跨过逍遥境，那还真会出问题，因为少了相应的体验。现在他一步一个脚印，哪怕进化速度很快，但根基依旧很扎实，因为所有的过程他都会经历。

他身上还有朱果，但是没有再服食。他需要体悟一番，哪怕只是在逍遥境中后期驻足十天半个月，他也要停下来。

“每一个层次都仔细感受一番，这样才能根基牢固，走得更远。”

接下来的一天，楚风都在适应身体的变化，并且还在缓慢提升体质——进化并未彻底结束。

“砰！”

楚风身体一震，他的无敌画卷徐徐展开。

层次的提升是多方面的，自然无法绕过他以血气为纸张、以精神为颜料而绘就的画卷。

百强星球都内蕴生物，并伴着各种异象，有的星球中有混沌莲池，有的星球中有金色纸张，号称无字天书……

“轰！”

楚风身体移动，伴着画卷，无坚不摧，粉碎万物。

不过，这里是不灭山，不容他多破坏，不然会出大问题。

楚风进一步完善画卷，让画卷越发清晰，威力越发巨大。

上一次跟鱼九变对决时，他都没有动用自己的无敌画卷。他是不想过早暴露自己的画卷，而是想用画卷去原兽平台同阶对决，拿下圣人。

“想来很难，那终究是绝顶圣人，在漫长的岁月中，早已将自身每个进化层次都修炼到了完满无瑕的地步。”楚风自言自语。他知道，自己真要对上曾经的星空下第九，会很危险，可能会死。

所以，他只能变强，再变强，在这个层次中达到最完美的境地，不说古今第一，也要名次靠前。

“有难度，却也有实现的可能。”

楚风坚信，只要他提升到极致，便是修炼了漫长岁月，相应境界已臻无瑕状态的绝顶圣人，也奈何不了他。

楚风描绘自己的画卷，精益求精。

随后，他又用一天的时间修炼肉身武功和精神武功。

他的身体如一道光在不灭山前快速移动，忽而消失，忽而浮现，拳头发光，照亮此地，破开浓重的雾霭。

这是流光拳。

接着，他施展仙鹤剑，指端喷出光束。

这是调动全身能量的攻击术，用来攻坚破防最为有效。

当他施展乱星指时，一道又一道光束纵横交织，将这片死气沉沉的山地照耀得一片绚烂。

接下来，他又施展从西林族那里学来的精神武功。他眉心发光，一道又一道光束飞出，交织在一起，构建出一个精神牢笼。

所有这些，他都是以道引呼吸法催动的，跟原版有区别，但是效果丝毫不差。

他最终的目的不是复制，而是融合。他觉得可以将这些秘术融合起来，最终演绎出自己的无敌术。

到目前为止，楚风觉得只有共振术才算是他自己的。

共振术返本还源后，被解析到了极致。他认为，这是比盗取来的那些秘术更厉害的妙术，称之为逆天妙术都不为过。

事实上，他正是凭共振术及自己的能量体战胜观想境强敌的。

楚风一共在这座充满腐烂气息的岛屿上待了两天多。他在此地进化，同时演绎妙术，消化最近这段时间的收获。

他停下来时，进化已结束。

依旧如同过去，他饥饿难忍，腹内如同雷鸣，胃都在疼。

还好他准备充分，身上带着高能量的兽肉，可以补充身体所需。

楚风在岛上挖出一个银色盒子，这是他在恒岭得到的宝物。妖公主告诉他，盒子当中应该藏着完整的道引呼吸法。

结果，他试了试，依旧没能打开银色盒子。

“看来还差了点火候。”楚风有所悟，目前的呼吸法还能支撑他进化。

同时，他将装有三颗种子的石盒也挖出。

当初，他怕自己出意外，将一些重要的物品埋在不灭山前，现在取走。

楚风出关，离开不灭山，走出这片满是迷雾的海域。

“冲啊！”

他赶到先前的那片海域时，听到喊杀声震天，看到各种光芒交织，许多兵器在碰撞。一定是很多人在激战。

楚风暗道一声“糟糕”。就在他进化的这两天，海底洞府出现了！

他之前担心域外强敌突至，所以果断离去，提升自己的道行，不料就在这两日间，东海的一处福地造化显现。

海面上激战的人只是一小部分，大部分人早已冲进海底，闯进那座上古洞府中。

“轰！”

楚风毫不掩饰，迅速冲了过来，全身光芒大盛，照亮此地。

他的一头黑发都被照得呈现淡金色，身体更是如同由不朽神金铸成。

这简直像是天神下凡！

“楚大魔王来了！”有人怪叫，迅速躲避。

害怕楚风的一群人立刻四散而去。

“紫鸾、元魔、展鹤、李风何在？”楚风呼唤四人，想了解情况。

海下，水流汹涌，光芒刺目，战斗更激烈，隐约间可看到有一座洞府发光，如同神界。

楚风连着呼喊数声过后，远方才传来回应。紫鸾出现，脸色有点苍白，像是受过惊吓。

她见到楚风，有些害怕，有些希冀，还有些委屈，神色复杂。

“洞府开启多长时间了？你怎么了？”楚风问她。

紫鸾身上有伤，而且还伤得不轻。

“洞府开启一天多了，我与元魔他们参与争夺机缘，结果……被针对了，很多人围攻我们，不允许我们进入。”紫鸾愤懑，同时心有余悸。

“被针对了？”楚风皱眉。

“一部分人听闻天神族少神要来了，很兴奋地准备迎接他，而我们几人曾跟你走在一起，就被孤立、被攻击了……”

紫鸾还没有说完，楚风就知道是怎么回事了。

楚风目光冷厉。他与天神族少神、西林族神子以及如今排位第十一的幽冥族早晚会对上，而现在就有人开始针对紫鸾等人了。

“找死！”

楚风询问情况后，得悉争夺这座洞府机缘的人进去很长时间了，大多数还没有出来，顿时不着急了。

他想了想，决定堵在外面。那些人想出来的话，得让他一个一个“过一遍”，这样他自己就不用去冒险了。

第266章

海底宝藏

紫鸾脸色苍白，着实伤得很重。她非常愤懑，到现在还有些后怕。

听到楚风的话后，她不由得一愣。“过一遍？”

她先是面色古怪，而后忍不住笑了起来，漂亮的大眼睛泛出光彩，一副无比期待的样子。

“对，那群人不是联合起来孤立我们，对我们下狠手吗？我们就这样针对他们，真是太棒了！”紫鸾沉郁的心情一扫而空，雪白的脸颊上露出兴奋之色。

楚风在她肩头拍了一下，道：“真不中用，居然被打得落荒而逃，像受惊的小兔子似的，太丢脸了。你先站在一边，一会儿等着认人，给我指指哪些人最过分。”

紫鸾被楚风拍肩头，感觉浑身不自在，赶紧后退，俏脸微红，咕哝道：“那么多人一起围攻，我们怎么可能是他们的对手？”

“元魔、展鹤、李凤呢？”楚风问她。

“元魔很凶，一群人没挡住他，他直接闯进海底洞府中去争夺机缘了。”紫鸾告知楚风。

展鹤、李凤则跟她一样，看情况不对，转身就跑，现在不知道什么情况。

楚风听闻，怀疑那两人又逃了，不仅是逃避这里的进化者的围攻，还是逃避他。

“两人要是不回来，再落入我手中的话，我直接开启空间隧道把他们送到宇宙边荒的蛮族部落去！”

听着楚风这么恶狠狠的话，紫鸾赶紧闭上嘴巴，不发表看法，免得引火烧身。

楚风已经观察好地势。海底洞府就这么一个出口，光芒迸放，空间很大，且没有水进去。

他有些不放心，询问附近的海兽，确定海底洞府没有其他出口。

“这就好办多了！”楚风面露笑意，一头扎进海中，在洞府出口处布置场域，埋下一大堆磁石。

最后，他更是将不久前缴获的反五行旗插入海底。当然，锁龙桩他也没留着，全都打进了珊瑚中。

楚风没有封死出口，而是留下一条明显的出路，方便那些人排着队出来。

洞府原本的出口太大，那些人真要一窝蜂地冲出来，他还真怕自己拦不住。

现在好了，只有一条小路可以出来。一夫当关，万夫莫开！

刚才有几人见到楚风出现，第一时间冲进洞府内，多半是去报信了。楚风并未阻拦，随那几人进去。有人报信也好，可以让里面的人有所忌惮，以免他们联合起来对元魔下死手。

楚风出现在这里，本身就是一种威慑。

洞府中一片绚烂，晶莹剔透的珊瑚城堡一座又一座，有的很大，有的很小。

人影翻飞，许多人在争夺机缘。

洞府中真的有许多好东西，一些被珊瑚围拢起来的药田哪怕荒废了很多年，里面仍有药草在生长。

“金蛇果，天啊，这是蛇族的最爱，能助蛇族纯化血脉！这里居然有六棵长满了金蛇果的树，果香扑鼻！”

很多人哪怕不是蛇族的进化者也在争抢金蛇果，因为可以夺到手后卖掉。金蛇果在星空中绝对不缺少买家。

而且，其他族的进化者服食金蛇果，也能增强体质，只不过效果没有蛇族那么明显。

“周盛，你太过分了！这块石碑是我发现并挖掘出来的，你竟偷袭我，抢我石碑！”

“有缘者得之，它归我了！”

“你不要仗势欺人！来人啊，这里有一块石碑，上面记载着一种非常古老的拳法！”

这样的大喝声顿时引得一群人冲了过去，那里瞬间喊杀声震天。

洞府中有珊瑚城堡，也有仙山，更有玉石殿宇，不过现在都破败了，许多早已坍塌。

一些地带依旧残留着很可怕的场域，有些进化者误闯进去，瞬间形神俱灭。

“啊，天火液，这是淬炼血肉以及修行秘术的顶级材料！天啊，这里竟有一池子！张兄快过来，趁现在没人，我们赶紧都收走！”

一口池子内鲜红一片，释放出炽热的能量，迸放出刺目的赤光，如同岩浆般。

“不好，那边的人过来了！这东西必须用由九幽黑玉制成的器皿才能收起来，我们身上没有啊！”

此时，一群进化者赶来，看到那发光的池子，眼睛顿时红了。

“天啊，一池子天火液，积累千年以上才能有这么多。天火液对金身罗汉级进化者都有用，绝对是好东西啊！”

这里立刻发生激战，有人动用精神武器，瞬间解决了两人；还有人挥拳，“砰”的一声将身边的人打死了。

见到价值惊人的天火液，一群人疯狂了，彼此攻击，争夺它。

另一片废墟中，有人经过清理，发现了一座道台。这是讲经之地！

“天戟九式！”有人在这里发现了在整个宇宙中都很有名气的战技，不由得惊呼起来。

天戟九式是顶级战技，想要购买的话，以百亿宇宙币为单位，这还是流传较广，不是独家秘技的缘故。

它的确很不凡，当年许多威名赫赫的进化者都练过，练到出神入化之境，可横扫群敌。

天戟九式的历代修炼者不乏圣兽、神禽等生物，比如朱雀古祖，在最古老的年代曾以一杆大戟横扫小半个宇宙，威猛盖世。

有的道统本身就有天戟九式的秘籍，所以他们的神子不感兴趣，但是更多的道统没有这种秘籍，这种道统的人现在见到，自然要争夺。

“李凤，你还敢进洞府，嘿嘿，真是自寻死路啊！”有人发现了身材高挑的李凤。

李凤手持一杆大戟，这是她的兵器。得悉这里有天戟九式，她自然冲来，想要一观。

“跟那楚魔王走在一起的人也敢来这里？哈哈，我们把她擒下交给少神如何？”

“我看你们都不用动手了，我直接拿下她就好。我们的道统跟柔风星球一脉有世仇，这女人我来拿下！”

一些人见到李凤后，想要围攻她。

“哧哧哧——”

这片地带光芒一道又一道，有人对李凤出手，也有人彼此大战争夺战技，一片混乱。

李凤稍微犹豫后，转身就走，没有再争夺天戟九式。

有的人追击而去，他们的道统有天戟九式，他们不需要在这里拼命。

“你们还要脸吗？我被楚魔王擒住，与他走在一起并非心中所愿，你们却急着拿下我去讨好少神，实在有些卑劣！”

“李凤圣女别误会，我这是要带你脱离苦海，摆脱那魔王。哈哈，不要逃！”

“砰砰砰——”

李凤一路激战，很快就负伤不轻，后背更是中了一箭。

“情况不太妙，少神还没有来，那楚魔王先出现了，就在洞府外徘徊，随时会进来！”有人喊道。

刚才有几人冲进来，向他们禀告了这一消息。

正在追击李凤的几人有些不甘，但最后还是放弃了追击，各自退走。

“杀啊！”洞府最深处，喊杀声最大，不少人在争夺这里的机缘。

一株紫莹莹的植物在净土中生长着，上面结着一个紫皮葫芦，弥散出祥和的紫气，使这片地带看起来非常神圣。

藤架上，那个紫皮葫芦通体光点斑斑，像是星辰般熠熠生辉，非常神异。

“居然是万星葫芦！这是大能都看重的珍宝，非常稀有。”

这片地带的人激烈大战。万星葫芦价值太高，没有人愿意放弃。

在这里大战的人最强的当数伏荒、元魔、徐靓。

不过，元魔最被动，他跟伏荒对抗，也跟徐靓血拼，身上有很多剑痕。

旁边，还有其他人出手。

“元魔，你跟那地星人沆瀣一气，这是取死之道，也敢来这里争夺机缘？诸位，我们联手解决他！”有人煽风点火。

事实上，元魔自踏入这座洞府开始，就被人围攻，不然也不会受这么重的伤。

洞府外，海面上，楚风等了很长时间，都有些不耐烦了。

他坐在船上饮酒，盯着洞府出口处，而紫鸾不情愿地给他倒酒，同时也在紧张地关注海下的情况，眼中有兴奋与期待。

“砰！”

终于，浪涛冲天，海下动静变大了，有人冲出洞府，哈哈大笑不已。

“嘿嘿，这次收获不小，我先走了！”那人大笑着。

紫鸾迎了上去，喝道：“站住！”

“哟，这不是圣女紫鸾吗？你兄长确实厉害非凡，但是你这娇娇女嘛，舍不得吃苦，实力着实不怎么样。凭你也敢拦我？哈哈，不如跟我走吧，一天前让你逃了，现在跟我去探索人生真谛，我教你无上法！”那个满头红发的男子大笑着调戏紫鸾，非常张狂。

然而，他的笑容很快就凝固了，因为他看到楚风从一艘大船上一步迈出，到了自己近前。

“误会！”那人脸色变了，这般解释道。

楚风淡笑，一把向前抓来。

“真的是误会！楚风，你想做什么？”

“教训你！”楚风话语相当简洁。

“你……欺人太甚！”

“砰！”

很快，那人就被楚风拍翻。

紫鸾第一时间冲了上去。

“啊，有天火液！这种东西价值惊人，连金身罗汉级进化者都需要用到！”紫鸾惊叫起来，笑容灿烂。

下一刻，一个女子冲出洞府。

她看到楚风后，先是一惊，而后眨眼道："楚兄，你也来啦。"

她嫣然一笑，眼波流转，相当妩媚。

"她针对过我！"紫鸾立时告状。

那女子闻言吓了一跳，赶忙道："紫鸾妹妹，你错怪我了。我当时看你被人围住，想帮你一把。你仔细想一想，我当时对你动手了吗？"

紫鸾瞪她，道："你对我评头论足，还啧啧有声，在那里审视与调侃我，更是出言讽刺楚风。"

那女子一听要坏事，忙道："紫鸾妹妹，咱不能告黑状。我只是赞扬你，说楚兄有眼光。"

"别狡辩！你撺掇别人擒下我，说可以把我送给天神族少神，到时候让楚风丢脸。"紫鸾说道。

楚风听到这种话，便没有再听下去了，直接施展天神族的流光拳。他的速度实在太快了，那女子哪怕反应迅速，也还是无法逃脱。

"砰！"

那女子被震得嘴角流血，身体踉跄后退，接着又被楚风击得横飞而起，失去了战斗力。

"哧哧哧！"

楚风抬手间，将数根磁晶针打入她的体内，跟刚才的红发男子一样。

"楚兄，你别听这小丫头乱说，她告黑状，我真的没有针对楚兄的意思。"那女子身体僵硬，被定在那里，不由焦急地道。

"是这样吗？"楚风狐疑，看向紫鸾。这娇娇女该不会真是想趁机利用他报私仇吧？

原则上，对他没有敌意的人，他会手下留情。

紫鸾气鼓鼓地道："这女人太坏了！她的确出言讽刺你了，还说你现在还把我留在身边是因为……反正污人耳朵，她绝对该打！"

楚风顿时了然。

"楚兄，还求高抬贵手。"那女子呼喊道，并且摆明身份，说自己是大梦净土秦珞音仙子的表姐罗妙香。

听到这种话语，楚风没什么反应。他哪里知道大梦净土有什么来头？紫鸾却面露惊容，有些紧张。

“大梦净土很厉害？秦珞音很强？”楚风问道。

“大梦净土格外恐怖，这个道统统御的星球在宇宙中排在前二十名内，名次从未跌过。”紫鸾小声告知楚风。

这绝对算是宇宙顶级的进化门派。

别说前二十名，就算是前百星球都不可招惹，有映照诸天的至强者坐镇。到了这个层次，排名的高低跟各自的积累、底蕴等有关。

“秦珞音是大梦净土的圣女，在宇宙中非常有名，大梦呼吸法练得出神入化，能随时托梦，闯人梦中，杀人于无形，实力超越该教许多前贤。同时，她也是星空中绝美的女子之一，位列九美图内。”紫鸾暗中传音。

她还真有点害怕，一旦惹上大梦净土，那简直是麻烦无尽。这一族以梦入道，令人防不胜防。

然而，楚风并不怕。他连天神族的来客都拿下了，还怕眼前这个名为罗妙香的女子隐约间的威胁吗？

“既然你表妹是秦珞音，那再好不过了。她这么有名气，想来身价高得惊人。回头我跟大梦净土联系一下，她肯定不愿你流落在外。”

罗妙香闻言，顿时一阵头大，大梦净土都镇不住这魔王！

“她只是我的远房表妹，我们从未见过。你去联系，她不见得会相信。”罗妙香硬着头皮说道。

“无妨！”楚风一挥手，决定留下她。

同时，紫鸾从罗妙香身上寻到一个通体乌黑的玉罐，里面装满了天火液。

“咦，看来洞府内天火液不少。”楚风道。

接下来冲出的几人都被紫鸾指认出并被截住。他们夺到的宝物都是天火液。

他们在洞府内得到天火液后直接就要逃离这里。因为，有天火液就足够了，连金身罗汉级进化者都用得上的天火液，其价值无须多说。

红发男子、罗妙香和其他几人面面相觑，全都脸色难看，心中郁闷无比。他们在里面瓜分天火液，结果又在外面聚首，然后一起交出天火液。

不久后，又有一个男子冲出。

他黑发披散，身上带着血迹，战衣受损严重，显然经历过大战。他眼神特别犀利，一眼就看到了楚风，顿时瞳孔收缩。

“他想调戏我，说要把我擒下，被元魔挡住了。然后，我成功逃走，他就和别人一起围攻元魔。”紫鸾看到这个人，顿时叫了出来。

“周盛！”楚风认出了这个人。

在长满桃花、落英缤纷的岛屿上，楚风看到过他。听说，他有个弟弟名为周海，非常有名气，前不久琢磨出的黑旋涡能量体排在能量体黑马榜前两百名内，据悉排名还能进一步上升。

最近，楚风的石球能量体与周海的黑旋涡能量体十分出名，两大能量体几乎同时期出现，且瞬间就冲上能量体黑马榜。

“楚风，我与你井水不犯河水。”周盛目光灼灼，心中忌惮。

“见我不在，你就调戏我的侍女紫鸾，围攻我的部下元魔，还说什么井水不犯河水？不用说，你肯定跟天神族、西林族等有交情，想与我为敌。”

“没有的事。”周盛一口否认。

“不管有没有，想从此路过，先给我过一遍你手里的东西。”楚风开口道。

“凭什么？”周盛心里有些发慌，无比不甘。这一次他可是满载而归，收获巨大，怎肯拱手让人？

“就凭你对我身边的人动手。”楚风回应。

“你……你敢！”周盛大怒。他是周海的兄长，周海如今名气极大，不弱于楚风。

“有什么不敢！”楚风抬手间，五十个粗糙的石球能量体翻滚而去。

周盛没有掌握他弟弟的黑旋涡能量体，这么多石球一起压落，差点将他砸死。

他的甲胄破烂不堪，兵器也碎掉十几件，才总算保住性命。

然后，他被楚风彻底封住一身能量，不能动弹了。

“这么多金蛇果！”紫鸾惊呼。她第一时间在周盛的空间手链中发现了近五十颗金蛇果，金光绚烂。

“这是蛇族的最爱，价值惊人，一颗果实差不多一亿宇宙币。”紫鸾补充道。

“这就是近五十亿宇宙币？”楚风吃了一惊。仅一个周盛而已，采摘到的果实都值这么多宇宙币？太惊人了！

“这算什么？天火液比金蛇果更昂贵！”紫鸾撇嘴。

“哈哈！”楚风大笑。

“还有一块石碑，上面记载着一种拳法。”紫鸾在周盛的空间手链中又发现了一块石碑。

“你们……这是我的！”周盛眼睛都红了。这块石碑可是他经历血战，从其他人手里抢来，并费尽心力从里面带出来的。

楚风和紫鸾都没有理他，只是认真研究石碑上记载的拳法。

“紫气东来拳，看起来像是一种非常古老而强大的拳法。有意思，非常精妙，好！”楚风盯着石碑，越看越欣喜。他感觉这石碑上记载的拳法非常不简单。

“啊，是紫气东来拳！这是绝顶秘术之一，据悉是紫气东来指演绎到极致后的战技！”紫鸾惊呼。

毫无疑问，这是地星上昔日至强拳法之一。

楚风见西林族高手施展过紫气东来指，想不到在那指法尽头，还有更厉害的紫气东来拳。

“好，太妙了！”楚风称赞道。

周盛听到这种话语，简直要发狂了。他好不容易在没惊动更多人的情况下抢走了这块记载着紫气东来拳的石碑，结果徒做嫁衣。

他自然听闻过这种拳法，知道其价值连城，是极其厉害的一种战技。

进入洞府有所收获的神子、圣女级人物一个又一个地出来，在紫鸾的指认下，结果都悲催了。

“站住！”

“楚风？你……要做什么？”

“紫鸾，他有没有攻击你们？”

“有！”

“砰！”

楚风前前后后等到了二十几名神子、圣女级人物，其中，有些对楚风敌意很浓的人更是被剥夺自由。

一群神子、圣女级人物简直要疯了。他们费心费力，流血又流汗，好不容易有所收获，满心喜悦地从海底洞府中冲出来，没想到会是这么一个结果。

原兽平台上，各方人马都被惊得不轻。“这……太疯狂了！”

第267章

与仙子结怨

“简直无法无天，一个蛮荒星球的野人而已，竟敢恣意妄为，这么对待星空中各路重要道统的传人。当真是穷山恶水出刁民，太猖狂了！”有人在原兽平台上当着所有人的面咆哮。

人们一看，全都惊诧不已，居然是原兽平台的特邀嘉宾——罗老爷子。

罗老爷子说得好听是一向好脾气，其实是很圆滑，从来不会涉及敏感话题，一味明哲保身。

这老爷子简直快被人讽刺为“好好先生”了。作为原兽平台的长期特邀嘉宾，他平日里从不出格，脸上始终带着温和的笑容。

可是，今天他怎么了？他义愤填膺，呵斥楚风，绝对正气凛然。

事实上，罗老爷子快要疯了。他在楚风俘虏的人群中看到了自己的孙女，焉能不怒？

“罗老爷子有风骨啊，平日里不屑于针砭时弊，是因为那些事不够分量，现在仗义执言，怒责楚风，实在是正气凛然啊！”

“不错，在别人看热闹之际，罗老爷子义正词严，有操守！”

人们纷纷感慨以前误会了罗老爷子，老爷子其实有真性情，该站出来直言的时候绝不含糊。

“拉倒吧！你们还真以为只知道和稀泥、从不得罪人的‘好好先生’如今傲骨再生吗？知道原因吗？他孙女罗妙香在地星东海，不仅被楚风没收了所有机缘，还成为阶下囚！”有人揭露真相，道出一向好脾气的罗老爷子今天一反常态的原因。

“啊，居然是这样！我就说嘛，这老爷子最圆滑，无论什么时候都笑眯眯的，少有言辞激烈之时。今天他这么发怒，我还以为他换了一个人呢，原来竟是这个原因。”人们恍然大悟。

罗老爷子越说越气愤，怒斥声响彻原兽平台：“我觉得这个恶徒简直丧心病狂，我们不能坐视不理。诸位可愿一起出手降伏那魔王？”

解说员也无语了，平日让这老爷子谈论点敏感话题时，他总是插科打诨，今天成什么样子了？涉及他孙女的事情，这老油条便简直化成了一个热血青年。

“罗老，消消火气。”解说员劝说道。他虽然同情罗老爷子，但也不能让罗老爷子的个人情绪感染整个原兽平台。

旁边，另一位特邀嘉宾是罗老爷子的老对头。见罗老爷子失态，他淡然一笑，很平和地开口道：“老罗啊，要克制。这是原兽平台，我们是嘉宾，要以超然的姿态对这种事加以点评，这样带入自己强烈的情绪不好啊！”

罗老爷子大怒道：“姓齐的，这个时候你还要我克制？这个人太过分了，难道我们还不应该做点什么吗？我们要诛灭他才对，以免各教的神子、圣女级人物都落入他的手中。我们这是在挽救一代人！”

齐老爷子针锋相对道：“老罗，你私心太重，真当我们不知道你孙女被俘虏了吗？你平日怎么不跳脚？他击败天神族鱼九变的时候，你都在那里很淡定，现在急眼了？”

“齐老少说两句吧，罗老消消气。”解说员头大，劝解道。特邀嘉宾这么相互拆台，太不像话了。

“姓齐的，你太恶心了，这种话也能说出口？”

“老罗，面对这种事情，你缺少一种淡定与超然的心态。”

“姓齐的，你站着说话不腰疼，咱回头决战！”罗老爷子发飙。

众人算是开了眼，都觉得有意思，两个老头要打起来了。

突然间，齐老爷子盯着从地星东海传来的画面，脸色变了，眼睛大睁，身体微颤，怒道：“那个……野人实在胆大包天，可恶，我们不应该纵容他，应该围剿他！我现在完全同意老罗的提法！”

人们觉得莫名其妙。这齐老头怎么瞬间就改变态度了？

很快，人们就知道是怎么回事了。

地星，东海。

楚风截住一个娘里娘气的年轻男子，总觉得不对劲，动用火眼金睛一看，原来是个非常漂亮的姑娘。

当下，他二话不说，大手抓向那姑娘的帽子，那姑娘盘在帽子里的长长的头发顿时披散了下来。

原兽平台上，齐老爷子嘴唇哆嗦。这不正是他的孙女吗？她说出去历练，消失有一段时间了，原来是瞒着家人踏上星路，跑到宇宙边荒的地星上去了。如果不是被楚风逼得现出真容，他还不知道呢。

“这个浑蛋丧心病狂，当诛，我们要一起围剿他！”齐老爷子大叫。现在的他怒发冲冠，比罗老爷子刚才还气愤，眼中喷火，鼻子冒烟，双拳紧握，牙齿咬得咯咯响。

众人也是无语了，这立场转变得也太快了。

地星，东海。

碧波荡漾，天空晴朗，可是在各路神子、圣女级人物的心中，那可真是乌云翻滚。

“太倒霉了！”这是许多人心里的感受。

这里当真是山高皇帝远，各个进化圣地的高手和重器全都进不来，他们这群天之骄子全成为阶下囚。

有人粗略地数了一下，足足有四组俘虏，每组十一二人。这么短的时间内，这四十几号来头不小的人就被压制了。

这群神子、圣女级人物一开始见面时还很尴尬，羞愧难当，后来越来越淡定了，彼此间偶尔还会交谈，而先被抓的人也会很平静地跟后来者打招呼。

“杨霖神子，你来了？”

“齐玉圣女好，你也来了。”

……

后来者都无语。这叫什么事？有这么打招呼的吗？这也太尴尬了！

这群人不是没想过反抗，但他们真不是楚风的对手。他们是自废道行过来的，现在都在逍遥境，谁知道地星出了这么一个楚魔王，以逍遥境的实力就可斩观想境的进化者。

要是知道楚风这么强大，他们打死也不提前跨界过来。哪怕有秘法，他们想要恢复实力的话也得等上一段时间。

并不是每一个神子、圣女级人物都在洞府中得到了机缘，有不少双手空空地出来。

经过紫鸾辨认，但凡曾对她与元魔出手，且双手空空出来的，又都……被赶进去了。

这一幕看得原兽平台上的人直发呆。

楚风完全不按常理出牌。

别人若是发现上古洞府，哪个不是争先恐后，冒死去争机缘？

这楚魔王倒是干脆，竟然明目张胆地堵在外面。

这要是在别的星域，必然是群起而攻之。

但在地星上，至强者一时间降临不了，其他人则拿他没办法。

“气煞我也，真是岂有此理，连本座的孙女都敢擒拿！”有老魔怒吼。堂堂魔道巨擘，竟然被一个小魔头给气得不轻。

老魔的孙女是一个魔女，名叫赵晴，水蓝色长发，肤色雪白，一双大眼水灵灵的，可谓花容月貌。此时，她红唇微张，笑道：“楚哥哥，我一介弱女子，真的没有什么收获，你怎能这样狠心赶我回洞府？我帮你捏捏肩好不好？”

楚风闻言，顿时开心地点头道：“好呀，不过捏完肩后，你还是要去洞府给我夺点机缘再出来。”

“哼！”赵晴冷哼。这楚魔王心肠太硬了。

她扭腰再次向洞府走去。她看出来了，这个楚魔王可不是说说而已，她不敢拂逆。

“活该，叫你不久前嘲笑我！”紫鸾幸灾乐祸。

赵晴回头，嫣然一笑道：“小妹妹，你告黑状是吧？回头我去找楚哥哥，一定建议他把你交换给魔道中人。”

“啊，你敢！”紫鸾顿时紧张得脸色发白。

星空中，那个老魔鼻子喷黑烟，脸色极其难看。身为魔道领域的元老，他怎能容忍楚风放肆？他咬牙道：“小魔头，你敢欺负我孙女，等你踏进星空中，我这个前辈要让你明白什么才叫魔王，等着瞧！”

这一日，星空中很热闹，只是有些老家伙很不开心。

一些老家伙彼此联系时，打招呼的话语相当另类。

“老张，你孙女被‘过一遍’了吗？”

“岂止啊，连人都被扣下了。愁死我了，这可怎么办？”

“知足吧，老周才上火呢，他的玄孙与玄孙女都过去了，结果都被那小王八羔子给抓住了，老周正在磨刀呢！”

“赵魔王才算发愁呢，他孙女赵晴似乎对那小王八羔子颇感兴趣，他气得一不小心捏死两条金身罗汉级飞蛇，那可是他准备留着养成蛟龙的宠物！现在他正坐卧不宁呢，说非要解决楚风不可！”

……

这个小圈子的人都是顶级老怪，谈话内容并未泄露到外界去，不然，肯定会让人们傻眼，引发轩然大波。

因为，这群顶级高手的做派跟人们平日看到的不一样。

地星，东海。

楚风询问一群俘虏：“仙乐净土的蓝诗呢？她来了没有？怎么还不出来？”

域外，天神族少神也在关注这件事，一刹那，他英俊无比的脸沉了下来。

广袤的宇宙中有不少灿烂的文明，然而，相对于浩瀚的宇宙来说，生命依旧显得渺小，生命星球分散在冷幽幽的宇宙中，犹如沧海中的几粒粟。

八匹天马通体无瑕，鬃毛很长，有的金灿灿，有的紫莹莹，有的银白发光，身上都没有一根杂毛，且略带龙鳞。

龙鳞天马，这是宇宙中顶级的坐骑，真正可以翱翔星空，飞越各大星系，平日里见到一匹就很了不得，今日却有八匹出现。

八匹龙鳞天马拉着一辆车，经过地星外的太空。

显然，拥有这种座驾的，起码是亚圣级的人物。

八匹龙鳞天马能够翱翔星空，但也不是非要跨越无垠的黑暗空间，而是在一些固有的古空间隧道中行走。

在路经地星时，八匹龙鳞天马拉车远去，却在一条空间隧道前忽地停下，而后竟掉头回来，临近地星。

“曾经排名第十一的星球也曾无比辉煌，当在这里留下一张金色请帖，最近此地更是出了天选之子，所塑能量体排进能量体黑马榜前两百名内，理应有资格。”车中，一个声音响起，而后一道金光飞出，没入太空，径直朝东海方向而来。

“流星！”东海，许多人惊呼。

楚风抬头，感觉不对劲。他运转火眼金睛，发现那冲向海面的“流星”是一张纸，正朝着他而来。

“嗖！”

楚风将那张纸接在手中，面露疑惑之色。他用光脑扫描上面的宇宙通用文字，辨别出这是一张材质惊人的请帖。

“大梦净土的金色请帖！”在他身边，紫鸾惊呼出声。

“统御的星球在宇宙中排位前二十的大梦净土？”楚风惊疑不定。

然后，他发现一群神子、圣女级人物用羡慕甚至嫉妒的目光盯着他。

一张用特殊材质炼制而成的请帖，通体呈金色，来头甚大。

“居然请了他！”此刻，原兽平台上也有很多人发出惊呼声。

地星，东海。

在楚风的追问下，紫鸾道出究竟。

每隔一段岁月，大梦净土就会送出金色请帖，所选的目标乃宇宙年轻一代中的顶级人物，数量有限，少的时候只有一百张。

这意味着，只有前百星球的最强传人才有资格获得金色请帖。

而多的时候，金色请帖也不会超过五百张。

楚风狐疑，大梦净土请年轻天才去做什么？

“大梦净土中有一座仙气弥漫的神殿，名为千秋，那里有机缘，不知道为何只对三十岁以下的人有效。”

千秋神殿很特别，很多天纵人物齐聚，可以共同进入梦境。

有人梦中修道，一梦醒来，能增添多年道行。

据悉，有人一梦十年，还有人梦中悟道百载。

这是一条进化捷径，沉眠一夜，就有可能获得十年甚至百年的道行，简直匪夷所思。

不过，无论去多少人，每一次最终都只有三两人获此特殊机缘。

“好地方啊！”楚风惊叹，手持金色请帖，无比高兴。真要有机会进入千秋神殿，他自然不会放过。一夜修为大进，如同一步登天，简直像神话一般。

同时，这也是大梦净土为该族最强传人选择道侣的途径。

被选中者可成为大梦净土圣女的道侣。

原兽平台上，许多人羡慕楚风，议论纷纷。

“哪怕是十大星球的那些天之骄子也乐意踏入大梦净土，若是能一夜间悟道百年，他们就将傲视同代。谁能经受得住这样的诱惑？”

……

“大梦净土这一代的圣女叫什么？好像是秦珞音？”楚风问身边的紫鸾。

“是。她名气极大，以梦入道，实力超越历代前贤年轻时，能轻易托梦杀人，令人防不胜防。”紫鸾不情愿地介绍道。

这个秦珞音名气太大了，为星空中绝美女子之一，被好事者排在九美图内。

“这么说来，我可能会与秦珞音结为道侣，成为大梦净土的女婿？”楚风面露异色。

周围，数十名神子、圣女级人物哪怕嫉妒，也不得不承认，这不是没有可能。

“大梦净土每隔数千年才送出一次金色请帖，那座神殿隔这么长时间才开启一次，越发显得请帖珍贵，各方天才打破头都想获得一张。”星空中，有人叹息。

每次被邀请的人不是很多，也就是说，有幸获得金色请帖的人有不小的概率一夜间悟道百载，并与秦珞音结为道侣。

然而，时间不长，一个消息传出。

秦珞音亲自开口，宣布将楚风除名，废除楚风手中那张金色请帖。

这件事第一时间在原兽平台上爆了出来，引发轩然大波。

楚风手中有光脑，自然能了解星空中正在发生的一些事。他当时便愕然，神色一滞。

他在原兽平台上看到：消息属实，秦珞音拒绝他登门，相当干脆。

楚风脸色阴沉。这是什么情况？简直是羞辱！

事实上，他一开始的确被一夜悟道百年所吸引，心中喜悦，但是冷静下来后觉得这对他来说是空中楼阁。

他目前没办法接近大梦净土，就算有办法，他真要出现在大梦净土的话，估计立刻会被一些老怪物盯上。

所以，他早已决定要找个机会谢过大梦净土的好意，送还金色请帖。

但是，他万万没有想到，大梦净土刚送他金色请帖，该道统的圣女就果断地将他除名，相当不留情面。

“哈哈，这魔王被拒绝了，都没有机会见到秦珞音仙子，更没资格进入大梦净土。”

“秦珞音圣女肯定是有意教训他，先让人送他金色请帖，而后又果断将他除名，让他丢尽脸面。”

星空中自然不乏楚风的对头来奚落楚风。

楚风擒拿各路神子、圣女级人物，相对应的进化门派怎么可能会对他友好？现在，那些门派的人皆幸灾乐祸。

楚风原本对大梦净土没什么想法，但现在脸色不是多好看，且有一个强烈的念头：一定要踏足星空，潜入千秋神殿，去抢那一夜百载的悟道机缘。

“看一看是否有机会！”楚风暗怒。

究竟有什么办法，能够神不知鬼不觉地进入星空，然后不被发觉，进入大梦净土？

他没有放弃，而是真的在琢磨。

“喜欢做白日梦的那丫头，你等着！”楚风放言。

没人认为他真敢进星空，所有人一致认为，他这是放狠话，挽回一些面子，绝不可能付诸实际行动。

事实是，楚风有些渴望进入星空了。

他终于明白为何十大星球的人不来地星，那些至强道子、顶级天才一直都没有出现，因为宇宙其他地方有更惊人的机缘。

睡一夜就能悟道百年，这种事如同天方夜谭，却真实存在。试想，绝顶天才谁愿错过这种机缘？

随后，楚风又暗中向紫鸾详细了解情况，并在光脑上查询类似的机缘。

“我听闻十大星球的道子有几人最近在征战黑暗秘狱呢，秦珞音圣女也刚从黑暗秘狱回来。”原兽平台上有人议论，内容恰好是楚风感兴趣的。

他经过了解，明白了那是怎样一个地方。

黑暗秘狱，那里面的生物太可怕，单说第一层就算是绝地。当中有种蚂蚁，一般是群体出动，连金身罗汉级进化者都可以吞噬。

但是，它们分泌的某种物质是进化圣品，能让进化者获得巨大好处。

“黑暗秘狱太危险了，那些无敌族群的道子进黑暗秘狱都有护道者跟随，不然很容易出意外。”

楚风在光脑中查阅，发现宇宙深处还有一些类似的地方，号称神之禁区，虽然很危险，但是有惊天大机缘。

据悉，天神族少神、映无敌等人都曾在这些地方徘徊，寻找机缘。

西林族神子也是从这种地方踏上归程，而后奉魏恒之命来消灭楚风的。

这一日，楚风动心了，无比渴望进入星空。地星上的机缘他想争夺，而星空中的那些秘境，他也想踏足。

第268章

战利品

地星，东海。

楚风在洞府外守了很长时间，最终李凤、元魔都出来了，蓝诗还不见人影。经过审问其他人，楚风确定了蓝诗很机警，没来此地。

此次，楚风获得了天戟九式，并从伏荒与徐靓两人的手中缴获了万星葫芦。

万星葫芦用处太大了，受到进化领域大能的青睐，是瑰宝级神物。

万星葫芦还没有被采摘下来，依旧长在葫芦藤上。伏荒和徐靓将整株植物挖了出来，准备带出地星，移栽到星海深处。

“如果这个葫芦成熟了，圣人都会动心！”紫鸾眼睛发光，兴奋无比地告诉楚风。

然而，楚风有些走神，他在想进入星空的稳妥的办法。

想进星空，首先得避开域外的天眼监测。

现在楚风正被人们注视着，没有秘密可言。原兽平台上的人都知道他在哪里，正在做什么。

这种境况相当不好，楚风非常不满，也曾对原兽平台质疑：进化者还有隐私可言吗?

然而，原兽平台给出的答案是：地星属于废土，进化层次不够，域外观察者可以监测，没有违反当下的星空规则。

只要地星稍微进化到一定阶段，进化文明哪怕达到一星级都可以，域外就不能随意监测了。

楚风听得皱眉。

楚风沉默。仔细想来，母星有点悲，曾经映照诸天，万域共尊，在整个宇宙中排位第十一。

可现在母星成什么了？

如今，母星成了宇宙边荒，是许多人眼中的野蛮人栖居地。母星现在进化文明断层，别说五星级以上，连一星级都达不到。

域外像是观察野人，注视山林中的稀有动物一般，随意地监测地星。各族的进化者想来就来，想走就走。

地星人哪里有什么地位，更无尊严！

那些强大的星球上绝不可能出现这种状况。

比如，这么多的神子、圣女级人物想要进入那些非常繁盛的星球，肯定要先行告知该星球的人，不然就会被视作入侵，遭到截击。

楚风想进入星空麻烦很多，需要神不知鬼不觉才行，一旦泄露行踪，他必死无疑。

“得找一件镇教之器，镇压一方空间，遮掩气息，避过域外大能以及天眼的监视才行。”楚风心中琢磨。

突然，他回过神来，看着万星葫芦。

万星葫芦有巴掌大，像是用紫金铸成，最为奇特的是葫芦皮上的斑点熠熠生辉，像是星辰闪耀。

这应该就是它名字的由来。

虽然根须与异土都被挖掘了出来，但葫芦藤不受影响，依旧发光，长势旺盛，生机勃勃。

“它的珍贵之处在哪里？”楚风问道。

紫鸾眼神火热，道：“它可以养剑，可以养丹，还能养人，故此还有一个名字，叫天养葫芦。”

所谓养剑，是一种笼统的说法，其实就是能养各种兵器。它内蕴天生的养兵场域，能慢慢提升秘宝的品质。

长期佩带万星葫芦的话，葫芦皮上的上万个斑点更是能养剑气。关键时刻，上万道剑气激射而出，那是什么场面？

至于养丹就更不用说了。各种天材地宝不易保存，蕴含的神性物质都会随着岁月的流逝而流失，更不用说提升品质了。而有此葫芦在身边，则可圆满解决这一问题。

至于养人，这不是说说而已。万星葫芦能吸引天地间的各种能量，常年佩带此葫芦，可增加寿元。

而进入此葫芦内修行，更会事半功倍。

楚风听闻，顿时目光灼灼。这可真是价值连城的好东西，难怪说它一旦成熟，连宇宙中的圣人都会动心。

“伏荒兄，徐靓皇女，多谢！这万星葫芦我很喜欢。”楚风面带笑容，对那两人抱了抱拳，表示感谢。

那两人神色都不好看。

伏荒掌握天神屠魔录这种呼吸法，祖上出自天神星。徐靓则来自大徐皇朝，她的师门跟十大星球有关，来头也很大。

两人刚从海底洞府出来时自然不服，怎么可能乖乖地交出万星葫芦？

于是，他们跟楚风激战。可惜，他们跟元魔的实力差不多，根本不是楚风的对手，因此都被压制。

“伏荒兄，看在你当初帮我看住元魔，在我跟西林族开战时没让元魔逃走的分上，我再给你一次忠告吧，你这名字不祥，趁早改一改，不然将来会有大祸。”楚风劝道。

仅这么几句话，就让伏荒与元魔的脸都黑了下来。

“我与你无冤无仇，你为什么这么对我？”徐靓愤怒地喊道。

她绝对算是天纵皇女，实力分外强大，远超其他神子、圣女级人物，结果也被楚风俘虏。

“你与伏荒攻击我的追随者元魔，让他满身是伤，我这是在庇护手下，向你讨个说法。”楚风笑道。

徐靓紧握拳头。她自恃超越众人，带着憧憬与希冀来到这颗星球，想寻到绝顶呼吸法、绝世秘术，采摘各种圣药，于是自废道行提前降临，没想到如今遭遇这样的挫折。

她是一代皇女，师门更是厉害，今天被擒对她来说着实是不小的打击。

“李凤，你什么情况？不久前是想要逃走吗？”楚风盯着身材高挑的李凤，问道。

“没有，我一直没有离开。我也进洞府中了，还因为你而被众人围攻。”李凤这么应道。

“好吧。展鹤呢？”楚风认为展鹤应该是真的逃了。

“在这里！我被他们围攻，不得已遁走，现在回来了。”展鹤是鹤族圣子，一身白衣，很帅气，现在正凌空而来。

楚风道：“好吧，算你们顺利过关，过来帮我清理战利品。”

此时，星空中沸反盈天。

这是从未有过之“壮举”，被擒的不是一两名神子、圣女级人物，而是数十名，涉及数十颗高等星球。

这也就是在地星上，各教至强者进不来，若是在别的星球，早就爆发星际大战了。

这一天，原兽平台上一片轰动，各族进化者纷纷关注这件事。

“太惊人了，那可是数十位神子、圣女级人物啊！”

“据悉，原本人更多。因为有些人的确没有惹过他，所以被无条件地释放了。这数十人都攻击过元魔、紫鸾等人，也对他有敌意，所以他都扣下了！”

一些道统的至强者气得七窍生烟，对楚风恨得牙根都痒痒，却奈何不了他。

地星，东海。

楚风吃惊地看着李凤，道：“你是说天戟九式非常厉害，在无穷岁月前，朱雀古祖曾凭此战技横扫小半个宇宙？”

李凤在帮他整理战利品时，特别提到天戟九式，同时委婉地表示她也想学，因为她就是用大戟的。

“可惜，天戟九式最后一式在争夺的过程中被这几人损毁了。”李凤颇感遗憾地道。

天戟九式玄奥的秘技图共有九幅，被分别刻在九块石板上，结果在海底洞府的争夺战中，最后一块石板被打成了齑粉。

楚风大怒道："该死，你们这群浑蛋太可恶了，居然毁了母星的遗产！"

"都给我斩了！"楚风命令元魔。错失天戟九式，楚风愤懑不已，正在气头上，准备拿那几人开刀。

元魔杀气腾腾，真的提着阔剑走过去了。那几人都曾围攻过他，他现在巴不得一剑把他们斩了。

反正他出身魔道，跟那几人身后的道统本来就不对付。

"剑下留人！楚风小兄弟，有话好说，不要冲动！"原兽平台上，那几人的家族及身后的门派都坐不住了，一个个又急又气。

"天戟九式虽然玄奥，号称绝顶战技，在宇宙中流传甚广，但并非独家绝学。我们去帮小友买来这本秘籍，再送上前人的一些修炼心得，如何？"

楚风还没有回应，就又有人主动找他。

那是大徐皇朝的一位老皇叔。大徐皇朝的人怕楚风出幺蛾子，决定赶紧把他们的皇女救回来。

有大徐皇朝做榜样，其他进化门派也都坐不住了，纷纷主动联系楚风。

那些被俘虏的神子、圣女级人物一个个羞愧难当。

最终，十二家联手，用天涯咫尺的第二册秘籍换走了十二位传人。

"紫鸾，认真登记，那十二人一会儿一起通过空间隧道送走。"楚风说道。

一群俘虏都不说话。

"各位，相逢即是缘，你们不久就会踏上返乡的路，我会想念你们的。"楚风感慨道，"当有朝一日，我进入星空中，行走在各个生命星球，看到那里的最强者都是我的旧识，肯定会很有成就感！"

听到这种话，各路神子、圣女级人物更受不了了。

"对了，大梦净土秦珞音有个远房表姐也在是吧？先留着，回头我得跟那个爱做白日梦的姓秦的女人好好聊一聊。"楚风叮嘱道。

罗妙香听闻，羞恼万分。

原兽平台上，特邀嘉宾罗老爷子更是怒目而视，气得胡子都翘起来了，真想立刻冲向地星。

"楚哥哥，你这样太辛苦，我帮你捏捏肩。"就在这时，大魔女赵晴袅袅娜娜而来。

“好啊。”楚风笑得开心。

星空中，赵魔王气得眼睛都要喷火了，很想捏死楚风，也想教训自己的孙女赵晴一顿。

大船上，楚风坐在藤椅上，审视剩下的俘虏。

在他的身后，大魔女赵晴正帮他捶背、捏肩。

她成熟而妩媚，一袭黑裙映衬着雪白的肌肤，长发略带天然波浪卷，眼波流转，红唇鲜艳，异常美丽。

一群神子、圣女级人物当真是无语。他们沦为阶下囚，而那个地星人却如此享受，让他们情何以堪?

旁边，紫鸾不时瞥上一眼。她觉得这个大魔女太妖媚，居然在众目睽睽之下帮楚风捏肩。

“哟，小妹妹，你这是什么眼神?羡慕嫉妒姐姐吗?那就来帮忙吧。”赵晴微笑，在那里刺激紫鸾。

“不要脸。”紫鸾涨红了脸，嘴里咕哝着，大眼睛瞪了赵晴一眼。

楚风回头道:“紫鸾，将那个罗妙香带过来。”

紫鸾尽管不情不愿，但还是扭着小蛮腰走进俘虏中提人。

罗妙香心里惴惴不安。

她有一个以梦入道，实力超越历代前贤的远房表妹秦珞音，理应跟着沾光才对，现在却因为秦珞音被楚风扣住不放。

“据悉，秦珞音为一代天之骄女，可比肩十大星球的几位道子，地位极高。”楚风淡笑，告诉罗妙香，“你是她的表姐，可以跟你那位表妹联系联系。”

“楚风，你误会我和她的关系了……”罗妙香急忙解释。

她看出来了，不久前秦珞音针对楚风，废除他手中的金色请帖，冷然将他除名，已然彻底得罪这个魔王。

这时，原兽平台上一位名人找楚风，正是特邀嘉宾罗老爷子。眼见自己的孙女要遭殃，他实在看不下去了。

“楚风，老朽有话要说！所谓冤有头，债有主，这不关妙香的事，你有什么不满该去找秦珞音仙子才对。”

“怎么称呼你？罗老爷子是吧？的确，这原本不关妙香圣女的事，可是，你干吗在原兽平台上大骂我？那个爱做白日梦的死丫头也对我傲慢无礼。这不，抓不到你和那丫头片子，我只好留下你孙女了。”

“你要怎么样才肯放过妙香？”罗老爷子喝问道。

楚风微笑道：“首先，你骂我了，这是一件相当让人遗憾的事，为此你以后得在原兽平台上天天称赞我。”

星空中，人们都是一脸怪异之色。楚魔王脸皮太厚了，居然要人天天赞美他，而罗老爷子作为原兽平台长期的特邀嘉宾，天天要昧着良心夸奖擒获自己孙女的人，想一想就难受。

“你……太过分了！”罗老爷子道。

然而，事关自己孙女的安危，罗老爷子不得不妥协。

“刚才我都说了，你和爱做白日梦的死丫头对我太傲慢无礼。你这边的问题解决了，自然还差那死丫头那边。我退一步吧，你让那死丫头给我赔礼道歉，就这么定了。”

“这……”罗老爷子头大。

他怎么向秦珞音开口？大梦净土太强大了，而他那远房亲戚地位又那么高，会接受威胁吗？

楚风哂笑道：“你不用愁，把这事跟那死丫头直接说就是了，愿不愿意救她表姐都在她一念间，让她看着办。”

所有人都面露异色。这还真是个坏蛋啊！

秦珞音到底救不救罗妙香？

如果不救，肯定会显得没有人情味，人们哪怕不说什么，心里也会有想法。

可真要是因此而就范，向这个魔王低头道歉，那肯定有违自己的心意。

秦珞音以梦入道，是大梦净土有史以来最让人惊艳、最有天赋的弟子，如今不说年轻一代最强也差不多，足以排在星空下前几名。

此外，她已经表态，剥夺楚风进入大梦净土的资格，不给他获得机缘，与她结为道侣的机会。

难道现在她要低头向他道歉吗？这可真是进退维谷。

秦珞音刚从黑暗秘狱回来，人们猜测，早前她根本就没关注楚风，不知道自己的远房表姐被俘，不然肯定会先稳住楚风，不至于像现在这么被动。

“爱做白日梦的那个死丫头，你自己看着办吧。”楚风说完，便不再理会罗妙香。

人们无语。他一口一个“死丫头”地叫，估计整片星海也只有他一个人敢对秦珞音这么不敬吧。

星空中，跟罗老爷子一起作为原兽平台特邀嘉宾的齐老爷子也在发愁，因为他孙女齐玉也被俘了。

果然，楚风像是想起了什么，道：“将那个女扮男装的丫头带过来，她爷爷也骂我了。”

齐玉体魄健美，肌肤呈小麦色，有种另类的野性美，此时正羞恼不已。

楚风跟齐老爷子一番“友好交流”，而后原兽平台上又多了一个赞美他的特邀嘉宾。

至于齐玉，跟罗妙香一样暂时被扣下了。

这时，元魔小声告知楚风，这些神子、圣女级人物中有蓬莱仙岛与方丈仙岛这两个秘境的少岛主。

“斩了！”楚风冷冷地下了命令。

对这两大仙岛的人，他不想多说什么。

“轰！”

元魔接到楚风的命令后，刚向前走去，七道身影突然从碧海中冲起，一起向大船俯冲而来。

“哼，早就感应到有人接近，原来是你们！”

楚风亲自出手，他腾空而起，施展天涯咫尺，速度快得不可思议，迎战蓬莱仙岛与方丈仙岛的七大观想境高手。

他们想救人，结果都被阻挡。

“轰！”

一刹那，拳光绚烂，紫气翻腾，淹没碧海，第一个冲过来的观想境高手直接在半空中殒命。

“天啊，那是紫气东来拳！”

这一刻，所有人都震惊了，包括域外的名宿。

楚风刚拿到紫气东来拳的拳谱，只是看了一遍而已，就能施展了？

“轰！”

接着，第二名观想境高手被楚风一拳击中。紫气浩荡，拳印恐怖，有无敌的气势。

“太惊人了，才拿到拳谱就能施展！”

星空中，人们脸色都变了。

紫气东来拳，这是一种非常古老的拳法，是真正的绝顶战技，异常深奥难学，没有多少人能够最终练成。

然而，楚风才接触拳谱就施展出两拳，这震惊了所有人。

至此，人们都明白了，楚魔王是一个天资绝世的天才！

人们看到楚风继续挥拳，紫气东来，在海域中激荡，前来救人的七大观想境高手都被他消灭，一个都没能逃走。

而他仅仅动用了十一拳。

楚风带着刺目的紫光以及浓重的紫气，落在大船的甲板上，能量气息惊人，如同一个真正的大魔王。

他的眸子开合间，光束飞出，如同实体化的闪电，在这片海域交织着，摄人心魄。

“方丈、蓬莱的遗族，我真是低估你们了，没想到你们连观想境的高手都可以顺利送出来，想来是占了地利，还有原本身为仆从的原因。”

楚风对紫气东来拳很满意。他虽然挥出了十一拳，但总共只施展了两式，就消灭了七大观想境高手。

这古拳法博大精深，是真正的绝世战技，需要仔细研究。

楚风回头看向紫鸾与元魔，问道：“你们知道有什么物质或者秘技可以让人在短期内实力激增吗？一般的就不要说了，我现在只要瑰宝级的东西。”

紫鸾偏着头想了想，道："的确有。"

大魔女赵晴也很主动，抢着道："我知道。"

第269章

出关

“黑暗秘狱有那样的东西，绝对算是瑰宝级物质，能强化人的肉体，增加人的力量。”大魔女赵晴脸上带着笑意，第一时间告知楚风。

紫鸾翻白眼。“这魔女大献殷勤，也太主动了吧，难道还真想留下来？”

“黑暗秘狱有一种蚂蚁，被称作秘狱蚁，能将金身罗汉级的凶禽猛兽作为食物吃掉，非常可怕。”赵晴告知楚风，那恐怖的蚁穴中有一种神液，据说是秘狱蚁酿造出来的，叫秘狱蚁神液，能让人肉体更加坚实，产生巨大无比的力量。

“具体有多大的效果？”楚风问道。

“据悉，进化者服食这种神液后，肉体强度可以提升五倍以上，力量也是如此。试想，两个人原本势均力敌，有一人服下秘狱蚁神液，再对战时，两人实力肯定不可同日而语。”

楚风听闻，认真点头。他自然知道肉体强度与力量突然提升数倍意味着什么，这等于是一次额外的进化。

“很好。”楚风道。

“这么多年以来，一些立志走上最强之路的进化者都不会错过秘狱蚁神液，排名靠前的那些道统，比如大梦净土、天神族，所培养的天才也肯定要服食这种神液，这是不可少的步骤。”

楚风皱眉。顶级强族培养后代的手段很多，这种瑰宝级物质他才听说，可是对十大星球来说却已是必需之物。

“还有呢？”他接着问。

赵晴道：“自然还有其他神物，只是太罕见，许多年都难以见到，比如元磁圣果、九窍渡劫花、万星草等。”

她所说的这些东西太稀有，正常情况下根本就不可能寻到。

在虎泷山时，楚风曾听妖公主提及这些神物，它们是妖公主复活必需的东西。

然后，楚风让元魔与紫鸾补充，两人提到的稀有物质都差不多。

归纳起来，以楚风当前的层次来说，能在宇宙黑市上买到的东西不多，只有秘狱蚁神液、神蜂浆等几种。

接下来，又有十个神子、圣女级人物的师门与家人主动找楚风，想要救回自己的传人。

“你们分别给我一滴秘狱蚁神液，就可以救回你们的传人，你们认为如何？”楚风问道。

那十人的师门与家人当场头大。秘狱蚁神液太珍稀，难以收集，而且能吃掉金身罗汉级进化者的秘狱蚁是群居生物，整体无比强大，他人很难深入蚁穴盗取神液。

有传闻称，一些格外强大的蚁后甚至能吃掉圣人。

不久前，秦珞音去了一趟黑暗秘狱，就是亲自去寻找机缘，以获取秘狱蚁神液。当然，她身边有护道者，不然不可能成功。

可以想象，连大梦净土这种道统储备得都不多，秘狱蚁神液自然异常珍贵。

从某种意义上来说，秘狱蚁神液不比天神液差，两者价格相仿。

但凡想追求同阶无敌的进化者，都不会错过秘狱蚁神液。

楚风现在要十滴秘狱蚁神液，这让那十人的师门与家人有些难以接受，哪怕在宇宙黑市中花费巨额财富去购买，也不见得能买到。

“一滴秘狱蚁神液就足够一位天才锤炼肉体，过多的话也不见得能承受。”赵晴提醒楚风。

楚风点头，表示知道，但是他想多储备几滴。

不过，那十人的师门与家人显然不可能答应他的条件。

“小友，你要知道，秘狱蚁神液跟天神液一样稀有，很难购买到，盗取到的人一般都不会卖！”

“不久前发生了圣殒事件，有强大的蚁后击灭圣人，吞噬圣血，导致现在秘狱蚁神液越来越昂贵。”

“是的，楚风兄弟，你这是强人所难。如果你真要秘狱蚁神液，我们只有把握寻到一滴。”

“一滴？不可能！”楚风摇头。

有人叹道：“两滴，这是我们所有的储备！这东西不容易保存，且没有人保存，一般人得到都是直接用掉，以提升自身实力。”

他们真的没有更多的秘狱蚁神液了，而且已经询问过宇宙黑市，近期都没有货源。

楚风看得出，这真是他们的极限了。

“好吧，两滴就两滴。”楚风答应了。

那十个神子、圣女级人物羞愧难当。他们来到地星为的是什么？居然沦落到这一步，实在太丢人！

接下来，另外十人身后的势力也主动找楚风，并最终与楚风达成协议，条件与前面那组人的一样。

“通天快递！”三日后，楚风联系这家非常神秘的通天隧道公司，准备开启空间隧道。

楚风在东海选了一座岛屿，寻到一片折叠空间，因为通天隧道公司开启的空间隧道只能在那些折叠空间中，无法涉足地星主空间。

海岛深处，折叠空间内，一条空间隧道开启。

“兄弟，一路走好！”楚风为那些神子、圣女级人物一个一个送行，此刻正用力拍一名神子的肩头，道，“保重！”

不知道的还以为两人感情有多深呢。

旁边，紫鸾正在用光脑认真填写那些神子、圣女级人物的地址坐标，李凤当她的助手，认真校对。

万一把地址坐标弄错了，会出大事的。

下一个是一名圣女，她一脸怨恨之色，面对楚风敢怒不敢言。

她是某颗高等星球的圣女，结果在这里折戟，被以这样的方式送回故乡，真是太丢人了。

“妹妹，开心点，都要回家了，这是喜事！”楚风安慰道，非常殷勤地扶着这名圣女进入了空间隧道。

接下来轮到一名神子。楚风注视着他的双眼，道：“兄弟，他年若再相见，我请你喝酒，期待那一天，星空中他乡遇故知。”

这名神子很想大骂，但是他还没有离开，也只能忍了，小声道：“最好这辈子都不要见了！”

“妹妹，你叫李妙是吧？走好，以后我会去星空中看望你的！”

“兄弟，回去好好修行，争取成为你所在星球的第一强者，他年我若去找你也跟着有面子！”

……

就这样，楚风送走了数十人。

轮到大徐皇朝的皇女徐靓时，楚风更是热情地道：“以后若有需要，尽管找我，比如你想当女皇，我定会助你一臂之力。”

徐靓狠狠地瞪他，道：“休要胡言乱语！”

“那就上路吧！”楚风直接把她往空间隧道上领。

“你记错了，我不回去，选择留在地星！”徐靓急忙喊道。

“是的，你跟大徐皇朝达成了协议，让徐皇女留下。”紫鸾提醒道。

“对不住，记错了。你现在自由了，这边请。”楚风放走徐靓。

然后，伏荒也是如此，选择留在地星。

至此，大部分的俘虏离开了。

在楚风的身边，大魔女赵晴还在，她是自己选择留下的，而罗妙香、齐玉则是被暂时扣下的。

“你们暂且在海上修行，我去访友。”楚风一个猛子扎进海水中，前往东海龙宫找龙女。

再次见到龙女后，楚风塞给她几颗金蛇果，道：“我要进真龙巢穴去闭关。”

龙女异常欣喜，对楚风很感激。金蛇果这种东西在星空中价值昂贵，对纯化蛇族等族群的血脉有惊人的效果。

“我带你去。”龙女领路。

楚风进入真龙巢穴，开始闭关。他要在这里练拳，并服食秘狱蚁神液。

再次来到海底秘境后，楚风看得更为透彻，真龙巢穴果然深不可测，哪怕是现在，他想闯进去也难。

秘境深处，雷击木成片，天然石洞内，龙气翻涌，气象非凡。

龙女早已离开，只有楚风一个人站在这里。他动用火眼金睛，眼中射出金色的光束，仔细观察，内心略有激动。

在那神秘的石洞中，长着龙首、龙角的小树在缓慢生长，如一条幼龙。那是龙胎树。

此外，还有鲜艳的花朵，花瓣炫目，每一片都如倒生的龙鳞，有的鲜红如血，有的紫气腾腾，还有的如同黄金般。那是逆鳞花。

“好东西啊！”楚风轻叹。虽然心动，但是他依旧没有硬闯，因为他知道这个地方的底细。

当年，有一位场域大师来到这里，所图甚大，但最后还是夺不了此地的机缘，抱憾终生。

楚风现在也是场域大师，真要强取机缘的话，可能会死。

至于石洞外的雷击木、龙血草等，他倒是能取走一些。

“终究跑不了，随着我场域造诣的不断提升，这里将是我的涅槃之地！”楚风目光坚定。

昔日，那个场域大师来此，不是为了采药，而是为了构建特殊的场域，实现超级进化。

这不是无稽之谈，而是有真实先例的。

有场域鬼才曾经布下惊世养身之地，动用十八种场域，以一座废弃的上古凤巢为中心，构建出一片生命能量强度高到骇人的地带。那人待在凤巢中，实现了数次涅槃大进化，最终成为实力惊人的一代大能。

这种进化之路很古怪，不吞食异果，而是吞食山川灵气，气魄更大，当然也借助了凤巢的涅槃能力。

真龙巢穴自然也具备特殊的神秘能力。

当年的场域大师看中了这里，但可惜，他自身本领不够，终究没有利用起来。

楚风有信心，等他的场域造诣提高时，这里将成为他的崛起之地。

“暂时不想了！”楚风意志坚定，很快就让自己静下心来。

他开始在这里修行。

这一次东海的海底洞府开启，他收获丰厚，成为最终赢家。

一些罕有的资源掌握在手，他自然希望将其用来提升自己的实力，不然一切都是虚的。

作为本土非常古老的一种拳法，紫气东来拳重见天日，楚风内心满是喜悦与期待，他已经了解到这是绝顶战技。

他一遍又一遍地施展紫气东来拳，认真思忖与研究。

时间不长，紫气就浓得化不开，将楚风与周围的地带彻底掩盖，如同大片的云雾笼罩着这片地带。

“砰！”

“轰！”

很快，巨大的声音响起，像是千重浪涛击天而上，也像是山体突然炸开，响声震耳。

楚风在紫气中发光。随着紫气东来拳的不断施展，他的拳头洁白如玉，砸得空间都扭曲起来，发出巨大的轰鸣声。

然后，这里又安静了。楚风依旧在挥拳，但是动作变慢，有时甚至停了下来。

整整两天两夜，楚风都在研究这种拳法。他盯着石碑，心中只有这古老的拳谱，其他事都遗忘了。

最终，他长舒一口气，停了下来。

他弄懂了拳意，但是想登峰造极，还需要实战，需要进一步揣摩。

而后，楚风吃了一颗金蛇果。他感觉到一股源自血脉的力量，不过效果不是很明显。

这里面有两个原因：第一个原因谁都知道，金蛇果对蛇族好处巨大，但对其他族群效果没那么明显；第二个原因妖公主曾说过，楚风是纯血后代，应该是血脉返祖了。

“看来将金蛇果卖掉，或者换成其他异果比较好。”

随后，楚风开始练天戟九式。他身上正好有一杆大戟，通体莹白，是他从西林族天才手中夺来的兵器。

这件兵器看着是重型武器，其实很轻，因为是配合精神武功施展的兵器。

大戟虽然很轻，但是很锋利，挥动起来时，光芒如一道银瀑倾泻而下，绚烂至极。

“天戟九式真的非凡！”楚风感叹。

难怪有传言称，当年朱雀古祖掌握了天戟九式，横扫了小半个宇宙，在那个时代号称天下无敌的一代神禽。

星空中的那些家族已经满足楚风的要求，帮他补全了天戟九式的第九式。

楚风逐一施展天戟九式，大戟画出玄奥的轨迹。

天戟九式每一式都有复杂的神文注释，仔细研究下去的话，招式千变万化，能够演绎出无尽可能。

楚风沉浸其中，也是研究了两天两夜才收手。此时，他心中满是跟大戟对应的各种神秘符号。

天戟九式修炼的成效依旧需要实战去检验，而且想要将这种秘技研究透彻，很显然两天两夜的时间是不够的。

楚风知道接下来少不了大战，他现在将紫气东来拳、天戟九式的种子埋下，等到跟天神族少神统率的人马碰撞时，两种秘技将大显神威，在血与火的淬炼中成熟起来。

而后，楚风取出一块晶莹剔透的玉石。玉石中封印着一滴黑色的液体，这就是秘狱蚁神液。

他捏碎玉石，将那滴发光的液体送进嘴里，一口咽了下去。

秘狱蚁神液的味道不是很好，有些涩，略带苦味，但是效果惊人。就这么一瞬间，楚风的身体就迸发出刺目的黑色光芒，整个人漆黑如墨。

而且，在那黑色光芒中浮现出一种非常可怕的生物，正是秘狱蚁。那是它们的烙印，看起来仿佛是真实的。

黑色光芒冲击着楚风，他的身体从血肉到脏腑再到骨髓，都被黑色光芒锤炼了一遍。

楚风身体颤动不已，因为新陈代谢太快了，汗水长流，毛孔不断向外排黏液，细胞活性激增。

这一刻，他感觉身体发酸，而后传来剧痛。

他的身体颤抖，骨骼发出金属撞击般的声音，体质开始增强。他运转呼吸法，配合这种变化，想让自己变得更强。

当一切停下来时，楚风身上的黑色光芒消退，身体越发洁白，散发着一层柔和的光。

“肉体强度和力量提升了六倍，秘狱蚁神液果然有奇效！”楚风赞叹道。

他没有就此停下，而是接着服食第二滴秘狱蚁神液。黑色光芒再次将他笼罩，他如同立在黑色光芒中的魔神。

可惜，这次虽然有效果，却不再那么明显。

前后两滴秘狱蚁神液，合力将楚风的肉体强度和力量提升了七倍左右。

“看来现阶段只能到此为止了。”楚风自言自语。难怪赵晴说一滴秘狱蚁神液就足够了，现在看来果然如此。

楚风没有久留，直接出关。

“哗啦”一声，他从海中钻出，带起大片水花。很快，他便感觉整片东海的气氛都略为紧张。

就在他闭关的这四天里，外界出大事了。

域外来了一些人，星路上也有很多队人马赶到，随时准备跨界，就差最后的决定了。本土不少人内心很忐忑。

一个漂亮的白衣女子发丝披散在雪白的颈项处，带着恬淡与从容的韵致，在地星外的空间迈步，每一步落下都有金莲生出。那是能量体。

随着她迈步，在那幽暗的太空中，成片的金莲“哗啦啦”摇曳，洒落金光。

她不是一个人，在她的身后还跟着一群人，而她是首领。

“猎魔什么时候开始？”她自言自语。她说的是宇宙语，如果没有光脑的话，地星上的人完全听不懂。

事实上，这队人马的不远处还有其他人马。比如有个通体金黄的道士，外表看起来也就二十几岁的样子，但眼睛深邃，饱含沧桑。

这个道士的身后也跟着一群人，都实力超凡。

这时，一个蓝衣少女走来，身后也跟着一群人。她面带微笑，道："金身罗汉级的人物领队，我等兴师动众而来，可是，真能进入这颗星球的主空间吗？"

这都是来自高等星球的一些出名道统的人马。他们的神子、圣女级人物曾被俘虏，最终，各家都付出了巨大的代价，这才救回族中的嫡系传人。但是，他们怎能咽下这口气？

于是，一些势力联合起来，出动大批人马，竟由金身罗汉级强者带队，准备降临地星。

"放心吧，我们会有机会进入地星主空间，请耐心等待。"这时，一个满头金发飞舞的年轻男子开口。他背着双手站在地星外，目光如电，在他的身后也跟着一批人。

上百队人马到来，每一队都最少有二十人。

这些人马并非都是那些神子、圣女级人物的师门来客，更有不少星际猎人、雇佣军等，成分复杂。

第270章

风暴将起

“不急，我相信星空中的圣者推演无误，我等一定有机会进入这颗星球的主空间。”有人点头，脸上带着深信不疑的笑意。

近来，星空深处一些圣人联手推演，得出一个结论：漫长岁月过去了，地星场域运转不可能那么精准了。

这与星空有关，与时间有关，就如同机械表，一开始精准，但总有一天会出现误差，这是不可避免的。

从上古到现在，过了太长的时间，且经历过多场大战，地星场域难免出现瑕疵，运转不再精准。

有圣人推测，每隔数十年，地星场域有些地带就会有罅隙，那时可以乘机闯进地星主空间。

不过，罅隙很小，不允许至强者硬闯，极限就是金身罗汉级的进化者。

而且罅隙出现的时间很短，稍纵即逝。

进化者哪怕成功“偷渡”，在地星主空间也非常危险，不能久留，因为地星意志渐渐复苏，会纠错。

时间虽然有限，但是对金身罗汉级的进化者来说足够了，能办很多事。

比如，除掉楚风！

星空中有些道统如今恨透了楚风，如果有机会，绝不会让他再活下去。

当然，这次来这么多人不可能只为对付楚风。若是要除掉楚风，一个金身罗汉级的进化者就足够了。

到目前为止，有数十个道统派出了人马，一些出名的星际猎人和宇宙雇佣军也赶到。因此不只是为对付楚风那么简单。

他们想把握稍纵即逝的机会，冲进地星，夺取机缘！

地星外的太空中渐渐安静下来，那一支又一支队伍各自占据一片区域，等待罅隙出现。

据悉，短则数日，长则数月，罅隙就会出现。

此时，各个头领几乎都手持着一些年代久远的地图，在认真研究。

这是花重金购买的，地星上古辉煌时期的进化皇朝、进化圣地以及海底洞府等都在地图上有标注。

进入地星的时间必定非常短，他们必须选好目标，到时候以金身罗汉级的实力迅速破解禁制，直接攫取一地机缘。

时间有限，他们需要速战速决。

宇宙中，还有队伍不断赶来，队伍中有星际猎人，有圣地强者，也有流浪星空的大盗，成分复杂。

每支队伍的人数少的二三十人，多的也不会超过百人，因为跨越星系的成本真的很大。

走空间隧道的话是按人头收费的，这个行业几乎被通天隧道公司垄断。

一些强大的道统也有这种技术，但是终究不够专业，不能保证路径的绝对安全，也不能完全避开宇宙兽的袭击区域，并且涉及时间与成本的问题。

地星外不时还有队伍赶来，但一心想除掉楚风的只有那么一小撮人马，想要夺机缘的占九成。

地星，东海。

楚风感受到了压力，他行走在海域中，看着光脑上的各种消息，眉头深锁。

金身罗汉级的进化者要是降临，那绝对糟糕透顶。

水波荡漾，楚风寻到元魔、紫鸾他们，跃上五色大船。

紫鸾第一时间打小报告，告知楚风，罗妙香、齐玉都想逃走，而且贿赂她与元魔，但是被他们拒绝并捉了回来。

“你什么时候把我们体内的磁晶针取出来？”紫鸾一副哀怨的样子。显然，她不是不想逃，而是怕体内的磁晶针炸开。

就这么几天的时间而已，她已经感觉到身体不对劲，这说明楚风没有吓唬她。

只要离开楚风，她体内的磁晶针就可能会炸开。

“嗖嗖嗖——”

楚风将紫鸾、元魔两人体内的磁晶针取出一些，以示褒奖。

然后，他送给这两人几颗金蛇果，并一人送一个黑色玉瓶。

“天火液！”紫鸾惊喜。这东西价值昂贵，对修炼秘术有极大的好处，能缩短修炼时间，且吸收后可以滋养身体。

元魔也觉得意外，没有想到楚风会给他们天火液。

旁边，展鹤、李凤眼巴巴地看着。他们也想要，但是不好意思开口。那样岂不是向这个魔王彻底低头？总的来说，两人放不下面子。

“有人想逃，你们两个不拦截，天火液就不用想了。”楚风对四人区别对待。

展鹤、李凤顿时无比失望，有些后悔。

大魔女赵晴立刻向楚风邀功，说是她第一时间发现那两人想逃，随后告知紫鸾的。

不远处，罗妙香、齐玉脸色发白，眼睛喷火，十分愤怒地盯着赵晴，感觉被出卖了。

赵晴不屑地道：“瞪什么？你们两个密议，打算带我一起逃，然后半路上将我丢开，让我吸引追兵，别以为我不知道。”

楚风听闻，面露笑意，也送了一瓶天火液给赵晴，以示褒奖。

赵晴顿时笑容灿烂，越发显得妩媚动人。

楚风用天火液修行，有时涂满全身，有时则用来泡脚吸收精华。

涂抹上天火液后，他的肌肤有种灼痛感，但是神经反应更快，头脑也更敏锐，修炼秘术时效果更加非凡。

此外，天火液蕴含着滋养身体的物质，虽然比不上秘狱蚁神液，但是也很不错，仅用了一天而已，楚风的体质就增强了百分之十五左右。

楚风倒吸了一口凉气。难怪紫鸾和元魔兴奋不已，这东西的确了不得。

他仔细在光脑上查阅相关资料，得知天火液价值连城，连金身罗汉级的进化者都用得上，可以帮助修炼秘术，还能滋养身体，最高可以让自身的体质增强百分之三十。

这是永久性的提升，只要进化没有超过金身罗汉级，一切进化者都适用。

楚风由于得到了效果太惊人的秘狱蚁神液，差点忽略这天火液。这绝对也算是珍稀物品。

体质增强百分之三十，对进化者来说，这是异常了不得的成就。

楚风查了一下价格，一份天火液价值五十亿宇宙币，果然是天价。

这一次他获得了很多天火液，加在一起的话足足一小池子，没有一百份也有五十份。

罗妙香、齐玉硬着头皮，悲愤地听从紫鸾指使，帮楚风端洗脚水时，眼睛顿时直了。

这黑色玉盆中居然都是鲜红的液体——天火液！

“走路留神点，都快撞我身上了。”楚风提醒道。

两人眼巴巴地看着，很想说，“暴殄天物啊！”

人家一份天火液要分十次八次用，无比节约。可是眼前，她们看到了什么？这家伙一次就用三份，而且居然直接拿来泡脚。

“天火液应该涂抹在全身各处，这样效果最佳，容易吸收。”齐玉小声道。她摇头不已，哪怕身为一颗高等星球上的圣女，也觉得这是一种挥霍。

楚风微笑，没有说什么。他运转道引呼吸法，双足可以吸收天火液全部的精华，不会浪费。

他大量使用天火液是为了一步到位，将体质增强百分之三十。他没有时间去慢慢磨，因为，强敌随时会出现。

“楚风，过来一叙。”就在这时，一个很缥缈且略显苍老的声音在楚风耳畔响起。

“你是谁？”楚风抬头，盯着某一片海域。

那声音很平和：“别紧张，我没有恶意，只是想为你介绍一位生死与共的好友，你们将同舟共济。”

楚风意识到，那个老者很强，不是一般的进化者。

元魔、紫鸾、赵晴几人惊疑不定。他们并没有感应到有人接近，也没有听到别人说话，但看楚风的反应，附近分明有人。

“老朽请小友喝茶。”

楚风动用火眼金睛，看向海面。正常的双目看不到那个老者，楚风唯有动用眼术扫视这片海域。

“这里。”

楚风果然发现了目标。

一叶扁舟由青竹制成，有的竹子上还长着叶子，有种清新的气息，融于天地自然间。

扁舟上，有红泥小火炉，有桌案，还有茶具。一个老者须发皆白，脸上带着温和的笑容，盘坐在桌案前。

碧海上风平浪静，一叶扁舟悠悠而来，带着些许白雾，屏蔽所有人的神觉。

楚风没有走过去。对于未知、对于这个不可揣度的强者，他选择退避。

他亲自驾驭五色大船，进行空间跳跃，“嗖”的一声，就从这里消失，出现在了南域海。

楚风感觉到自己不是那老者的对手，而且，他根本不了解对方，贸然接近的话不知道会发生什么。他不想将自身的安危放在别人手中，不想等着别人来决定自己的命运。

“小友不要误会，我真的没有敌意。”

然而，平和的声音再次传来，不远处，绿莹莹的扁舟随波起伏。

一瞬间而已，老者与扁舟就从东海追到南域海。这实在有些骇人。

楚风离开五色大船，倏地一闪身，从海面消失。事实上，他是靠近扁舟，然后登了上去。

后方，五色大船上的元魔、紫鸾、赵晴等人像见鬼了一般，楚风人就这么没了，再也感应不到。

楚风主动来到扁舟上，因为他知道自己走不了。这个老者的强大超乎想象，楚风驾驭五色大船进行空间跳跃都不能摆脱，那就不用再尝试躲避了。

“火眼金睛啊，唉，让人羡慕的眼术，实在了不得，比天眼更强，哪怕是天眼也看不到这扁舟。”老者轻叹。

“是吗？”楚风只有两个字。

“在这里，你不用担心域外的天眼监测，他们看不到。”老者微笑着告诉楚风，那些天眼没有火眼金睛勘破虚无之物的能力。

“我叫尉迟空，地星隐族一脉。”老者自我介绍道。

楚风看着他，问道：“难道你们这一族不居住在秘境中，而是一直生活在地星主空间？”

楚风可以确定，这个名叫尉迟空的老者绝对是超越观想境的进化者，实力非常强。按理来说，这种人现在不该出现在地星主空间。

尉迟空笑了笑，道：“总有些特例，总有些意外。有人接应我过来，进入地星主空间。”

他很坦然地告知楚风，他们这个隐世家族的确栖居在秘境中，但是有人将他接应了过来。

“怎么接应？”楚风虽然这么问，但其实已经猜测到了是怎么回事，不过是想证实自己的猜测而已。

“一个年轻人得到了一座非常强大的能量塔，将我接应了过来。”尉迟空告知楚风。

果然如此，楚风点头。

就像林诺依，她体内有一座超星能量塔，这种古老而无比强大的传承圣物得到地星意志的认可，能构建跨越折叠空间的桥梁。

当初，林诺依就是以超星能量塔为诱饵，令大齐皇子齐宇等人认为千载难逢的机会到了，请她帮忙跨界的。

结果，嵲山一役，林诺依几乎消灭了他们所有人，只跑了一个齐宇。

“你们同在地星成长，将来要面对的敌人一致，当相互扶持。”尉迟空微笑。

楚风自然知道尉迟空说的是谁。那个人获得了非凡的能量塔，这得是多么大的机缘！他有种感觉，那座能量塔很不简单。

“自然，我也希望能有人跟我一同对抗域外的敌人。他要出关了吗？”楚风平静地问道。

“每个人都有自己的路。他与你不太一样，有机会我会让你们相见，但是，他还没到出关的时候。”

楚风看着尉迟空，没有说话。

“他背负太多，不宜过早出关。他将来要面对的是十大星球的人，要跟那些至强道子争锋，要去屠圣，要去颠覆一切，要恢复地星荣光！”尉迟空说到后面，情绪受到感染，叹道，“我有些激动了。”

“看来这个从未谋面的同行者很了不起。”楚风道。

尉迟空点头道：“是，他的确天赋出众，才情罕有，无论是学肉身武功还是学精神武功，都非常快。”

楚风没有说什么，他能感觉到尉迟空对那个人无比推崇。

这时，红泥小火炉上的水已经煮沸。尉迟空洗茶具，从玉罐中取出几片茶叶。

茶叶很特别，颜色各不相同，有的金黄，有的火红，有的雪白如玉。

水落入茶具中，馨香扑鼻，弥散开来，一时间让人的心都宁静下来。

“这是上古年间地星那棵神茶树的叶片，如今再也寻不到了。它应该是落入十大星球，成了某一无敌族群的专属茶树。周尚有大机缘，曾获得一罐神茶，送了我一些，也请你品尝。”尉迟空终于说出了那个人的名字——周尚。

楚风讶异，那周尚似乎得到过不少机缘，就连曾经的神茶都可得到。

“这种茶叶可让人静心凝神，神思敏捷，若是参悟某种秘法，事半功倍。”尉迟空笑道。

“请！”尉迟空示意，请楚风喝茶。

玉杯晶莹，当中几片茶叶发光，一团光芒缭绕在杯中，气象非凡，茶香沁人心脾。

楚风喝下一些茶，而后琢磨紫气东来拳和天戟九式。他承认，自己的思维的确比平日要敏锐一些，不过不至于扭转与改变什么。

“好茶，谢谢！”楚风说道。

“既然小友喜欢，这半罐神茶就送给你了。”尉迟空说道，将玉罐向前递来。

“君子不夺人所好。”楚风摇头，非常郑重地将玉罐推了回去。

尉迟空面露一丝异色，但他很快就掩饰过去了。显然，楚风这种话让他有点诧异，这完全不是楚风的风格啊。

两人饮茶，相谈甚欢，气氛融洽，起码表面上看起来如此。

楚风很快了解到，那周尚疑似获得过不少大机缘，简直是天选之子。

那些大机缘还是尉迟空无意间道出的，只能算是零光片羽，但已经足够让人心惊。

“楚风小友，我来这里有个不情之请。”尉迟空忽然这般说道。

楚风一怔，不解地看向他。

“听闻小友曾去过恒岭，见到一座残缺的能量塔，应该是从那里取走了一物吧？老朽想代周尚向小友求取。”

楚风听到这种话语，身体略微绷紧，瞳孔收缩。正戏来了！

他怎么可能将那个银色盒子交出去？那里面可是道引呼吸法，虽然他现在依旧没能开启盒子，但是妖公主已经告诉过他。

同时，楚风心头悚然。这么绝密的事情尉迟空怎么会知道？当时只有蛤蟆跟在他身边，目睹一切。

“小友一定很奇怪我们为何会得知这件事。因为周尚获得了地星最古老也最正统的能量塔，里面有记载，他要继承的东西有一种埋在恒岭，而我们去的时候，发现小友已捷足先登。”

“我是去过那里，但是没有得到什么。”

尉迟空道：“小友无须否认，周尚获得的能量塔权限最高，已经跟那残塔交流，了解到了一切。”

楚风心中一震，意识到这的确有可能，每一座能量塔都像是有自己的意志。

恒岭那座能量塔虽然残缺，但是的确了解一切。

虽然无法再否认，但楚风还是不会交出银色盒子。尉迟空凭什么让他把自己获得的机缘送给周尚？

“周尚获得了地星最古老的能量塔，当中包罗万象，记载了所有法。他去寻银色盒子，想要看里面的东西，只是为了印证，看过之后会再次还给小友。”

楚风道：“我们只是第一次见面而已，前辈不觉得自己太冒失了吗？”

不要说道引呼吸法，就算是一般的传承之术，也不该这样求取。楚风不可能同意。

这个尉迟空却觉得，楚风应该把银色盒子给周尚一观。

“同为地星崛起的希望之星，你们应该相互扶持。”尉迟空开口。

楚风皱眉。第一次见面，彼此都不了解，这个尉迟空就来说教，索要他身上最为重要的无上呼吸法，这怎么可能？

“这是周尚之意，还是前辈之意？如果想交流，可以让他将那座最古老的能量塔带来给我观看。”

尉迟空闻言，陷入沉默，过了好一会儿才轻叹道：“那座能量塔关系甚大，不能泄露天机。”

顿了顿，尉迟空又道：“我想让小友明白，如今相助周尚，对你我，对现在的地星而言，都很重要。”

楚风突然意识到：域外部分人的某些猜测可能成真了，地星上的天选之子真的有所谓假子与真子之分。

他明显感觉到，在尉迟空心中，周尚就是正统，就是唯一，似乎将来可以带领地星走向无尽辉煌。

他明白了，周尚可能就是所谓地星真子，起码在尉迟空心中是这样。

第271章

地星真子

“喝茶，小友。”尉迟空再次泡茶，金色、白色、红色的叶片交相辉映，在玉杯中迸放瑞光，茶水色泽鲜明，馨香弥散。

楚风没说话，手持茶杯，轻饮一口，双目深邃。

他表现得很平静，但心中不忿。他历尽千辛万苦，冒着生命危险得到的道引呼吸法，居然被人直接索取，他怎能甘心？

“虽然冒昧，但请小友原谅，一切都是为了这颗星球的复兴。”尉迟空叹道。

“您老人家这样一顶大帽子下来，真是压得我眼冒金星。”楚风淡定地开口。

“小友终究是不满啊！你要怎样才肯交出银色盒子？”尉迟空问道，目光灼灼。

楚风道：“我可以跟周尚论道交流，但应该是自愿的、公平的。我别无所求，只想观看那座最古老的能量塔内记载的东西。”

尉迟空从怀中取出几本古籍，道：“小友，为了表示诚意，我带来了这些东西，里面记载的都是顶级妙术，你且来看。”

楚风扫了一眼。这几本古籍分别是《紫气东来指》《虎魔功》《大日拳》《彻地印》《惊圣矛》，的确算是珍稀的秘籍。

如果是在以前，楚风自然会心动，但是现在没什么感觉。

尉迟空道：“这是周尚的一番心意。”

不难看出，周尚获得的机缘有多大。他一口气就拿出五本顶级秘籍，让尉迟空来跟楚风交换银色盒子。

楚风神色淡定。紫气东来指、大日拳等简直算是地星上古时期的标配，西林族的人全都会。

“我听闻地星上古年间有绝世战技翻天印、飞仙矛，想来如果是最古老的能量塔，这种无与伦比的战技应该都有记载才对。”

尉迟空脸色微变。翻天印号称可以翻手为天，一旦结出这种法印，便可以无坚不摧，消灭群敌。飞仙矛则是跟翻天印并列的绝世战技。

据悉，上古大劫时，一位本土至强者双手结翻天印，将一位映照诸天的域外强者震得身受重伤。

还有一位本土强者，在上古激战时双手持矛，冲进敌群中，神矛之光化成飞仙光，击中映照诸天的强敌。

楚风说的翻天印、飞仙矛，哪怕放眼宇宙也是绝世战技，十大星球都想得到。

楚风这么说，并非真的要交换，而只是试探尉迟空的态度，也想看一看所谓地星真子周尚是否掌握了这两种绝世战技。

“小友强人所难。”尉迟空沉声道。

楚风心中冷笑。在他看来，道引呼吸法超越一切，任何战技都无法与之相比。

据说，无上呼吸法练到一定境界后，便会神通自涌，妙术自显，都不用刻意去追求。

尉迟空道：“楚风小友，你与周尚一明一暗，应该同舟共济，一些传承之术须共同参悟。要知道，你一直在明处，很容易出意外，若是导致一些传承之术断绝，那就是母星莫大的损失。”

楚风觉得，所谓一明一暗说得好听，其实就是变相说他是假子，在外吸引所有人的注意，而真子周尚则在潜修，等待鱼跃化龙腾天之时。

“老人家何必这么委婉？说了这么多，你不就是想要我所有的机缘吗？恨不得都给周尚一人对吧？你觉得他是真子，我是假子，为掩护他而生？”楚风直接挑明。

尉迟空脸色变了，道：“虽然我不想这么直接，但或许就是如此。楚风小友，为了将来，你应该将一些东西送给真子，万一你发生意外，我们会很被动。银色盒子等落入敌人之手怎么办？毕竟，现在宇宙中有很多人盯上了你，想要除掉你。而真子还无人得知，他默默潜修，终究会一飞冲天！”

楚风心凉，自己出生入死获得的东西都被盯上了？

不过，他没有害怕，因为他早已看出，尉迟空多半不会动武。

楚风仔细思忖过，应该是妖公主的威慑作用。妖公主看重他，这对他来说是一种莫大的支持。

“楚风，你真不愿意交出银色盒子吗？”显然，尉迟空也有些不耐烦了。以他的实力，他真要除掉楚风的话不难。

“那是我的东西。”楚风平静地回应。

“你知道，我要是强取的话，你反抗不了！”尉迟空声音略冷。

楚风不接受威胁，神色冷峻下来，道：“妖公主和我说过，我的路要自己去走，她不会给我任何秘法，我需要什么都要靠自己去想办法，但她会给予我一定的庇护。我的呼吸法、我的妙术都是自己九死一生寻到的，我自然不会交给你。你如果想动手，应该先去一趟虎泷山，问问妖公主！”

到了这一步，两人大有撕破脸皮的架势。

“妖公主号称星空下第一，同阶中天下无敌，的确强大无比，但是若论培养人才，她不见得无与伦比。她如果见到周尚，肯定会毫不犹豫地选择他，因为周尚注定会天下无敌，成为妖公主第二！”

“你们真是自信。”楚风哂笑。他一路走过来，战斗经验如此丰富，也不敢说天下无敌，那个从未谋面、一直在暗中修行的所谓地星真子就敢这么认为？

“因为他是无劫神体，拥有真正的无敌体质，在进化这条路上无灾无劫，神体一出，所向披靡。他是地星真子，是真正的天选之子！”尉迟空对周尚有绝对的信心。

“无劫神体？”楚风皱眉。他还真没有听说过无劫神体，对此并不了解。

既然已经说破，尉迟空便进一步开口称赞周尚，也算是对楚风的一种警告：“这种神体一出，几乎从未败过。自古至今有这种体质的人没有几个，一只手都数得过来，只要中途不陨灭，最终都会登上巅峰！”

然后，尉迟空说楚风是假子，也是明子，身在明处，已经非常危险。

“银色盒子的事，你暂且考虑一下，不要急着拒绝。银色盒子是独一无二的，但是有些东西不是唯一的。听闻你获得了数滴秘狱蚁神液，你用去一两滴足矣，可否送给周尚两滴？”尉迟空神色冷静，放下茶杯。

到了这一步，他清楚地表明立场，就是要支持周尚，从楚风这里索要天材地宝。

楚风大笑道："我的一切都是靠自己拼出来的，各种资源我都不会轻言放弃！"

"楚风，这么说就过了。"

"一点也不过。他不是无劫神体吗？既然如此，他自己可以跟那些神子、圣女级人物去战斗，想要什么自己去争夺，何必向我索取？"楚风不客气地说道。

"暂且隐忍，可以辉煌一生；一时冲动，毁的是前程，是未来。"尉迟空道。

"话不投机半句多，走了！"楚风起身，不想再跟他多说什么。

尉迟空道："说实话，周尚得到过其他神液，锤炼过身体，只是想再用秘狱蚁神液试试看。可惜，这一试探而已，你便拒绝！真是……"

"我又不是所谓真子的部下，凭什么要我将机缘拱手相让？所谓真子，何以认定？真金还要火炼，他有什么可证明自己是真子？我将域外诸敌打得战栗不已时，他在哪里？这样吧，他实在想要我的东西的话，可以跟我一战！我若是输了，就把我的机缘都给他；若是赢了，就让他将那最古老的能量塔送给我！"

"你……好，我会尽量安排！"尉迟空沉声道。

海上无风无浪，碧海无边，如同一块巨大的蓝宝石。澄净的天空中没有一丝云彩，湛蓝无比，与大洋一色，海天相连，整个世界都是蓝色的，干干净净。

楚风踏着湛蓝的海面，一步一步走向五色大船，同时不断思忖，皱着眉头。所谓地星真子出现，必定会因此而发生很多事。

西林族神子要来，天神族少神也将出现，在这多事之秋，地星本土也不宁静。

楚风的心情很不畅快。何为真何为假，怎么判定？凭什么让他送出自己九死一生得来的东西，成全所谓真子？

"大争之世何来真假？"

楚风一跃而起，回到五色大船上，很安静地坐在那里，思索着一些事。

元魔、紫鸾、赵晴等人没有去打扰他。他们虽然没有看到那青竹扁舟与尉迟空，但是知道肯定发生了一些事。

楚风这么沉默，让几人都有点不适应。无论是先来的元魔、紫鸾、展鹤、李凤，还是后来的赵晴、罗妙香、齐玉，都没有见他这么安静过。

在他们的印象中，楚风脸皮厚，且强悍无比。

可现在，他像是换了一个人，面庞清秀，双目清澈，安安静静的，显得有些单纯，跟他们印象中飞扬跋扈的楚魔王气质不沾边。

楚风的心志是坚定的。尉迟空找上门来，替所谓真子索要道引呼吸法，后来连秘狱蚁神液都想要讨走，他自然不会答应。

他皱着眉头。所谓真子是否跟地星意志的选择有关？如果是这样，形势确实不妙。

他很安静，认真琢磨。

最后，楚风抬头，双目炯炯有神。他不认为地星意志会干预这种事。

况且，他坚定地认为，真正的强者不是选出来的，什么真子与假子，在这大争之世，唯有自强才是真!

他不再想这些，而是开始研究秘术，参悟最近得到的秘籍，以提升自己的实力。

他不是因为天选之子这种说法为他增加了光彩，才能走到这一步，而是因为自身足够强，一路击败群敌，战绩辉煌，所以才被认为是天选之子。

总的来说，是他成就了天选之子这个称号，而不是这个称号成就了他。

“大争之世唯自强！”

无劫神体很强，号称无敌的体质，这不是楚风所能改变的，他要做的就是提升自己。

元魔、紫鸾、赵晴等人看到，楚风起身了，双目深邃，在那里练习各种战技，琢磨秘术。

清晨，楚风离开五色大船，站在海面上，迎着生命气息蓬勃的红日，施展紫气东来拳。

他布下了场域，并以一幅残破的画卷横于天宇，因为他不想域外的人时刻看到自己在做什么，尤其是练功时。

楚风修长的身体上已涂抹了鲜红的天火液，他打算这一次将体质增强百分之三十。

他不想浪费时间，不惜大量消耗天火液，只想尽早完成这一增强的过程。

“轰！”

他站在海面上挥拳时，这片碧海都跟着起伏，浪涛击天。

太阳初升，紫气氤氲，向这里聚集，渐渐淹没楚风，让他进一步体会到了紫气东来拳的真正奥秘。

“紫气是一种非常高级的能量，紫气东来，代表着贵不可言。紫气东来拳拳意恢宏，如同神王行走，双手推动诸天星球而行。”楚风悟透了这种古老的拳法。

当他再动时，除却从太阳那里飞来的紫气，还有来自宇宙的紫气，紫气丝丝缕缕，从域外降落，汇聚在一起。

“那是……”就连元魔都不禁神色一动。

楚风站在那里施展紫气东来拳时，种种异象出现。他仿佛一尊神王，举手投足间血气冲天，笼罩这片海域。在紫气中，一颗又一颗星球浮现，在他的周围转动。

“他这么快就悟透了紫气东来拳？”展鹤、罗妙香、齐玉等人都吃惊不已。他们自然知道楚风在演绎什么拳法。

“砰！”

突然间，楚风的拳速快到极致，他整个人伴着紫气，转动紫气中的星球，气势磅礴，同时若闪电般出击。

“流光拳，这是天神族的秘技，被他融入了紫气东来拳中？”大魔女赵晴眼睛大睁，相当心惊。

能参悟顶级秘技就很了不得了，这般融合其他拳意，哪怕是奇才也很难做到，且少有人敢尝试。而现在，楚风正在这么做。

敢这么行事的人，无论成功与否，本身都很超凡。

楚风口鼻间有气流涌动，接着全身毛孔都是如此。他在运转呼吸法，尝试融合拳意。

当他停下来时，日头不高，时间还早。他浑身金灿灿的，如由不朽神金铸成。

楚风确信，天火液已经使他的体质增强了百分之三十。

五色大船上，元魔、展鹤几人也都运转呼吸法，很投入地开始修行。

大魔女赵晴平日看起来不正经，可现在盘膝坐在甲板上，很认真地运转特殊的呼吸法。

罗妙香、齐玉即便这几天很不开心，一直想着逃跑，可在朝晖普照时，也很认真地修行，汲取清新的能量，净化自身。

唯有紫鸾略显慵懒地半躺在藤椅上，迎着红日，吹着海风，手持高脚酒杯，不时抿一口红酒，相当闲适。

楚风明白这个从高等星球走出来的圣女为什么实力不怎么样了，实在是不够努力。他看向紫鸾，问道："他们都在修行，你怎么这么懒？"

"我已经抹上了天火液，体质每天都在提升。我觉得做人要知足常乐，差不多就可以了。"紫鸾扬起雪白的下巴，振振有词，边说还边不合时宜地伸了个懒腰。

楚风看着她，道："每天吹海风，看日出，品红酒，你这是做侍女来了，还是度假来了？说起来上次已经有人拿秘籍来换你了。"

然而，紫鸾一点也不怕，打着哈欠道："对方取消订单，交易失败。"

交易另一方是她的哥哥与父亲，她自然不怕什么，同时她也希望取消订单，以免家里有损失。

楚风道："告诉你哥哥紫宵，他哪怕取消订单，也得把上次达成意向的那批秘籍给我邮寄过来。"

"啊？"紫鸾像是受惊的小兔子，瞪大眼睛，不由得后退了几步。

"啊什么，你真以为我不知道跟我达成意向的是你们家的人啊！说起来也很有意思，上次那两人狠命竞争，估计是一家人闹乌龙了吧？"楚风嘲笑道。

"你……"紫鸾的脸顿时涨得通红。上一次她哥哥与她父亲竞争到眼红，最后得知彼此是谁时，全都傻眼，她父亲险些跑到混元宫去抽她哥哥。

"快点联系你家人，上次谈好的那些秘籍，我很需要。"楚风催促道。

那些秘籍讲的是自身创法，适合自己的才是最好的。楚风觉得，这一流派的理论非常适合他。

如果他结合道引呼吸法去研究那些秘籍，神通自涌，妙术自显，无疑更让人期待。

紫鸾死不承认那是她的家人。

楚风很干脆，直接联系紫宵。紫宵是混元宫的天才，在年轻一代中非常有名，也是原兽平台的金色账号成员。

当日，紫宵气得够呛，因为楚风找上门来，让他把上次达成意向的秘籍交过去。

“凭什么？”紫宵何曾被人这么对待过？混元宫可是由映照诸天级的人物开办的，他在这里是奇才，地位自然很高。

“就凭我在养着你妹妹！”楚风这么回应。

紫宵听到这种话，顿时气得不轻。

“楚风，我警告你……”

“打住！交不交秘籍？不交的话，我也没办法，只好找别人换秘籍了。”

紫宵气得手指头都在哆嗦。最终他妥协了，跟他父亲联系，准备通过通天隧道公司将各种秘籍邮寄到地星。

不久后，楚风收到一个大包裹，里面都是秘籍。

他废寝忘食，研究这个流派的理论。

数天后，地星外很不平静，有战舰横空而至，机械族神子到了。

西林族的人也来了，号称西林族第一神子的天才准备进入地星主空间。

消息传来，星空中沸反盈天。人们知道，一场风暴要来了。

西林族是从地星反叛出去的一个族群，如今该族神子回归，想要入主地星，影响较大。

西林族神子与楚风的争锋涉及所谓正统之争。

这时，尉迟空又寻到楚风。

“对不住，我来晚了，途中遇到一些事。说正事，周尚同意与你一战，秘密切磋一场。”

楚风神情凝重。如今域外强敌要来了，他哪里有时间去应付所谓地星真子？

“与其内斗，不如让周尚和我比一比，看谁消灭的西林族高手多，谁能除掉机械族神子！”楚风这样建议。

第272章

诸敌皆至

碧海中，由青竹做成的扁舟随波起伏，带着清新的竹叶，生机勃勃。

依旧如上次一样，尉迟空的到来没有引人注意，除却楚风，元魔、紫鸾、赵晴等人都没有看到尉迟空与青竹扁舟。

尉迟空盘坐在那里，喝了一口紫莹莹的茶水，皱眉摇了摇头，道：“这件事不妥，周尚不宜现身。”

他认为地星真子身份敏感，应当蛰伏，静待鱼跃化龙之时。此时不应该跟域外的人去激战，去碰撞。

楚风嘴角挂着一丝冷笑，都不想说什么了。

尉迟空一副语重心长的样子，轻叹道：“楚风小友，你是明子，周尚是暗子。有些事情你应该理解，一个人暴露总比两个人暴露好，你在外面抵住压力，留给周尚修行的时间，一切都是为了将来。”

“你不觉得他缺少磨砺吗？”楚风问他。真金还需火炼，何况是一个想要成为当代无敌的进化者？

尉迟空道：“并不缺少，有专人陪他切磋，他每天都会经历激烈的战斗！”

“还真是考虑周到。”楚风道。对于这个问题，他不想多说什么了，因为两个人的看法完全不同。

虎纵山林，不仅要有自身之威，也需要山林成全，养出野性与威风。

“小友，你这次出战要面对的敌人不弱，有西林族神子，更有天神族少神，要保重啊！”尉迟空先对楚风表示关心，而后又道，“我上一次提到的事，你能否再考虑一下？”

尉迟空旧事重提，依旧想要银色盒子，希望楚风能够拿出来给周尚一观。

楚风拒绝："不必多说，此事上次早有定论。想要的话，让周尚把最古老的能量塔拿来给我一观，或者让周尚来与我一战！"

"小友，你是明子，天下皆知。这一次你要面对的敌人太多，应当思虑一番，万一有意外发生会怎样？我觉得银色盒子留下较好，以防万一。"

"是不是还想让我把秘狱蚁神液也留下？临行时，将身上有价值的东西都送给周尚？"楚风盯着尉迟空。

尉迟空沉声道："小友不要生气，我这样建议，是为将来考虑。"

楚风神色变得无比冷峻："我说过，这是我九死一生，以性命搏来的，周尚想要的话，让他自己来取！"

尉迟空皱眉道："他是暗子，以他的身份来说，现在宜静不宜动，需要蛰伏。他的光芒都将在未来迸放。"

这自然是委婉地说周尚为地星真子，身份尊贵，这时不宜出手，不能暴露。

"你走吧，最好不要再来了。"楚风冷冷地道，心里非常不舒服。

他在外面对抗群敌，而所谓地星真子周尚不出战也就罢了，还索要他的东西，尉迟空那些要求太过分了！

尉迟空道："无劫神体，无量之威。小友有一天会明白的，并非老朽偏向于他。有朝一日，他定会将十大星球最强道子斩落马下，还母星辉煌！"

楚风神色越发冷峻，道："如你所言，我是假子，他是真子，有各自不同的轨迹，彼此就不要纠缠了。在这个大世，让我们各自沿着不同的道路发展下去就是。"

"楚风小友……"

"休得啰唆！"楚风受够了尉迟空，心中窝火。只是真翻脸的话，自己的确不是此人对手，便只想早点赶他走。

尉迟空目光冷厉，盯着楚风。他超越观想境，为周尚护道，实力自然很可怕，现在有一股强取银色盒子的冲动。

可是，想到虎泷山，想到妖公主，他又退缩了，便转身离开了。

他决定找个机会带周尚去一趟虎泷山，让妖公主看看他们隐族一脉找到了何等惊世的传人。无劫神体，这要是传出去足以震动星空。

尉迟空离去，驾驭青竹扁舟，消失在南域海深处。

楚风回到五色大船，盘坐下来，十分安静。

此时，外界一片嘈杂。

太空中，战舰横陈，机械族神子出现。它以机械金刚自居，身高一丈，通体雪白，不知由何种金属进化而成，背着一柄黑漆漆的长刀。

除了它，机械族还有强者出现，有几名是候补神子，更有一些是老资格的强者。

另一片地带，有一群人踏着虚空而来，他们是西林族的人。

西林族、机械族交情很深，早已结盟，大多数情况下行动一致，联袂出击，现在两族的人马又一起来了。

西林族这队人马有十几人，一个年轻男子在人群中显得分外出众，肤色白皙，眉心一点红，泛着莹莹光泽，颇有男身女相之态。

他叫魏麟，意为魏家麒麟儿，有绝世之资，无比强大，曾经征战过黑暗秘狱，一身实力不可揣度。

魏麟是绝顶圣人魏恒的嫡系后人，与魏恒一样容貌不凡，甚至连气质都接近，都有些阴柔气。

“机械金刚！”魏麟笑着跟机械族神子打招呼。这种称呼是对机械族神子的认可，算是敬称。

“魏麟兄，听闻你从黑暗秘狱征战回来，修成鬼神莫测之神通，恭喜！”机械金刚赞叹道。

但凡听到这些话的进化者莫不神色一动。黑暗秘狱是什么地方？那里太危险了，第一层就有秘狱蚁，如群体出击，能消灭金身罗汉级进化者，甚至有些个体实力就异常强大，能独自对付金身罗汉级进化者。

所以，年轻一代前往那里非常危险，就算有护道者跟随，有时候也会有灭顶之灾。

除却在宇宙中排名靠前的道统，一般的道统是不会送年轻的传人去黑暗秘狱的。

从某种意义上来说，能够出入黑暗秘狱的年轻人，不管是否有收获，能活着回来便等于有了绝顶年轻强者的身份。

“机械金刚，你去神之禁区历练，比我去黑暗秘狱历练有过之而无不及。”魏麟微笑。

宇宙边缘有神之禁区，跟黑暗秘狱差不多，也是非常危险的地方，进化者闯进去的话很难生还。

在魏麟身边有一个女子，跟他长得很像，美丽，带着自信的风采，眉心也有一点红。这是他的胞妹，是西林族的公主，名叫魏璇。

魏璇十分娇艳，笑容动人，道："机械金刚，名不虚传。"

"惭愧，我只是在神之禁区外围打转，不算真正进去，不过总算有所收获，得到了稀有金属原料，融入吾身。"机械金刚道，"听闻魏璇公主也曾进入黑暗秘狱，真是让我吃惊，看来西林族的奇才不止魏麟兄一人，西林族注定要大兴。"

机械金刚这么称赞，言有所指。这一次西林族准备降临地星，意义重大，从某种程度上来说是拉开了回归母星的序幕。

魏麟微笑道："走吧，我们将自身调整到最佳状态，准备跨界，进入这颗星球的主空间。"

地星外，队伍一支又一支，有来自高等星球的道统，有星际猎人，有宇宙雇佣军，成分复杂。看到西林族与机械族的人，这些人都点头致意，主动打招呼。

因为，这两族非常强大。

而且，无论是西林族还是机械族，都有金身罗汉级的强者跟来，为两族神子护道。

无论是星空中还是地星本土都无法安宁了，人们议论纷纷。

机械族、西林族两大族的神子正在调整自身状态，即将带领族人降临地星，到那时必是龙争虎斗。

"来吧！"楚风盘坐在五色大船上，倏地睁开眼睛，望向域外，"我虽然还没有迎来最好的时刻，但也可以一战！"

他准备迎战西林族神子，斩灭机械金刚。

"魏麟兄、机械金刚，何必这么匆忙？等我一同上路。"星海中，有人用光脑联系西林族与机械族的神子。

一支可怕的队伍带着黑雾，如同从冥界而来，穿越空间隧道，接近地星。

这是幽冥族的人马，该族绝顶年轻强者幽海亲自出马，同时有金身罗汉级的强者护道。

幽冥族统御的星球昔日在宇宙中排名第十二，该族曾联合诸天强者进攻地星，又有十大星球撑腰，最终成事。

现在，该族统御的星球在宇宙中排名第十一。

这样可怕的族群前来，要再次征伐地星。

从某种意义上来说，当年该族就是元凶，是战争的发起方。那一战，该族从地星得到了巨大的好处。

“幽海来了，必定会掀起一场血雨腥风。”西林族神子魏麟心中有些忌惮，轻声感叹道。

外界其他人得悉后，热议不止。

“幽冥族真的来了，没想到该族的人动作这么快，已经接近地星。当年该族就是主力，毁灭了地星，现在又来，两族当真是恩怨无尽的死敌了！”

谁都知道，幽冥族一旦出现，将会掀起天大的风暴，地星上的楚魔王对幽冥族的恨绝对不少于对西林族的恨。

同一日，一个更为惊人的消息传出：大梦净土的圣女秦珞音出关，得悉自己的远房表姐罗妙香落入楚风手中，没有找楚风谈判，而是直接上路赶往地星。

据悉，她要请通天隧道公司的高层开启超级空间隧道，一步到位，降临地星。

秦珞音名气太大了，是大梦净土历代最强传人，很多人都说，她现在的实力比十大星球的一些道子还要强大。

此外，她被誉为星空下第六美人，美名远播。

路途上，天神族少神听到这个消息后，目光炽烈，顿时来了精神。他抓紧时间赶路，准备一会大梦净土最令人惊艳的传人秦珞音。

“这是真的吗？”许多人听闻后，第一反应就是不相信。

“秦珞音居然要亲临地星？”

“开启超级空间隧道啊，这得耗费多少宇宙币？”

“我心中的女神，咱这辈子都只能远观了，她走一段路的花费都需要我奋斗几生几世，唉！”有人哀叹。

在此期间，另有一个小道消息传出：通天隧道公司的人曾经跟秦珞音交谈，替楚风说好话。

“还有这种事！为什么？”

“楚风已经是通天隧道公司的白银客户，算是贵宾了。”

听到这种解释，人们一阵无语。这个魔王居然成了通天隧道公司的贵宾？

所有人都知道他是怎么成为通天隧道公司的白银客户的，这简直是建立在各道统的痛苦之上。

在宇宙中邮寄东西，价格绝对昂贵得吓死人，一般的人根本付不起。

想想也是，普通的进化者一辈子都难以走出自己所在的星球，就更不用说在星空中邮寄东西了。

而楚风在这么短的时间内，已经下了那么多订单，绝对算是通天隧道公司的一个大客户。

虽然没有得到证实，但是这种传闻一出，人们还是一片哗然，各方哭笑不得。

地星外，一件可怕的事正在发生。

西林族的金身罗汉级强者现身，祭出一座能量塔，古朴中亦有恢宏气息。

他大袖飘飘，虽然白发披散，但是肉体金黄，目光如电，血气旺盛，实力非常强大。

“嗖嗖嗖嗖！”

接着，又有四座能量塔飞出，跟早前的那座能量塔共鸣，按照五行方位排列，在太空中发出刺目的光，释放出成片的符文。

“这是昔年母星上五行进化皇朝的五座能量塔，还保留着上古岁月的气息，现在齐聚，希望可以庇护你们顺利进入地星主空间。”这名金身罗汉级的老者开口。

“有劳叔祖。”魏麟开口。

见到这一幕的人都很吃惊，尤其是听到五行进化皇朝，不少老者神色一动。

“当年，地星上的五行进化皇朝那可真是威名远播，震慑星海各族，他们的能量塔居然落在了西林族手中。”另一名金身罗汉级强者感叹，想到那段岁月，那个辉煌的进化皇朝，一时间有些出神。

一些宇宙雇佣军和星际猎人目光火热，盯着五行进化皇朝遗留的五座能量塔，恨不得立马夺走。

不过，最终没有人敢动手。他们知道，西林族敢把这五座能量塔拿出来就不怕被人夺走，当中必然封印着该族至强者的精神印记。

“布下五行场域，明日午时跨界正合宜！”西林族那名金身罗汉级的老者开口。这样布置后，魏麟等人降临地星时，付出的代价会小很多，安全上更有保障。

一时间，所有人都知道了，明日午时，地星将剧变！

“午时吗？”楚风抬头，盯着域外。

他手中持有光脑，跟星际网络相连，可以第一时间了解域外的消息。

随后，楚风动身前往陆地。

五色大船一闪，进行空间跳跃，离开南域海，回归陆地。

“我手中还有朱果、草还丹，它们应该可以助我进入逍遥境大圆满，这样对上强敌的话，我的把握会大很多。”楚风思量。

只是，他有些担心。最近他提升太快了，刚突破没有多久，又要破境？

地星正处于复苏阶段，允许进化者猛烈进化，不会像其他星球那样有无形的压制。

可是，楚风如果再次破境，还是太迅猛了，可能会出现一些问题。

“现阶段在地星修炼一年抵得上在别的地方修炼十年甚至百年。可是，我终究还是太快了一些。”

近期，他从枷锁境突破到逍遥境初期，再突破到逍遥境中后期，每次间隔时间都是以天为单位，这种速度快得吓死人。

进化这么快，一个弄不好，就会让他的进化根基崩塌，毁于一旦。

“地星目前处于特殊阶段，正在迅猛复苏，进化者也从中受益，可以跟着突飞猛进，希望我没什么问题。”

楚风体悟一番，感觉自身状态极佳，并无大碍，或许是天神液消除了他身体所有隐患的缘故。

他很想再得到一滴天神液，可惜，这东西在宇宙黑市中也很罕见，每次出现都会被抢着买走。

“你们可知，我这种状况除却天神液，还有什么东西适合用吗？”楚风问元魔、紫鸾等人。

“进化过快，担心出问题？有办法解决！”赵晴眨动大眼睛，道。

“请讲！”楚风对赵晴非常满意。每次她都很主动地告诉他各种事，为此，他都想将她招为“助理”了。

“有一种丹药，名为六道轮回丹，可以完美地解决你的问题。”赵晴眼波流转，红唇鲜艳，妩媚动人。

经过赵晴一番讲解，加上元魔等人补充，楚风了解到了这种丹药效果有多显著。

服下六道轮回丹后，进化者体悟红尘万象，像是经历了六世那般久远，所以，进化过快导致的后遗症以及在某一境界停留时间过短造成的弊端，都将不成问题。

不要说楚风担忧的这种问题，就算是进化根基被毁，服用六道轮回丹后都能渐渐恢复，有彻底养好的可能性。

“这种丹药还真是惊天！”楚风赞叹道。

然而，听到价格时，他彻底惊呆了。

“多少宇宙币？”他难以置信，再次问了一遍。

“八百亿宇宙币！”赵晴告知楚风。

看到元魔、紫鸾、展鹤等人点头，楚风抬头望天。一颗丹药而已，居然需要八百亿宇宙币？太离谱了！

“事实上，别人买六道轮回丹是救命用的。进化根基被毁是多么糟糕的事，却可用它弥补！而且，这也不是给低境界进化者用的。金身罗汉级的强者进化最危险，在后期铸金身时，动辄金身崩坏，根基被毁，所以要用到六道轮回丹。”

对于金身罗汉级的进化者来说，八百亿宇宙币还是可以承受的。

不得不说，赵晴介绍的丹药比起天神液有过之而无不及。

“唉，我现在总感觉钱不够花。”楚风叹气。

但是，楚风紧接着的一句话惊得几人都睁大眼睛。

“我决定，买两颗六道轮回丹！”

他刚才还抱怨六道轮回丹价格高得离谱，结果转眼间就一口气要买两颗，还真是财大气粗。

楚风了解一番后，有点不敢从宇宙黑市买，怕被黑掉所有宇宙币，还得不到货物。

宇宙黑市那种地方，恶霸不少，没点底气的人真不敢进黑市交易，尤其是隔着星空，更没保障。

“可以找原兽平台，不过他们要收代理费，一般是百分之十起步。”赵晴告知楚风。

楚风咋舌，原兽平台的业务还真广泛。

最终，为了安全起见，楚风还是联系了原兽平台的人。

他可不想被宇宙黑市当成肥羊，吞掉他的宇宙币。

原兽平台的人很吃惊。一般来说都是金身罗汉级的强者购买六道轮回丹，楚风这么早就要用，真是奢侈。

不过，他们很快就明白了。地星是什么地方？那是没落很久才复苏之地。楚风肯定是想迅猛进化，追上星空中的天才，所以才如此不惜代价。

两颗六道轮回丹需要一千六百亿宇宙币，这是一笔超级大买卖。

此外，楚风还要付一笔代理费。原兽平台给了他一个最低价，只收百分之十，也就是一百六十亿宇宙币。

“心疼死我了！”楚风一脸悲痛之色。

这么一眨眼间，一千七百六十亿宇宙币就没了。

事实上，他账户中没有这么多宇宙币，有一部分是拿金蛇果和天火液抵的，等于卖了一部分天材地宝。

他不敢把手上的秘狱蚁神液、秘籍等实物都换成宇宙币，怕被人算计，冻结账户。

这一次的交易虽然让楚风心疼，却可以帮他解决大麻烦。

“我现在哪怕突破到逍遥境大圆满也不用担心了，回头服食一颗六道轮回丹，就可以解决所有问题。”楚风自言自语。这样的话，他就不惧诸天强敌。

他跟原兽平台做完交易，没有立即退出，而是借助平台了解目前的各种情况。

“嗯？”

楚风了解到，灵运山的星路上，有圣子发表言论，欢迎西林族神子与机械金刚降临，等着看他们除掉楚风。

谷山的折叠空间内，也有圣女笑靥如花，美艳不可方物，对幽冥族的传人隔空喊话，说坐看幽冥族大展神威，再次降伏地星上的进化者，除掉楚风。

这些人都是观想境的进化者，没有自废道行，还未进入地星主空间。

“趁现在时间还来得及，我觉得可以再干票大的！”楚风冷笑道，而后动身上路。

第273章

道引后续篇

西林族神子要来了，机械金刚要到了，就在明日午时，全部会出现在地星上。

此外，来自排位第十一的恐怖星球的幽冥族的传人也要到了。

天神族少神以及大梦净土的秦珞音也将降临。

种种消息汇聚在一起，轰动星空，也引起各座名山后的星路上一片骚动。

一些神子、圣女级人物已经在示好，开始准备迎接天神族少神、幽冥族传人等无敌族群的天才人物。

“刚从黑暗秘狱回来的西林族神子魏麟出现，他与楚风的战斗涉及地星正统之争。无须细想，他肯定会全力出手，击灭楚风。西林族想回归当年的母星，必有一场大风暴。很不幸，楚风多半会沦为踏脚石！”

“天神族少神、大梦净土秦珞音，这等人物平日根本见不到，想不到会一起来到地星，算是盛会啊！”

“秦仙子真会来吗？不是说那只是传闻，还未得到证实吗？”

外界议论纷纷。

不少神子、圣女级人物对楚风抱有敌意，他们希冀大战尽快拉开序幕，楚风被强力压制。

谷山，为古东方文明发祥地之一。

天地剧变后，一座又一座山峰如同一柄又一柄剑锋，笔直地插入云霄，雾霭缭绕，加上奇石兀立，古松苍翠，谷山显得无比雄伟而险峻，跟其他名山大不相同，令人望之惊心动魄。

即便是山地深处那片广阔的折叠空间内，那些在当世才出现的山体也都犹若刀削而成。

“不得不叹，这个楚风是个狂徒，胆大包天，我从来就没有见过这么不知死活的人，他这是取死之道！”

谷山深处，松林成片，苍翠欲滴，清泉汩汩，从石上流过。

吴沧溟坐在翠绿的松树下，听着清泉叮咚，松涛阵阵，脸上带着淡笑，点评楚风时面露一丝冷意。

他来自一颗高等星球，身为一教圣子，实力很强，对观想境界有独到见解，是沧澜星上最强大最具才情的年轻人。

他奚落楚风：“疯狂便意味着毁灭，神欲使其灭亡，必先使其疯狂。我猜，他会死得很惨。”

有人附和道：“沧溟兄说得极是。从未见过这么张狂的人，敢向各大圣地叫板，实在是自找死路。别看他现在受各方瞩目，到时候终将跌入万丈深渊，万劫不复。”

谷山深处，有很多条星路，这些星路连通着不同的星系，最终有不少汇聚在一起，出现在同一片折叠空间内。

此时，近十名神子、圣女级人物聚在一起，谈论当前的局势。不少人面露笑意，认为楚风的末日就要到了。

一名圣女笑容甜美，道：“天神族少神都来了，谁能抗衡？楚风怎么可能活下来？除非有奇迹，但奇迹的上演不会那么频繁。况且，大梦净土的秦珞音也要降临，她隐然已是宇宙年轻一代十大高手之一！”

说到这里，她瞟了一眼不远处一名异常美丽，却始终很安静的女子。

那个女子皮肤像象牙般白皙，神情恬淡，清丽出尘，可是微微一笑，又很妖娆。此时，听别人谈论楚风，她没有发表什么看法。

她是胡若仙，为神女星系的天女，跟灵运山的杨珊圣女一样，都跟楚风有些关系。

楚风身上那件内蕴“众生平等”场域的袈裟，就是胡若仙送的。

甚至，楚风天选之子的身份都是拜胡若仙的姐姐胡倾城和杨珊的族兄杨宣所赐。

楚风前往月星接受场域传承时，更是与杨宣、胡倾城见过。那时，楚风为了刺激他们，还喊杨宣为大舅子，喊胡倾城为大姨子。

“若仙，你觉得这个楚风会不会惨死呢？”那名圣女看向安静的胡若仙，嘴角带着一丝揶揄的笑，这么问道。

“未来的事谁能说得清？我们静观就是。”胡若仙微笑道。果然，她笑起来时，立刻由清丽出尘变得妖娆起来。

“不用怀疑，别的我们猜不到，但是楚风这个人的死期是可以预见的！他怎么可能活下来？”吴沧溟盘坐在那里，看向胡若仙，再次开口道，“胡仙子，你踏上星路较早，听闻以前跟楚风还有些交集，我觉得这不太好。趁早划清界限吧，不然说不定会有什么大祸。”

胡若仙眸子灿灿，微笑道：“即便真有些交情，也不至于被牵连吧，这片星空还不至于恐怖到人人自危。”

“那我们拭目以待，看楚魔王如何丢掉性命。”吴沧溟俯视远方的山林，一副高瞻远瞩的样子，淡淡地说道，“天地虽阔，但这个世间有各种红线终究是不能逾越的。一个没落之地的人想要翻天，注定会死得很惨。”

就在这时，一道身影踏进这片折叠空间，走在缭绕着淡淡白雾的松林中，突兀地出现在这些神子、圣女级人物的眼前。

“嗖”的一声，吴沧溟直接跃起，身体紧绷，汗毛倒竖。

他看到了谁？楚风，他们正在谈论的楚风！

他们刚在背后预言楚风会惨死，结果楚风就这么突兀地出现在他们眼前。

“圣子吴沧溟？你俯瞰天下，一副高傲的样子，预言我会惨死，只是不知道你有没有看到自己的未来？”楚风平静地说道，同时一步一步走来，身体发光，如同战神。

“诸位还等什么？出手啊！”吴沧溟大喝，冷汗流了出来。

其他人也心惊肉跳。楚风过去都是在外面大战域外降临者，今天居然主动踏足折叠空间。

这意味着他无比自信，已经敢闯进星路中。

早前揶揄胡若仙的圣女此时也喝道：“我们没有自废道行，都在观想境，联手出击的话，还怕他一个逍遥境的地星人不成？一起上！”

这些人确实不信邪。他们都是各自星球上的顶尖年轻强者，共有八人联手进攻，还惧怕楚风?

“哈哈——”楚风放声大笑，满头发丝发光并飘舞起来。他主动出击，先一步动了。

“轰！”

他早已参悟出紫气东来拳最深层次的奥义，现在毫无保留地施展出来，简直吓人。

漫天都是紫气，楚风站在折叠空间中，随着他挥拳，一颗颗星球浮现。他推动紫气中的诸天星球，攻击各路神子、圣女级人物。

面对这么多观想境的年轻天才，楚风居然没有一点惧意，主动出击。

“轰！轰！轰！”

松林中发生了大爆炸，乱石击天，如同剑体般矗立着的山峰一座又一座地被击断，倒塌下来。

楚风拳意无敌，一个人对付八大强者。要知道，这可都是观想境的神子、圣女级人物。

如果是几天前，楚风可能会失败。

但他服食了秘狱蚁神液，又涂抹了天火液，肉体强度与力量提升了许多，现在的他实力增长了一大截。

不过，这些人终究不是一般的观想境进化者，而是高等星球上的天才，此时一个个拼命还击。

楚风脸色微变，不得不严肃对待。

他挥动拳头，依旧在推动星球，但是那些星球不一样了，很粗糙，也很古朴。

他的石球能量体出现，取代了紫气东来拳施展时浮现的星球异象。就这么一瞬间，拳印爆发，力量恐怖到极致。

“砰！”

吴沧溟挡不住楚风的拳印，横飞出去，一条手臂断掉。

“噗！”

那名敌意很浓的圣女被楚风的拳印震得身受重创，口鼻流血，踉跄着后退。

接下来，楚风将流光拳的奥义融入紫气东来拳，拳速快了一大截，再配合天涯咫尺，整个人如同一道光在动。这对那些人来说简直是一场噩梦。

“砰砰砰——”

最终，八大观想境的年轻天才全被楚风打得身受重创，横躺在地。

楚风半眯着眼睛。因为肉体强度与力量的提升，他不动用共振术就可以承受观想境层次的能量攻击。

所以，这一战他很主动。

“胡仙子，好久不见，一向可好？”楚风向唯一没有出手的胡若仙打招呼。

胡若仙看着那些神子、圣女级人物，神色古怪，道：“还……好吧。你的实力增长得真是快啊！”

“胡仙子，我对你很感激，多谢你送的那件袈裟，这次我得回报你。我跟你姐姐关系也好得不得了，可谓莫逆之交。”

胡若仙听闻，一阵无语。她姐姐都要被这家伙气死了，他也好意思说跟她姐姐是莫逆之交？

“看，这么多战利品，送你几样！”楚风大方地说道。

吴沧溟等人一个个气得脸色铁青。

胡若仙赶紧摇头道：“这种礼物还是算了吧，我可不敢收。”

“既然你不要，那我就自己留着。送你点天火液。”楚风笑了笑，送了胡若仙一些天火液后，便“嗖”的一声从这里消失。

接下来，楚风赶到灵运山，又是一番出击，再次擒获七名对他有敌意的神子、圣女级人物。

杨珊目瞪口呆，因为楚风也要送她战利品，她怎么能收？

域外，杨宣、胡倾城、晴岚三人一直关注楚风，见到这一幕都像见了鬼一样。

“嘿，大舅子，大姨子，我这么做你们满意吗？够意思吧？”楚风在离开灵运山时，看向域外，这般开口。

三人顿时目瞪口呆，而后，杨宣和胡倾城羞恼万分。

这一日，楚风是疯狂的，他偷袭各条星路，一口气擒获了三十几号人。

“这小子疯了，我从未见过这么疯狂的家伙！”

域外，人们得悉楚风做的事后，简直要炸窝了。

先前，楚风以场域、残破画卷等掩藏自己的气息，不让天眼监测到自己，避免过早暴露。

直到闹的动静太大，实在瞒不住了，这才引发轩然大波。

“这是最后的疯狂，天神族少神要来了，幽冥族的绝顶年轻强者也要到了，我看他怎么破局！”有人气急败坏。因为，他们家的圣女敌视楚风，被楚风拿下了。

这一日，确切消息传来：秦珞音花费巨额宇宙币，请通天隧道公司开启超级空间隧道，即将出现在地星外。

“哈哈，秦仙子要到了，我前去迎接！”天神族少神大笑。他的周围人马众多，都是各族的天才人物，也都是他的追随者。他宛若带领着一群天兵天将临近地星。

“号外，号外，最新情况，楚魔王将三十几名神子、圣女级人物都给废了！”

这种消息传出后，这些人背后的家族与进化门派都如遭雷击。对他们来说，这简直是晴天霹雳。

星空震动!

要知道，这可都是各自星球上的天才，出自各大圣地、进化皇朝等，身份超凡。

一群神子、圣女级人物被废?

各路人马都傻眼了，觉得楚风真是疯了。

然而，事情的发展往往出人意料。

楚风第一时间站出来，一本正经地辟谣。

“胡说八道！”

他义正词严，告诉世人不要相信那种鬼话。

“造谣者卑劣无耻！”楚风愤懑。

各大进化门派的人都长舒了一口气，只要自家的传人没被废就好。

楚风又开口道：“各位，容我解释一下，这次的确发生了一点小意外。为了将那些人带进地星主空间，我废掉了他们部分道行，他们清一色都跌落到逍遥境，但是真的没有彻底废掉道行！”

“天啊，我家的麒麟儿从观想境巅峰跌落到逍遥境？”

那些进化门派的人不久前刚放松下来，现在几乎又要跳脚。

宇宙中，许多生命星球再也无法宁静。

今天发生的事太突然！

地星外，杨宣、胡倾城、晴岚神色复杂。他们并非事后才知道，之前楚风就用光脑联系过他们。

更烦人的是，楚风还想用自己的金色账号将他们加为好友。

三人不敢加。他们真要在原兽平台上跟楚风成为好友，估计会被很多人仇视。

“吾渴求一战，谁与吾争锋？”最后，楚风向各条星路上的人叫阵。

到了这一刻，他还想着借大战夯实根基。他总觉得自己最近进化太迅猛，缺少相应层次的沉淀。

虽然他已经购买了六道轮回丹，可是还没有邮寄到呢。

可惜，楚风失望了。他闹出了这么大的动静，谁还敢跟他动手？

楚风一叹，从所有人眼前消失。他要去服食朱果等圣药，突破到逍遥境最高层次。

明天午时，西林族神子、机械金刚等人就要降临了。楚风不敢大意，准备在这最后关头突破到逍遥境大圆满。

楚风在灵运山布下场域，防止有人窥探。

当晚霞出现时，他已成功破境，肉体、精神实现了超级进化，实力激增，最主要的是他的画卷也在完善。

夜晚来临，繁星点点。

一道又一道星光从空中落下，将楚风笼罩住，锤炼他的身体，他整个人一片朦胧。

后半夜，楚风倏地睁开眼睛，两道光束像两柄仙剑般从他眼中飞出，撕裂夜空，非常绚烂。

他已经达到了逍遥境大圆满，再想进化的话，那就是观想境了！

楚风感觉状态极佳，虽然现在还没有六道轮回丹可以服食，但是他的进化根基很稳。

他在清泉中洗净身上因为进化而排出的黏糊糊的液体，通体绚烂。

一个人的肉体如由琉璃神金铸成，且散发清香，这就是肉体坚实而强大的体现。

随后，楚风以高能食物补充身体所需，并巩固自身的进化成果。

天蒙蒙亮时，楚风从肉体到精神一切都完好，实力越发强大。

这时，他取出一件锃亮的器物，正是他在恒岭得到的银色盒子，也是所谓真子一方一直惦记的东西。

楚风竭尽全力，想要开启银色盒子。

妖公主跟他说过，目前他所学的道引呼吸法只对应到逍遥境，甚至在此境还不够完满。

楚风猜测，银色盒子在他进化到相应层次，真正需要后半部分的道引呼吸法时才会开启。

他全力以赴，通体释放金色能量，异常璀璨。

“咔！”

最终，楚风成功地打开了银色盒子。

一张印着经文的很薄很软的稀有兽皮凌空而起，而后所有文字冲出，化成一片光没入楚风的眉宇间。

与此同时，兽皮焚烧起来，彻底消失。

哪怕相隔很多个时代，文字早已大不相同也没关系，因为这是精神印记传承法，那篇经文已经被楚风牢牢记在心中。

他第一时间明白，自己如果没有进化到逍遥境大圆满，是无法开启银色盒子的。

此外，要开启银色盒子还有一个条件，那就是掌握道引呼吸法。不然与银色盒子不契合，进化者就算实力境界再高也打不开盒子。

楚风研究银色盒子中的经文，感觉到一些不同。

道引呼吸法有了后半部分，而且，这篇经文所传的法跟黄牛所传的法有几处地方有些出入。

楚风完全按照这篇经文所传的法修炼，一番体验后，觉得这才是准确无误的，而黄牛所传的法有几个瑕疵。

这还不是重点，重点是，他得到了逍遥境大圆满对应的法，更有后续层次的法。他感觉通体舒泰，神清气爽。

“大战前，竟让我掌握到没有一丝漏洞的正确的道引呼吸法，而且有后续部分！”楚风欣喜。

当太阳升起，暖洋洋的阳光洒落时，楚风迎着阳光，开始运转全新的道引呼吸法。

“去掉了几个瑕疵，道引呼吸法运转起来越发顺畅，威力比以前更大！”

楚风被金色光芒笼罩着，显得越发神圣。

太阳升到很高时，楚风已经停下。他默默地站在阳光中，体悟了很长时间，将身体调整到最佳状态，确定自己比以前更强了。

“全新的道引呼吸法让我更强了！”楚风信心百倍，目光如电。

午时很快就要到了！

第274章

女神

火球系内，一条空间隧道开启。

接着，落英缤纷，花瓣飘舞，大量晶莹的光雨飞出，让这片冰冷的宇宙空间显得生机盎然，变得绚烂起来。

有人从空间隧道中出来，带着祥和的气息，照亮黑暗的宇宙空间。

出来的不止一人，这是一支队伍，队伍中多数为青春年少的女子，少数为年轻的男子，个个气质不凡，洁净而出尘。

一辆蓝莹莹的车，像是由一大块浅蓝色的宝石雕刻而成，拉车的为四匹高大神骏的天马。

天马身上没有一根杂毛，通体无瑕，鬃毛很长，一匹金灿灿的，一匹紫莹莹的，还有一匹散发银白色的光芒……

在蓝莹莹的车上，一个年轻的女子慵懒地侧躺在那里，用手撑着下巴。

守护这辆车的二十几人都是年轻的男女，清一色的白衣，仿佛不染人间烟火。

唯有车上的女子身穿斑斓彩衣，在周围白衣男女的衬托下，她越发显得与众不同，娇艳而有灵气。

大梦净土的人到了！

他们开启的超级空间隧道花费巨大，不是一般道统可以承受的，却能大大缩短行程。

拉车的是龙鳞天马。

一般来说，龙鳞天马起码是给亚圣拉车用的。车上的女子没有到那个层次，却有资格用龙鳞天马拉车，可见身份惊人。

她就是秦珞音。

这个可排在宇宙年轻一代十大高手内的女子名气实在太大了，身份与地位非常超凡。

据悉，十大星球曾有绝世道子通过族中长者向大梦净土提出联姻，想迎娶秦珞音，结果失败。

秦珞音侧躺在车的软榻上，紫色秀发披散，显得慵懒而柔媚。

可惜，人们看不到她的脸，因为她的脸上戴着一张五彩面具，遮住了传说中可让太阳都黯淡下来的容颜。

她被誉为星空下第六美人，拥有绝代姿容，但凡见过她的人都难以忘怀。

她虽然戴着面具，但是颈项雪白无瑕，一双眸子熠熠生辉，有一种难言的灵气。

“终于到了。”秦珞音开口，声音悦耳，动人心旌。

一行人从超级空间隧道出来，已经离地星不是太远。

接下来，他们可以开启小型空间隧道过去，也可以直接横渡星空。

超级空间隧道出口所在的这片地带有特殊的意义，昔年是地星这颗超级生命星球的门户之一，但现在谁都能靠近。

“大梦净土的秦仙子出现！”

消息第一时间传出。

原兽平台的探测器一直在监测地星曾经的几个古老门户，现在大梦净土的人现身，立时引发轰动。

先前的传闻得到证实，秦珞音真的来了！

“毫无疑问，秦仙子出现在地星附近肯定是要找楚风的麻烦！”人们第一时间做出这样的判断，因为，楚风将秦珞音的远房表姐掳走了。

更早时，大梦净土曾发出金色请帖，邀请星海中一批有名的年轻才俊去大梦净土寻找机缘，而最幸运的人会被选为秦珞音的道侣。

原本楚风也收到了金色请帖，然而，秦珞音得悉后直接取消了他的资格，不给他进入大梦净土的机会。

“秦珞音仙子出现了，我无条件支持你！”

“不管如何，希望秦珞音圣女此行顺利。她是我心中的女神！”

不得不说，秦珞音名动星海，人气极高，无论在哪里出现都会引发轰动。

无数年轻人被她的风采吸引，被她的容貌与实力惊艳。

就连老辈人物也都对她格外关注，青睐有加。她是他们眼中的一代天之骄女，他们认为她以后必定会崛起，俯视整个宇宙。

显然，在这一役中，单以名气而论，楚风完败。

楚风也很出名，他近期所做之事星空下尽知，但是论地位与声望，他跟秦珞音不是一个级别的。

秦珞音在年轻进化者中的地位很难撼动，也只有映谪仙等几人可与她媲美。

“珞音仙子，我心中最完美的女神。我虽然对楚风也略有欣赏，但依旧支持你，请你降伏那楚魔王，收他为仆从！”

原兽平台上一片热议。

楚风听闻后，一阵气结。略微欣赏他的人都这么一面倒地支持秦珞音，那么不欣赏他的人又会怎样？

“星空中最让人惊艳的女神，请一定要压制楚魔王，不要给他开口的机会！”

“女神，请施展以梦入道的无上手段，让楚风在梦魇中忏悔，发抖，臣服，最后自决于星空下！”

楚风大怒，因为他居然看到一些熟人也这么喊。

楚风怒道：“陈老魔，你每次都来我这里，想要跟我做交易，号称跟我交情很深，想要我给你打折，怎么关键时刻这样咒我？你要跟我决裂？”

陈老魔拒绝道歉：“这不是没跟你达成过交易吗？所谓折扣一直都没有实现。秦珞音可是我辈心中的无瑕女神，一百个高等星球的圣女也抵不上她一根手指头！赵魔王，你说是不是？”

楚风闻言，顿时道：“赵魔王，你居然也跟陈老魔走在一起？要知道，你孙女赵晴还在我手中！”

“老夫岂会向你低头？”赵魔王傲然开口。

这老家伙果然硬气。

然而，很快，赵魔王又私聊楚风：“你想和老夫联手伏击秦珞音吗？我会赶过去，到时咱们一同出击！”

楚风惊呆了，道："你……是认真的？"

"老夫是认真的，准备联合陈老魔、元老魔等人去你所在的那片星空，伏击大梦净土一行人，活捉秦珞音。若你能跟我们配合，就再好不过了！"

赵魔王告知楚风，陈老魔在那里只是乱喊而已，其真正目的是要横渡星海，拿下秦珞音。

楚风惊异地道："你孙女赵晴在我手上都没见你着急，你现在却有闲心伏击秦珞音？"

赵魔王很淡定地道："我孙女被你养得好好的，每天都有天火液这样珍稀的天材地宝可用，我有什么不放心的？你去了解一下，紫鸾她家的紫老魔也很放心，都不想将那小丫头救回来了。"

楚风顿时恼羞成怒："行，过了今天，大战过后，你们就必须给我邮寄天材地宝，真以为我在帮你们养孙女啊！"

赵魔王很平静地道："有几个老魔对你还是比较满意的，这事稍后再说。现在可以商量下，我们能否联手伏击秦珞音。"

这时，陈老魔正在喊："秦仙子，请务必除掉小贼楚风！"

楚风咬牙，问赵魔王："我现在特别想知道，陈老魔他孙女是否在地星上。"

"这个嘛……"赵魔王对楚风密语。

……

原兽平台上人声鼎沸，大量的人支持秦珞音讨伐楚风。

不久后，楚风感受到赵魔王铁血冷酷的一面。

"这次可能会发生圣殒事件，要死很多人！"

楚风皱眉。他预感到，秦珞音来到地星，不见得单纯是为了他，大梦净土可能跟一些老魔有恩怨，想要引他们出现，展开杀戮。

几个老魔都是狠辣之辈，知道当中可能有猫腻，也准备出手。

"万一我们在地星外得手，联合诸强干掉了大梦净土的一些老怪物，秦珞音或许会躲在地星主空间不敢出来，到时候就看你的了。我先警告你，万一擒到重伤的秦珞音，不要动她。这是十大星球始魔族太子看上的女人，我们将把她作为一份大礼送给他！"赵魔王语气森冷。

这次可能要死很多人，涉及多方势力。

楚风心惊，情况很复杂，不是表面上看起来的那么简单。

始魔族是十大星球上的一族，实力恐怖无比，始魔呼吸法为宇宙中至强的无上呼吸法之一。

“各凭本事！凭什么要我将猎物送给别人？”

楚风重新关注星空中正在发生的事。

原兽平台上，楚风正在被众人讨伐，种种罪状都被列举出来。

秦珞音则受到人们的拥护，可谓魅力无穷。

在一片讨伐声中，楚风启用金色账号，直接找上众人心目中的女神秦珞音。

原兽平台以直播为主，在宇宙中赫赫有名，其通信能力自然超凡。

楚风一脸笑意，跟大梦净土的人打招呼：“各位，你们终于来了。”

原本喧嚣的原兽平台顿时陷入短暂的寂静中。

片刻后，热议声再起。

楚风很淡定，没有理会这些，而是直接向大梦净土的秦珞音开口：“嘿，女神，好久不见，甚是思念。”

怎么听着像熟人间打招呼？许多人都有点发蒙。

“楚魔王，你认识秦仙子吗？简直是作死！”

人们相信，楚风不可能认识秦珞音。在人们的印象中，他都没有走出过地星。

大梦净土的人很惊讶也很好奇，尤其是秦珞音身边的几个师妹，她们没有想到楚风这么胆大包天。

蓝莹莹的车上，秦珞音不再侧躺，已经坐了起来。

她穿着色彩斑斓的长裙，在一群白衣男女的衬托下越发显得出众，格外明艳与灵动。

她戴着五彩面具，双目如同紫色的宝石，熠熠生辉，像是能洞察人心。

哪怕看不到她的脸，这双眸子也会给人留下难以磨灭的印象。

她的确风华绝代，让楚风感觉惊艳。

秦珞音紫色秀发飘起，浑身都在散发着淡淡的光芒，目光灼灼，看向楚风，像要看透楚风心里所有的秘密。

楚风也在打量对方。他面露异色，感觉这女人非常不简单。

不过，他一点也不怯场。哪怕是星空下第六美人，他也不会客气，对方可是为对付他而来。

“小秦，来，咱们谈笔买卖。”最终，楚风这么开口。

星空中，所有人都无语，暗叹：不愧是楚魔王，行事出人意料，连“小秦”这种称呼都出来了，也只有他敢这么无所谓地跟秦女神这么说。

秦珞音双眼极美，睫毛很长，略微眨动，盯着楚风。

这就是被她取消资格的那个地星人？他好像跟别人有些不一样，不像别人面对她时那么谨慎又热切。

楚风再次开口道：“小秦，要救你表姐，两滴天神液，一颗六道轮回丹。”

众人不由得一阵感慨。别人如果遇到秦珞音，肯定会找各种借口接近她，极尽赞美之辞。

可是，这家伙一上来就这么直接。

秦珞音目光幽幽。

星空下十大美人，有的已经嫁人，有的已经订婚，还单身的不足半数，连十大星球的道子都有人对秦珞音动心。

结果，这个楚魔王完全不解风情，居然直接跟秦珞音谈起了条件。

“小秦，你觉得怎样？你若同意，我便当场放人；你若不在意你表姐，那我就好人做到底，收留她当侍女。”

众人听到后，都很吃惊。

谁都明白，秦珞音如果答应，那就是接受威胁；如果不答应，便会落下不救自己表姐的不好名声。

“出发，目标地星！”秦珞音开口。她没有回应楚风，只是带着大梦净土的人再次上路。

这一次，他们开启一条小型空间隧道，迅速起程。

很快，地星外光芒一闪，蓝莹莹的车出现，大梦净土的一群人到了。

人们神色一动。秦珞音要亲自降临到地星主空间吗？看她这么果决的样子，非常有可能。

“秦仙子，没有想到你比我还先来一步，我还想在此地迎接你呢。”

这时，在另一片区域，一条崭新的空间隧道开启，大批人从中走出，有的骑着坐骑，有的坐在战车上，“隆隆”声震耳。

这是一群非常强大的人，一个个甲胄锃亮，手持天戈、长矛等，像是一群天兵天将。

天神族少神到了。

他很高大，金色长发披散，通体发出刺目的金光，宛若神祇。

很多人心颤，忍不住要跪伏下去。

追随他而来的人并非他的仆从，而是各族的神子、圣女级人物。

这绝对是一队实力恐怖的人马，也唯有十大星球的少神才能有这么强大的号召力，聚集这样一队人马。

“少神。”秦珞音站在车上，礼貌地回礼。

天神族少神面带笑意，金发飞舞，整个人都被一团炽烈的光芒笼罩着。

“楚风，你找死吗？”天神族少神突然对楚风发威，“敢对秦仙子不敬！”

地星上，楚风目光冷幽幽的。

大敌终于赶到了！

楚风没有动怒，而是平静地开口道：“你算哪根葱？你不远亿万光年，从宇宙深处而来，是来送死吧？”

出人意料的是，天神族少神也没有动怒。他满头金色长发飘舞，散发的气息越发恐怖，让星空都在战栗。

而后他语气平和地开口道：“有点意思。当年，你们的祖先也敢跟我天神族这么说话。漫长岁月过去了，你们星球上的族群除却西林族，整体没落。你居然还有这样的胆魄，不愧是当年那群人的后代。”

“轰！”

突然，太空中五座能量塔旋转，迸发刺目的光芒。

“降临地星，我西林族回归了！”太空中传来这样的声音，能量激荡。

午时到了，西林族神子魏麟、机械金刚等人分别带领一队人马，向地星主空间俯冲，真正跨界而来。

“都来了！”楚风冲天而起，准备与敌人大战。这个时候，诸天大敌几乎都到了，他直面以对！

第275章

虽千万人吾往矣

天穹碧蓝，万里无云。

成片的电磁光突兀地出现，紧接着电闪雷鸣，极其刺眼的蓝光迸发而出，瞬息间像凿穿了天宇。

如同澄净碧海般的天空被打破宁静，有那么一刻像是一块晶莹的玻璃被瞬间打破，漫天都是裂痕。

接着，巨大的轰鸣声在高空中响起。

那片刺目的蓝光慢慢旋转，形成一个洞穴，贯通太空。

蓝光旋转速度逐渐加快，最后猛地炸开，一条通道出现，宛若特殊的空间隧道开启。

“来了，一场天大的风暴到来。”

一叶绿油油的扁舟在东海上漂荡，尉迟空和一个被雾霭笼罩着的人盘坐在扁舟上。他们很悠闲，也很放松，抬头望向高空。

他们嘴角都带着淡淡的笑意，完全是置身事外，坐观事态发展的态度，也根本没有出手的意思。

天宇上，可怕的蓝光越发炽烈，像是成片的天火在焚烧，而后绚烂的闪电飞出，撕裂虚空。

“轰！”

天空中五彩斑斓，一股特殊的能量从那条通道中喷涌而出，让那片空间都扭曲起来。

楚风早已腾空而上，冲向苍宇。他知道了那群人降临要通过的地带，果断出击，哪里还等他们真正跨界成功？就是要这样半路截击，给他们造成巨大的困扰才好。

域外，很多人在盯着这里。

西林族、机械族的人同时降临，且全都是观想境的进化者，这一幕声势浩大。

巨大的爆炸声响彻天宇，在电磁风暴中，在绚烂的蓝光间，在骇人的电光内，五色光芒旋转，形成五色能量旋涡，裹着一些生命体出现在地星高空中。

正是西林族祭出的五行能量塔在发光，庇护这些人平安进入地星主空间。

“时光荏苒，岁月如梭，我西林族终究还是回来了！我族祖先曾说过，这里终究是我们的领地，是我们的后花园，终有一天王者会回归！”在五色能量旋涡中，有人脸上带着冷冷的笑，稳住身体。

“西林族永昌，这颗星球真正的主人在今日回归！”还有人发出这样的声音。他们熟知这颗星球的一些秘密机缘，如今来取。

“轰！”

能量冲天，光芒刺目，楚风闯上来了。隔着很远的一段距离，他便猛然掷出一杆残破、陈旧的青铜矛。

这是一件威力很大的武器，虽然早已断了小半截，但是发出的光芒异常绚烂与诡异。

青色光芒中，青铜矛上浮现鬼脸，带着恸哭的声音，撕裂长空，没入那条贯通天宇的通道间。

楚风上一次从一些神子、圣女级人物身上找到一些很厉害的秘宝，看着不起眼，是残器，却能发出毁灭性的一击。

那些秘宝正是因为残缺，才能被带入地星主空间。

这杆青铜矛便是楚风那次得到的秘宝之一。

显然，这一击过后，这威力巨大的青铜矛也会自毁。

“轰隆！”

天穹上，五色能量旋涡受到剧烈干扰，震荡起来。

“砰！”

空中，五行能量塔构建的五色能量旋涡受到巨大的冲击，庇护西林族人与机械族人的通道被震裂，当场就有人跌落出来。

“啊——”有人惊呼，面露惧意。

五行能量塔曾经是地星上一个无比强大的进化皇朝的传承之塔，得到地星意志的认可，故此今天才能庇护生命体安全降临地星。

可是现在，某种平衡被打破。

西林族一个年轻男子跌落，身体略微焚烧起来。他还没有完全被地星主空间接受，就被震落了。

两个机械族人也横飞出来，落在外面。

“轰！”

楚风手中光芒迸放，一座灰扑扑的断了半截的小山起初只有拳头那么大，此时被放大并飞了出去，撞向五色能量旋涡，继续阻截那些人。

与此同时，他自己也冲了过去，单手持着一杆大戟，对付跌落出来的三人。

“你敢！”西林族那个年轻男子大吼，竭尽全力对抗。

他的身体还没有适应这片空间，还在焚烧，他只能匆匆迎战楚风。他的手臂前出现了一面银色盾牌，同时眉心光芒一闪，精神力大增，一柄飞剑被祭出。

“锵！”

楚风释放出无与伦比的能量，全力一击，同时施展天戟九式，银色的大戟击裂苍宇。飞剑被斩断，剑体崩裂，坠落下天空。

“咔嚓！”

银色盾牌如同纸糊的一般，也被大戟的锋刃划开，裂为两半。

“噗！”

接着，光芒一闪，楚风的大戟落下，西林族那个年轻男子顿时发出哀号声。

天戟九式第一击，寒光照亮天空。

这时西林族那个年轻男子形神俱灭，只有痛苦的号叫声还在天空下回荡。

“嗖！”

楚风速度太快了，斩灭西林族那个年轻男子的同时就飞了出去，手中的大戟横扫向前方，攻击那两个机械族人。

“冲啊！”两个机械族人大吼。看到西林族那个年轻男子惨死，这两个机械族人都身体发寒，挥动的长刀像是两道闪电同时冲起，劈向楚风。

“砰！”

楚风依旧是一只手持大戟，横扫之势不减，另一只手则紧握成拳向前砸去。光团放大，而后“轰”的一声将前方淹没。

“当当——”

两柄长刀崩裂，并在空中炸碎，成为一块又一块金属碎片。要知道，这可是由某种稀有材料铸成的武器。

两个机械族人恐慌不已。它们刚才完全是以拼命的打法，不管不顾地攻击楚风，结果，楚风一拳而已，就破了它们最猛烈的攻击。

“咔嚓！”

在成片刺目的火星中，楚风的大戟一震，两个机械族人惨叫，裂成一块又一块金属碎片，当场丧命。

“轰隆！”

楚风刚才掷出去的只有拳头大的灰扑扑的小山迅速放大，化作一座巨大的能量山岳，砸在五色能量旋涡间，用来干扰西林族人与机械族人跨界。

“砰！”

这次，又有一个西林族人被震落。

楚风一冲而过，全力以赴地出手，将这个人消灭了。

此时，天穹中的通道终于稳住。西林族神子魏麟的声音冰冷刺骨：“楚风，你很好，有些勇气，死到临头还消灭了我族一些人！”

魏麟带着西林族其他年轻高手，与机械族的人站在一起，承受地星主空间的压迫力，渐渐适应。

那五行能量塔果然超凡！

域外，各方反应不同。

就这么片刻间，西林族与机械族便有损伤，族中的年轻英才各自陨灭两名，可谓出师不利。

宇宙中，各方人马都感受到了楚风的决心，他这是要与西林族势不两立。

这跟他昔日嘻嘻哈哈的样子完全不同。

地星上，无论是域外降临者还是本土进化者，全都心潮起伏，大受震动。

各大财团的人心中惶恐不安。他们知道，这是大事件。西林族来了，难道要从此成为地星的正统？

千普山，姜洛神凝视天宇，神色复杂。这一次不同以往，楚风一个人而已，要面对诸天敌人，他能活下来吗？

“兄弟，这次你一定要挺住啊！”虎泷山，獒王、老僧人、马王等都为楚风担忧。西林族后面还有天神族少神等人，这次的敌人都无比强大，而且很多。

此刻，即便是蓬莱仙岛、方丈仙岛这些秘境中的遗族也都有所忌惮，心中无法平静。他们深知当年的西林军有多可怕，那个军团是一柄不受控制的锋利屠刀。

“我蓬莱一脉欢迎西林族回归，入主地星，成为地星的正统！”最终，蓬莱仙岛表态，声音震动天宇。

地星本土有人直接投降了，一刹那而已，域外一阵骚乱。

“呵呵，好，蓬莱，你们不错！”西林族神子魏麟脸上露出淡笑，声音在天宇下方回荡，如同惊雷般，似乎在鼓舞相关的族群。

“参见西林族神子，恭迎正统血脉回归，我方丈仙岛愿臣服！”东海，方丈仙岛的重要人物表态，并派出人马去迎接西林族人。

星空中，各方皆议论纷纷。

天宇中，楚风的身影显得有些孤单。他要独自对抗西林族和机械族的数十人，还要对抗本土很多进化者。

“看到了吗？我西林族才是地星的正统，血脉之纯正谁能媲美？如今回归，众望所归！”魏麟嘴角挂着一丝淡笑，目光有些冷厉，盯着楚风，而后又看向碧海蓝天，俯瞰整颗星球，意气风发。

“我瀛洲仙岛恭迎西林族回归，迎接神子！”这时，又有一股势力降服。

至此，三大仙岛全部臣服。

不止于此，陆地上还有几个秘境表态，愿意迎接西林族回归。

“天命所归！”魏麟的妹妹魏璇笑了，但脸上的笑容多少显得有些残酷。

东海，青竹扁舟上，尉迟空和一个被白雾笼罩着的人安然地坐着，红泥小火炉上的水已经煮沸。

他们泡上一壶神茶，香气袅袅，飘漾开来。

两人依旧置身事外，根本没有出手的意思。

星空中，天神族少神大笑。在他周围有两百多人，或骑在凶兽上，或坐于战车中，都是各族的神子、圣女级人物，来头大得惊人。

有人开口建议道："这是盛事，不容错过，我们也去观礼。"

天神族少神点头道："当今的星空中，谁还知道这颗星球以往的族群？大家都只认西林族。"

他冲下方传音道："魏麟兄，何必与敌人匆匆决生死？西林族回归，这是盛事，诸天各族要一同见证才对，不应太草率。"

随后，天神族少神回头，看向大梦净土的秦珞音，微笑道："秦仙子，我们也下去，这种大事不容错过。"

"一同降临！"一些神子、圣女级人物附和。

"当世，谁还认可这颗没落星球的过去？大家只知强大的西林族！"

天神族少神带来了无法想象的秘器，准备带所有人一同降临地星。

地星主空间，魏麟大笑，对天神族少神点了点头，而后看向楚风，道："看到了吗，这就是大势！"

沉默很久的楚风毫无惧意，冷冷地开口道："虽千万人吾往矣！"

楚风单手持大戟，面对所有敌人。

只是，一个人站在天空中面对所有人，他的身影有些孤单。

就在这时，布拉卡纳山方向传来大吼声："我布拉卡纳山秘境不降！"

下一刻，又有一群人高呼："我归无山秘境不降！"

……

天空中，楚风的身体一震。这一刻，他感觉到一股暖流瞬间蔓延向全身。

一个人站在天空中，形单影只，独自面对域外诸敌以及本土秘境已投靠西林族的那些人，那种感受难以言表。

"嗬，还真有血勇之人。你们不怕死吗？"魏麟开口。他站在天宇上，俯视这颗星球。

西林族曾经生活在这里，如今他们回来了，而这只是回归大幕的一角，以后更多的西林族人将踏上归程。

魏麟神色变得冷峻起来，杀气腾腾地道："这颗星球上的人，不是我西林族的朋友，那肯定是敌人！"

这是赤裸裸的威胁，给予所有人警告，震慑陆地上与海洋中的进化者。

"但凡我西林族的朋友都会得到庇护，但凡我们的敌人都会被横扫，从母星上彻底消失！"魏麟的话语冷冰冰的。

"你能庇护谁？"楚风开口。他手持大戟，杀意冲天。

五色能量旋涡内，西林族与机械族的强者已经调整好状态，即将迈步走出来了。

远方，蓬莱仙岛的战舰、方丈仙岛的大船以及瀛洲仙岛的方舟疾速而来。他们要迎接西林族。

毫无疑问，他们在这么短的时间内冲来，是在表忠心。

"哧！"

这一刻，楚风虽然依旧站在原地，但是手中的大戟迸发出炽烈的光芒，宛若一道闪电击穿天穹。

"死！"楚风大吼，满头发丝飞舞，目光如电，杀气、战意和怒火交融在一起，从胸腔中涌出。

魏麟扬言要庇护所有归顺者，那他就去横扫这些在第一时间赶来表忠心的人。

三大仙岛的人都心惊肉跳，头皮发麻。他们意识到自己来得过早了。

那西林族神子还没有真正跨界成功，还没有迈步走出五色能量旋涡，此时这让他们心里发毛。

"你们投诚太早了！"楚风大喝，直接冲了过去。一瞬间，他浑身发光，能量强度高得吓人。

空气大爆炸，楚风的速度太快了，不知道是多少倍声速。到了后来，他那里升腾起金色的蘑菇云，恐怖的能量简直要让人窒息。

"空间跳跃！"三大仙岛的人大喝。他们不想跟楚风硬抗，因为他们都知道自己不是楚风的对手，他们不想死在这里。

从秘境走出来的进化者目前还没有一个人是楚风的对手，他们真敢应战的话必死无疑。

然而，空间跳跃需要定位，需要一个过程，而他们不曾料到有这种紧急与突发的情况，事先根本没有任何准备。

“轰！”

楚风速度快得让人反应不过来，整个人带着金色的蘑菇云和无与伦比的能量，提着大戟直接将一艘战舰撞得爆炸开来。

这根本不是秘技攻击，而是野蛮冲撞。人们骇然，这是何等强大的力量！

蓬莱仙岛的人惨叫连连。在战舰爆碎的过程中，这些前来迎接西林族的人很快死去。

“哧！”

楚风一冲而过，大戟发光，抡动起来，向附近方丈仙岛的大船劈去。

“咔嚓！”

整艘船被劈开，断为两截，有人惨死，也有人坠落出来，脸色发白。

“轰！”

同一时间，楚风腾空而起，拳头发光，向另一侧瀛洲仙岛的方舟击去。顿时，紫气翻腾，那方舟被击得爆炸开来。

“不！”

“啊——”

一群人惨叫，心里无比恐惧。他们代表三大仙岛前来投诚，迎接强势归来的西林族，难道要全部横死在这里？

楚风如同一道闪电，在这片地带飞行，手中的大戟不时劈出，击向漏网之鱼。很快，那些人都形神俱灭。

天空中，楚风横持大戟而立，发丝扬起，身后，战船四分五裂，向下坠落。

他没有说什么，而是以实际行动针对西林族。

归顺西林族的人不是会得到庇护吗？结果出头者皆亡！

“楚风，你屡次冒犯我蓬莱，当诛！”

“楚魔王，你害我方丈仙岛快婿，如今又灭我族人，真以为没人治得了你吗？西林族神子来了，天神族少神也要到了，你要遭劫了！”

……

楚风原本不想理会三大仙岛的人，可是终究忍无可忍，道："对内铁血，称王称尊，对外媚笑，奴性十足，你们都该死！"

"楚风，你在找死！"此时，西林族的人皆怒。楚风杀了他们的所谓朋友，简直是当众抽他们的脸。

"轰！"

魏麟第一个迈出五色能量旋涡，跨界成功。

紧随其后的就是他的胞妹魏璇。

西林族共有十几人成功跨界，一个个杀气腾腾，目光冷幽幽地盯着楚风。只要魏麟一声令下，他们就会全部扑向楚风。

机械金刚也带领十几人出来了。它们虽全都是金属躯体，却散发出惊人的生命气息。

难得地，魏麟克制住了情绪，没有发怒，也没有进攻。

"既然要回归，那就绚烂到底！我们来一场星空下大决战，我定要斩你于阵前，为我西林族整体归来而祭旗！"魏麟冷冷地说道。

他采纳了天神族少神之前的建议，没有急匆匆开战，而是要在万众瞩目中消灭楚风，斩尽敢反抗的地星人，宣告西林族回来了。

"说得对！什么地星昔年的辉煌，那都是虚的，唯有当世一战，才能说明问题。魏麟兄，先祝贺你西林族成功返乡，踏上故土！"这时，天神族少神的声音从太空中传来。

天神族少神祭出了一块白骨，那是天神族的一块"祖骨"，是该族一位祖先化道后留下的唯一神圣之物。

"轰隆！"

一刹那，天地都仿佛倾塌了，太空中出现异象，诸天祭祀，万族共尊，无数生灵跪伏，像在迎接一位大人物。

那是天神族的祖先，一位无上强者，其化道后留下的唯一真骨居然这般恐怖，保护着天神族少神与一群人降临而下。

绝大多数人无恙，但还是有一些人遭到压制，正在咯血。

毫无疑问，那块白骨哪怕威力逆天，目前也只能带观想境的进化者安然通过地星场域，但无法带更高境界的进化者降临。

目前正常情况下，逍遥境及逍遥境以下的进化者才被允许通过地星场域，现在能带高一个层次的进化者进来，已经算是逆天了。

在天神族少神的身上，另有器物庇护他。他实力太强，如果没有多重保护，很可能被地星场域击灭。

白骨祖器散发的光芒笼罩一群人，两百多名强者进入地星主空间，都是神子、圣女级人物。

“西林族神子，我们观礼来了。恭祝西林族回归，再次成为这颗古老星球的主人！”

“哈哈，魏麟兄，恭喜！西林族注定要再创不朽辉煌！”

一群人都在恭贺西林族。

这时，大梦净土的人也在降临。秦珞音身上也有超凡的瑰宝，确保她无恙。

成片的人被白雾笼罩着，带着恐怖的气息，就这样直接出现在地星高空。

楚风处境堪忧。

只是，他没有退缩，依旧那么安静，横持大戟而立，独对群敌！

第276章

造势

不得不说，天神族少神出场的动静太大了，他带领一群神子、圣女级人物降临，光芒漫天，绚烂而迫人。

天神族少神自己居于绝对的中心，站在一辆秘金战车上。这是该族某位长者所赐的，车体上带着刀痕箭孔，有些破损，由此可见这辆战车曾经的不凡。

天神族少神很高，浑身金光刺目，淡金色的血气如汪洋般激荡，偶尔溢出，震撼人心。

他满头金发，傲然站在秘金战车上，俯视天下。

他的周围还有其他战车，属于来自不同星系的神子、圣女级人物。也有人骑坐在蛮兽上，身穿秘金甲胄，手持神兵利器。

这群人都有很大的来头，这样聚集在一起，形成莫大的威势，对任何人来说都是一种震慑。

西林族神子魏麟拱手，向天神族少神见礼，白皙的面孔上带着笑意，非常客气。

哪怕族群天赋震动星空，西林族对上天神族也没有一点优势。

“欢迎少神！”

“恭迎少神降临！”

何止西林族人与机械族人，地面上也有不少身影腾空而起，赶到高空，恭谨而热情地向天神族少神行礼。

这是早前就降临地星的域外进化者，有神子，有圣女，也有普通的冒险者。

“见过秦仙子！”

也有人对远处正缓缓而来的大梦净土的人恭敬地行礼。

一时间，这片地带全都是来自域外的年轻俊杰。

远处，楚风独自站在半空中，手持大戟，冷漠地看着他们。哪怕面对这么多域外强者，他也没有逃走。

天神族少神面带笑意，开口道：“魏麟兄，选个地方吧！西林族的回归不能草率，我们都期待你与这里的人决战。这不应是简单的战斗，而应是一场举世瞩目的盛会，要让各族都来见证。愿西林族重新在这颗星球上开创不朽的基业！”

天神族少神暗中跟相关的直播平台索要收益，因为这是他推动起来的受到各方关注的非常有意义的一战。

他身份非凡，所以能跟相关方洽谈。不然，一般的神子开口，直接会被忽略。

“有道理，这应该是一场盛会！”一名来头很大的神子开口。他名叫殷波，一头银发，眼睛闪动着骇人的光芒。

“是的，此战不要太匆匆，一定要很正式。我们愿见证西林族神话般崛起，成为宇宙至强族群之一！”一些人附和，预祝西林族绚烂回归。

因为，接下来他们很有可能有求于西林族。

这里是地星，是西林族生活过的故土，西林族人远比其他人了解哪些地方有无上道土，哪些地方有惊世洞府，更知道一些地方怎样开启。

这些人降临地星可不是为了观光，而是为了寻找并夺取机缘，到时候多半需要西林族帮忙。

连天神族少神和几名地位很高的神子都这么说了，其他人自然纷纷点头，都说这将是一场盛会，他们期待见证西林族的回归。

楚风神色越发冷峻。这些人一面倒地站在西林族那一边。

可以说，楚风这个无畏的应战者现在是孤独的，被域外众多的神子、圣女级人物无视。

魏麟脸上的笑意越来越浓。他也觉得西林族回归理应正式一些，应当有万众瞩目的一战，以盛会的形式昭告天下，地星属于西林族。

他看向楚风，嘴角挂着一丝冷笑，道：“楚风，你觉得如何？选一个地方，正式一些，你我焚香沐浴，进行正统之战。”

“这件事在星空中发酵，一天足矣，到时候会有很多人观看这一战，我已经跟人打过招呼了。”天神族少神开口，脸上露出畅快的笑意。

他已与某些平台正式达成协议，那些平台会给他惊人的收益。

他有人脉，有底气，可以组成这样的一盘局，赚取收益。

“如何？”魏麟再问。

直到这时，很多人才将目光投向楚风。刚才他们的确将他忽略了，根本就没有关注他。

有天神族少神在，有西林族神子在，有秦珞音在，所有人一致认为：这是一个死局，楚风活不了。

难道他还能跟宇宙年轻一代中的顶级高手争锋？那是不可能的！

再说，这里有这么多人，大部分是观想境的神子、圣女级人物，即便真到了危急时刻，众人一起上，也足以压制楚风。

“你就不怕搬起石头砸了自己的脚吗？”楚风终于开口。

他答应了！

而后，楚风瞥了天神族少神及其身边地位非常高的几人一眼，目光冷厉。

就在当日，域外难以宁静，因为顶级的天眼被人开启超级空间隧道送了过来，用以监测地星。

这一战被人为造势推动起来。

大战地点：昆林山！

这是魏麟选择的决战之地。这个地方对地星来说意义不小，是名山之祖根，是异常重要之地。

当年，昆林山栖居着地星上一群至为强大的进化者。

星空中原本就有不少人在关注地星，经过一番造势后，各大生命星球的人几乎都知道了这件事，真正称得上各方瞩目。

“一场盛会即将拉开序幕，欢迎西林族的朋友都来观战！”魏麟站在高空中开口，声音响彻四方。这是说给地星本土进化者听的，他这么张狂与高调，也是为了震慑这颗星球上的生物。

显然，这一战已经变了味道，起码对地星本土进化者来说是这样。

“各位，失陪，我先去恒岭取一物，很快就会去昆林山观礼！”天神族少神哈哈大笑，带领部分人瞬间远去。

魏麟脸上笑意不减，眼底深处却流露出一丝冷意。他不希望这些人在地星上有收获，但是天神族少神亲自出马，他也没办法阻止。

接着，大梦净土的人也离去，显然也要等到昆林山决战时再现身。

一些神子、圣女级人物也都匆匆离开。他们都有各自的目标，想先去探寻一番。

“楚风，你只有一天的时间去跟你的家人、朋友告别，过了今日，你的命便不再属于你。”这时，机械金刚开口。它很强势，比魏麟有过之而无不及。

对此，楚风只有一句话：“废铜烂铁一堆！”

然后，楚风就转身走了。只有一天的时间，他要考虑一些事，明天他将在昆林山与魏麟展开大决战。

此时，星空中人声鼎沸。这一次可不只是原兽平台关注，天神族少神联系到了几家顶级的直播平台，共同推动这件事。

“老祖，我已经将这件事推动起来，现在星空各地尽知。楚风马上就会陷入绝境，就看地星当年的余孽是否会来救他，若是在附近出现，便要看老祖的手段了。”这时，天神族少神正在秘密跟天神族的人联系。他眼神很冷，脸上尽是无情之色。

他推动这件事，还有一个目的就是伏击地星当年逃亡在外的圣人！

“别大意，万一你们这群后生在那片没落之地翻船，那乐子可就大了。伏击不到那些人，反倒让自己翻船，那会很可笑！”光脑中，一道模糊的身影发出幽幽的声音。

结束秘密通话后，天神族少神带人来到恒岭。他按照一张古地图四处寻觅，最后无比恼恨，道：“该死！有人推测，道引呼吸法可能就藏在这里，结果……竟然没有！”

这一日，地星上很不安宁，不少名山附近有人探寻，甚至大漠、草原、热带雨林中也都有域外的进化者出没。

他们在探路，依照一些古地图，想要开掘出被埋藏的古洞府。

楚风没有回虎泷山，不曾去见父母、朋友，而是随便找了一处山崖盘坐下来，准备将自己的身体调整到最佳状态。

这一役只许胜，不许败！

他没的选择，也不会给自己留后路。

“我是否要再次进化？”楚风取出朱果等圣药，犹豫道。他在肽山祭坛得到的圣药还有，依旧能让他进化。

但是，六道轮回丹还没有邮寄到，他担心自己再次进化的话，进化太迅猛，进化根基可能会不稳。

就在今天早上，他才完成了一次蜕变。

从未听说一日间反复进化的，若是在域外，那纯粹是找死！

如果降临地星的只是一方人马，楚风还不至于压力这么大。可是，来的是一群强者，连天神族少神都来了，更有秦珞音这个号称宇宙年轻一代十大高手之一的天之骄女。

楚风体内，黑白小“磨盘”缓缓转动。

他仔细感受，而后服食了一颗普通异果。一刹那，异果的药性与能量都被黑白小“磨盘”分解并迅速吸收。

“它比我想象的更不凡！”

楚风站了起来，心中有了一定的底气。

一天的时间转瞬即逝。

星空中越发嘈杂，各大平台上，无数人在等待这一战。天神族少神推动的这次大决战自然吸引了大量人的关注。

楚风、西林族神子本身就是话题人物，况且，他们的血脉源头更是都指向地星，这就更有意思了。

曾经在宇宙中排位第十一的星球再一次进入宇宙各族的视线中。

昆林山的地形一下子被放大，呈现在星空中，展现在所有人的面前。

“当年，圣师曾在那里栖居过一段岁月！”

“妖公主昔日常居昆林！”

有人谈起旧事。

显然，连一些活化石级的存在都被惊动了，在关注这一战，不然，一般的人不会知道这些事。

决战时间到了，昆林山前出现了很多神子、圣女级人物。

这是一场大决战，也是一场盛会！

昆林山巍峨而雄伟，号称古东方第一神山。

在地星神话传说中，昆林山的地位高不可攀。

山前流光溢彩，很多人早已来了，此时正盘坐在排列好的玉石桌前，真的像是在参加一场盛会。

现在，这里丝毫没有大战即将开始的紧张气氛，各路人马不断赶来，都面带喜色。

“哧！”

有人破空而来，降落在地。这是一名强大的神子，身上战衣破烂。在降临地星后一天的时间里，他匆忙去寻找地星上的古洞府，不仅没有收获，还差点遇险。

“嗖嗖嗖！”

破空之声接连传来，各种光芒交织在一起，那些观想境的强者先后赶到，出现在昆林山前。

一天前，天神族少神一次带来两百多名观想境的神子、圣女级人物，大梦净土也来了一群人，不仅让楚风感觉到巨大的压力，就连早前降临的域外强者也都长叹不已。

天神族和大梦净土带来这么多强者，谁能相抗？

“见过各位道友，终于将诸位盼来了！最近这段时间，说来可笑，我等身为降临者，来到这颗蛮荒星球，却陷于水深火热之中，处境糟糕。”一个很早就来到地星的域外降临者向诸强诉苦，出言针对楚风。

“唉，想到那么多同道落入楚风手中，下场凄惨，真是痛心！”

一些人感同身受，纷纷点头。

随天神族少神而来的观想境进化者听到后都有些无语，真不知道说什么好。

今天来了太多的人，有普通的星路冒险者，有早前自废道行跨界而来的神子、圣女级人物，也有蓬莱仙岛、方丈仙岛、瀛洲仙岛等秘境的人，更有很多年以前就来到地星的麒麟旧巢、元磁仙窟等地的域外强者。

地星本土的财团也有一部分人赶到，想看一看这场所谓盛会究竟会带来怎样的影响。

现在地星上人心惶惶，本土进化者都很不安，怕有大劫到来。

“哧！”

绚烂光雨纷飞，西林族神子魏麟带领族人赶到，一起到来的还有机械金刚等人。

魏麟一抬手，一盏银灯瞬间出现，挂在一座山峰上。

“今日对决纯粹凭修为，若是想以场域等阴暗手段伤人可不行。”

魏麟没有开口，以他的身份来说这话不适合。这是该族一名少女说出来的，她的声音在山中回荡。

谁都知道，这话针对的是楚风。

所谓场域，这是天授神学，许多人没有资格修行，唯有天赋实在出众的人才能在这条路上走得很远。

事实上，场域比进化要难许多倍，在场域领域有所成就的人在星空中备受尊敬，但凡场域大师级以上的人物其地位都非常高。

这一领域的杀伐术怎么可能算是阴暗手段？

魏麟不擅长场域，但是他带来了非常可怕的器物，那是针对场域的秘宝，一盏银灯照山河，可压制场域！

事实上，那个少女说出这种话就是想堵死楚风使用场域手段的路，激他以进化者的手段决战。

“楚风呢，还没有来吗？不会怕了吧？呵呵——”西林族一名候补神子笑了起来。他的实力比魏麟与魏璇兄妹弱不了几分。

西林族人已经登场，这使得此地一片喧嚣，各方的情绪都被调动起来。

“少神来了！”有人喊道。

远处一辆战车发光，即便陈旧，有些破损，也能显露当年之辉煌，看得出曾经历过神话之战。

战车曾被撕裂，原本可以碾压星球的威势不再，内部各种神文也已经磨灭，故此才落入天神族小辈手中。

当年，此战车可是圣人重器，被亚神兽拉着冲锋陷阵时，罕有人敢撄锋。

天神族少神站在战车上，脸色有些不好看，因为他去恒岭寻找道引呼吸法，却无功而返。

他的族人分明得到准确的资料，洞悉道引呼吸法的传承落在恒岭，结果他却失望而归。

“恭迎少神！”

“天神族驾临，我等在此恭候多时，见过少神！”

三大仙岛的人纷纷出列，对天神族少神行大礼。

不少人面露异色。这可是地星上古年间那群至强者的仆从的后代，居然堕落到这一步。

一些神子、圣女级人物了解这三大仙岛的来头。

“沧海桑田，唯识时务者永存！”天神族少神哈哈大笑。他身材高大，一头金色发丝飞舞，目光如电，睥睨昆林山。

在他脚下，拉着战车的几只凶兽很惊人，通体碧绿，形态有些像貔貅。它们竟然都是观想境巅峰的生物！

听到天神族少神的话语，再看到为他拉车的凶兽，许多人心生畏惧。拉车的凶兽都强到这一步，主人又如何？

三大仙岛的人更加谦卑了，弓着身子，久久未曾起来，满脸都是笑。

其他人也都向天神族少神见礼，不过倒不至于这样卑躬屈膝。

然后，有一名神子亲自上前，扶天神族少神下车，请他入席。

这里真的像在举行一场盛会，玉石桌上佳酿、异果等飘香，闪烁着淡淡光芒，仅观想境的进化者就有两三百人。

忽然，人们都起身，就连刚坐下的天神族少神也不例外。因为，远处一群白衣出尘的人到了。

那是大梦净土的人。

该道统一般的弟子肯定比不上天神族的人，可是出了一个秦珞音，那就不同了，她比十大星球的一些道子还厉害！

四匹龙鳞天马浑身上下没有一根杂毛，如同由玉石雕刻而成，并散发出绚烂的光芒，拉着一辆蓝莹莹的车临近昆林山。

天神族少神亲自上前，很殷勤也很热切地道："珞音，你来了，可有收获？"

他恨不得亲自去扶秦珞音下车。

不得不说，秦珞音风华绝代。她穿着色彩斑斓的长裙，原本很慵懒地侧躺在车上，修长身段尽显，现在起身，顿时显得雍容华贵。

她戴着五彩面具，颈项雪白，一头光滑柔顺的紫色秀发披散着，一双眸子如同紫色的宝石迸放光彩，透着难以言喻的灵气，像可洞察人心。

"见过少神。"秦珞音微微一笑，与天神族少神打招呼。

虽然人们看不到她的脸，但是她那微微张开的鲜艳红唇以及眨动的明眸，依旧让人感觉晃眼，仿佛整片天地都瞬间随之灿烂起来。

不少人心神恍惚，就连天神族少神都心跳加速。

"珞音这边请。"他亲自引路，将秦珞音引到最尊贵的那处席位。

至此，重要人物差不多都已到场。

一些人顿时对楚风更加不满，因为楚风还未到。

"他该不会真的不敢来了吧？"有人冷笑。

"呵呵，所谓地星天选之子难道临阵脱逃，不敢来了？"一些人话语中流露出敌意，他们都曾与楚风为敌。

三大仙岛的人也都面带冷笑，偶尔开口，必然针对楚风。

"轰隆！"

突然间，一杆雪亮的大戟从天而降，突破声障，插在地面的一块巨石上，顿时土石迸射，一个巨坑出现，银光激荡至高空。

"那是楚风用过的兵器！"有人开口。

毫无疑问，楚风来了，而且气势惊人。哪怕这里都是域外强者，他也不惧。

地平线尽头，一道身影出现，一步迈出，瞬间即至。

这是天涯咫尺秘术！

楚风只身一人赶到决战地，步履从容，衣不染尘，有种超然物外的气质。

他很俊朗，身材颀长，黑色长发如同绸缎般光亮，披散到腰际。

他双目深邃，扫视所有人，体内恐怖的血气隐藏起来，整个人越发显得空明。

楚风的到来，顿时让这里略为安静。

他向前走去，不用任何人引路，径直坐在一个很尊贵的席位上。这个席位属于此次盛会的主人。

原本这是魏麟的席位，他选择在昆林山决战，隐然间是此地之主，以主人的身份招待所有人。

但是，他还在跟几位重要的神子交谈，还没来得及坐下，结果楚风来了，径直坐在了原本属于他的席位上。

“起来，这不是你的席位！”西林族一名年轻男子快速走来，低声喝道。

魏麟在此举办盛会，昭告西林族回归，岂能容楚风这么大剌剌地坐在本应属于他主人的席位上？

“我是这颗星球上的进化者，也是眼前这昆林道场的半个主人。我不坐在这里，难道还让你们这群外来者取代？”楚风语气平和地开了口。几句话而已，就道出了谁是主人，谁是外来者。

“起来！”西林族那名年轻男子低声斥道。他可不想楚风搅乱盛会，竟目露凶光，伸手去推楚风。

“滚！”楚风吐出这个字时，右手伸出并迅速放大，一把将此人抓住，稍微一用力，此人便没了声息。

这一刻，所有人的脸色都变了。楚风显然是无所畏惧。

“楚风，你这样做是否过了？”西林族的人还未开口，蓬莱仙岛的人就先质问道。

楚风冷冷地看向他们，道：“好好的人不做，当奴才上瘾了是吧？”

“你怎敢如此放肆！”方丈仙岛的人亦开口。

接着，一些神子、圣女级人物也都表态。这本就是针对楚风的盛会，他们同仇敌忾，自然要声讨楚风。

楚风目光冷厉，看着众人，又望向远山。他隐约间看到了一道身影，那是所谓地星真子的护道者尉迟空！

尉迟空原本坐在一座山峰上，神色淡定，关注此地正在发生的事，但是，他感觉楚风、天神族少神、秦珞音等人神觉太敏锐，便瞬间消失，就此离去。

楚风盯着那个方向，目光越发冷厉。

西林族神子魏麟忽然淡淡地笑了，开口道："楚风，你看到了吗？诸天各地，这么多道友对你不满，就连地星本土的进化者都在针对你，要讨伐你！"

"他们也配代表地星本土进化者？我归无山秘境的进化者来了！"

"我布拉卡纳山秘境的进化者到了，愿与楚风兄弟站在一起！"

"我悬田山秘境的进化者来了，与楚风兄弟共同迎敌！"

……

就在这时，一些人在地平线尽头出现，大步向这里走来。

"还有我，虽然修为不高，但我还有血性。楚风兄弟，我看你来了！"这是一个头上长着四只牛犄角的男子，正是周全，是天地刚开始剧变时楚风遇到的朋友。

周全话语真挚："原本我只想过普通人的生活，都已经归隐了，但是知道兄弟你来昆林山后，我又出来了。我不怕死，还有一腔热血！"

第277章
对决西林族

周全大背头锃亮，穿着黑西服，戴着大墨镜，楚风乍一看还以为是大黑牛来了。

“兄弟，我来了！我虽然实力不济，但也能为你呐喊助威！”周全大步走来，看起来大大咧咧的，却是在冒着生命危险。

此时，楚风处境堪忧，跟他走在一起会非常危险。

“周全！”楚风起身走了过去，两人用力抱了一下。

楚风心中充满暖意。在这么危险的关头，周全能来，便胜过千言万语，不需要多说什么。

他清楚地知道，周全的确只想过普通人的生活，现在却为他破例了。

当初，周全在昆林山跟大黑牛修行过一段时间，但最后还是告别了。他说，进化这条路以后可能会很精彩，但他只是一个普通人，承受不住那些压力，更愿意与父母团聚。

那段时间，东西方诸王大战，黑龙王、席勒、老狮王等在昆林山山脚下咆哮，给周全留下了太深刻的印象。

对一个普通人来说，这宛若神话。

在一切平静后，周全曾找楚风喝闷酒，长叹不已。

楚风尊重他的选择，送他离开，从此之后便没有去打扰他，哪怕知道他们一家人就在西部的一个城市。

很长时间过去了，周全又出现了，而且主动来见楚风。

“兄弟，你不用来的，心意我领了。”楚风在周全的肩头稍微用力地拍了一下。不管怎么说，他心中真的热乎乎的。

“你知道的，当初我父母都跟着我来到西部城市，找到了我哥，我们一家都居住在那里，离昆林山不算很远。知道你会出现，我怎能不来？”周全话语很朴实，也很真挚。他知道楚风要面对什么，而他就是带着一腔热血而来。

“楚风，我们站在你这边。有些人甘愿做仆从，做走狗，那是他们的选择，但我们不会，我们誓死不从！”

归无山秘境、布拉卡纳山秘境、悬田山秘境……一大群来自秘境的人从地平线尽头赶到雄伟的大山前，一个个勇猛十足，没有一点惧意。

敢来这里的人早已考虑过一切，看淡了生死。

这些人有老有少，实力境界从逍遥境到观想境不等，算是很强的进化者。不过，真要跟天神族少神、西林族神子等人战斗，他们显然还不行。

但是，他们每一个人都不惧这种危险。

“各位，多谢！”楚风想说什么，可是最终只吐出了这样两个字。这群人或许实力不够强大，但都是为了声援与支持他才现身的，他感觉很温暖。

布拉卡纳山秘境的一个青年道：“不用谢。我们不是蓬莱与方丈的那些软骨头，豺狼出现，岂能下跪求生？这样赶来再正常不过！”

“当初，我们的祖先就是被西林族消灭的，数千人啊，连孩子都不放过。祖先们至死都不敢相信，自己人会向自己人挥动屠刀！”归无山秘境的一个老人开口。他们这一脉当年是一个大族，但最后只活下来数十人。

西林族一个年轻人听到后，脸上笑意很浓，向这边走了几步，面带嘲弄之色，道：“有意思，当年的一些杂草没有除干净，现在又冒出来了，还敢不知死活地凑上前来。你们都在找死吗？”

魏麟身为西林族神子，不适合说这种话，只是脸上带着淡淡的笑意，扫视这些人，目光冷厉。

悬田山秘境一名白发苍苍的老妪嘴唇都在哆嗦。当年悬田山附近的几个大族、多个强大的进化门派，一夜间便几乎都死于西林族之手，很长一段时间，那里都寸草不生。

老妪颤声道：“西林族，你们这群冷血恶魔当年是这颗星球上的一支重要军团，各种圣药、秘宝、妙术都给你们用，最好的甲胄、坐骑都先让你们选。可到头来，你们做了什么？你们比白眼狼还狠，翻脸无情，转过身就对自己人挥动屠刀，手段比域外的人还残忍。你们扪心自问，还有良心吗？这么多年过去，你们背叛离开也就罢了，现在竟有脸回来，还妄想称正统？黑心恶毒的人果然从来都不知道廉耻，不知道内疚。你们这群恶魔！”

西林族的人听到这种话，一个个沉下脸。这是他们的黑历史，他们最不愿有人翻旧账。

西林族的那个年轻人顿时呵斥道：“立场不同，成王败寇，现在说什么都没用！你们这群可怜虫、失败者，也只能发出最后的哀号。”

他脸色阴沉，眼神冷厉。若非忌惮楚风，他早就出手了。

“轰！”

然而，他没敢出手，但不代表楚风就会忍受他。这时，楚风一巴掌就拍了过去。楚风施展的是天神族的流光拳，不过是以掌的形式打来，速度飞快，金光激荡。

“你敢！”那个年轻人怒吼。他心中悸动，一边对抗，一边求助似的望向西林族神子魏麟及其妹妹魏璇。

“你真是过分了！”魏璇开口。她有一种柔弱的美，但现在面带冷意，腾空而起，右手捏拳印，如同一只凤凰昂首，爆发神威，想要阻止楚风。

人们倒吸了一口凉气。魏璇施展的是地星昔日的绝学——天凰拳。这是宇宙中至为强大的拳法之一，神威惊世，目前只有西林族嫡系成员才会。

“砰——”

然而，楚风的金色手掌速度很快，直接追上那个年轻人，果断释放出能量。同时，他以另一只手挡住天凰拳。

“噗！”

楚风那只金色手掌爆发出的力量太强大了，顿时将那个年轻人打得横飞起来，在空中形神俱灭。

楚风真的对西林族没有好感，更愤怒于那个人的言语，所以直接动用了至强手段——共振术，当场击灭了那个人。

这片地带一片寂静，所有人都吃了一惊。这所谓盛会一开始就已经见血，在他们的计划中原本不是这样的。

“盛会才开始，不到决战时，你竟敢行凶！”魏璇杀气腾腾，无比狠戾。她腾空而起，像是一只凤凰，舒展身体，发出刺目的光焰，手捏拳印，向楚风击去。

“谁的盛会？”楚风很镇定，冷幽幽地开口道，“昔年恶毒的刽子手恶事做尽，如今却摆出衣锦还乡的丑恶姿态，在这里摆下阵势。你们眼中的盛会，在我等看来，那是带着鲜血的味道。张扬给谁看！”

楚风的嘴巴毫不留情，他当着所有人的面说出这番话，针对的不仅是西林族，也让各路神子、圣女级人物的神色冷峻下来。

“砰砰砰——”

半空中发生大爆炸。在说话间，楚风已经迎了上去。两人像是两道闪电，不时碰撞在一起。

音爆声阵阵，白雾弥漫，两人在云雾中腾挪，电闪雷鸣，恐怖无比。

谁都没有想到，大战就这么突兀地开始了！

“魏璇退后！”西林族神子魏麟开口。他目光冷厉，直接向前迈步，逼近正在大战的两人。

魏麟让他的妹妹退出战场，他自己要出手！

“轰！”

最后一次碰撞中，魏璇后退。她姣好的面容上写满惊异，拳头上光焰跳动。

她刚才竟非常吃力。她早就知道楚风很厉害，但她还是没有料到，自己施展天凰拳后，依旧没能奈何对方。

大战前，魏璇曾有过推演。她认为以自己观想境的实力，配合天凰拳，应该可以压制楚风，强势结束这场战斗。

然而，现实是，她没能撼动楚风。

楚风面色平静，盯着魏璇，但心里也有些诧异。他居然没能在第一时间打败这个女人，西林族果然厉害。

楚风皱眉。都说西林族是宇宙中至强族群之一，整体天赋十分惊人，现在看来名不虚传。

“你想提前开战？那我成全你！”魏麟背着双手，很冷静地站在那里，看起来有些可怕。

此时，天神族少神最不满。这是他提议举行的一场盛会，结果还没有真正开始，便要在战斗中结束了。

他有心阻止，不过看到魏麟和楚风那样子，知道自己即便开口，意义也不大。

魏麟冷漠而从容，道："知道为什么西林族越来越强盛，而这里只剩下一些可怜虫吗？因为西林族才是这颗星球上最优秀的族群，继承了母星所有的绝学，如今回来天经地义。只有我西林族才能让母星复兴，再度崛起，你们都是失败者的后代，成不了事，今天全部死了算了！"

"西林族猪狗不如！"

楚风说出这种话来，可见他有多愤怒。

当年的西林军做下那种恶事，他们的后代还高调地回来，摆出正统的姿态，但凡地星本土进化者都不能不怒。

与此同时，楚风对从归无山秘境、布拉卡纳山秘境等地赶来的进化者暗中传音，让他们迅速离开这里。

他自己丝毫不惧，能打就打，不能打就走。他掌握天涯咫尺这种妙术，来去自如，不怕敌人。

但是，多了这些人在这里，他就没把握了。域外的神子、圣女级人物太多，两百多名观想境的进化者若是一齐动手，他怎么拦得住？

这些人能来，他很感激，但是他不希望这些人留在这。

"你多虑了，我们来此不是为了送死。我们虽然实力比不上西林族神子、天神族少神等人，但是也有自保手段。那些人想除掉我们，得先付出血的代价！"归无山秘境的一名老者也暗中传音，告知楚风，他们带来了威力巨大的武器，那是祖辈留下的东西，刚从一些遗址中拿出来，可对付观想境的进化者。

而且，这样的东西不是一两件，每个秘境都带来了自己的撒手锏。

"你放心决战吧，我们帮你护住周全。"悬田山秘境一名慈眉善目的老妪开口，让楚风宽心。

楚风诧异，这些人有把握自保，甚至能杀敌？

他稍微放下心来，想必他们再恨西林族，也不会因为想复仇而来这里送死。

不然，平白丢掉性命，只会让仇人笑得更加畅快。

“楚风，你觉得我说得有道理吗？”魏麟淡然开口。他依旧背着双手，很平和，也很镇定。

这是挑衅，语气中带着轻慢，企图乱楚风之心。

“西林族就是个笑话！”楚风迈步，身体发光，能量如同光焰在跳动，像要焚烧起来，照亮天宇。

他接着道：“当年，你们跪在幽冥族脚下，也跪在天神族脚下，为保证自己活下来，将屠刀挥向身后疗伤的老兵和手无寸铁的妇孺。自那一刻起，真正的西林族就已经灭族了，活下来的不过是一群懦夫，一群对外胆寒、不敢应战，对内穷凶极恶的暴徒！你们这群人有什么自傲的，哪里来的自信？”

楚风没有高声说话，情绪也不是非常激昂，但是这种淡漠更显冷意。

“大胆！”后方，西林族一群人都呵斥道。这戳痛了他们心底的伤疤。

“斩了他！”魏麟的胞妹魏璇此时也忍不住了。那是西林族的禁忌，当年的旧事有些是不能说的。

远处，天神族少神倒是很淡定，始终面带笑意。他们这一族一直高高在上，听到这种话语，他体会到了自己族群当年的辉煌与鼎盛。

魏麟断喝：“完全是无意义的话语！事实上，我西林族全部族人都活着，而且越来越强盛，号称天赋绝佳的族群之一，正在向真正意义上的无敌族群迈进。而你们呢，几乎覆灭，连妖公主那种最让人惊艳的人都死了，如今还剩下谁？只有杂鱼三两条。是你们自己……真正灭族了！”

“有些人看似活着，其实已经死了；有些族群人很多，但都已经没了灵魂，被当年的死亡阴影笼罩着。你们还有尊严吗？你们早已跪过，这辈子脊梁骨都不再直。今天，我便从你等开始，将你们这些不该留下来的人全部清除！既然精神当年已消亡，那么肉体也都毁灭吧！”楚风依旧那么淡漠，越发显得冷静。

“轰！”

大战爆发。魏麟哪怕很从容，不是一个容易被激怒的人，现在也面露冷酷之色，眼神森冷。

楚风一而再，再而三地说他们这个族群早已于当年灭亡，留下的人都是软骨头，这让魏麟杀气腾腾。

在魏麟看来，他们这一族蒸蒸日上，岂容这样亵渎？

凤鸣震天！

魏麟腾空而起时，舒展身体，宛若一只凤凰凌空。烈焰腾腾，鲜艳的羽翼浮现在他身体两侧，气息恐怖绝伦。

“唰”的一声，寒光刺目。魏麟身体两侧的翅膀发光，劈出剑光。

这依旧是西林族嫡系成员才会的天凰拳。显然，将妙术练到这个层次，已经神通自现。

“当当当！”

魏麟身体两侧的翅膀发光，剑气激荡，跟楚风拳头发出的璀璨能量光柱碰撞在一起，场面无比惊人。

在“哧哧”声中，远处几座山在能量的侵蚀下消失了。

那几座山不属于昆林山区域，没有场域庇护，就这样人间蒸发了，有些诡异。

魏麟与楚风才交手而已，就这般惊天动地。

“轰！”

楚风挥拳，带着磅礴的气势和滚滚而涌的血气，周身激射出刺目的光芒，拳印压天。他在运转紫气东来拳。

大战异常激烈。

“哼！”这时，魏璇冷哼一声。她对自己的兄长有信心，瞥了一眼战局后，嘴角露出一丝冷笑，带领西林族的人径直向周全等人逼去。

“我哥哥说得对，失败者的后代，一群可怜的虫子、杂鱼，就应该一网打尽算了。从此母星会更纯粹一些，我西林族会主导一切。你们都去死吧！”魏璇的声音十分冰冷。

“嗖嗖嗖——”

她带领西林族的人向前扑击，狠辣而果决。她这么做，不仅想消灭周全等人，还想乱楚风的心绪，让他发挥失常。

归无山秘境的那名老者抬手间，祭出一块黑色的龟甲。龟甲化成一面巨大的盾牌，洒下黑色光芒，将周全等人都守护起来。

与此同时，悬田山秘境的老妪抬手间祭出一颗紫色的晶体。晶体发出刺目的雷光，呼啸着向西林族的人砸去。

“快退！”魏璇突然大喝，勃然变色，汗毛倒竖，带着西林族的人疾速向远方遁去。

“轰！”

那颗紫色的晶体在他们身后爆炸开来，瞬间激射出成百上千道雷霆光柱，能量大得骇人。

“啊——”两个西林族人逃之不及，当场惨死。

不远处，山体倾塌，烟尘冲天。

这一幕惊呆了所有人。地星本土进化者随手扔出的一颗紫色晶体威力竟然这么大，直接消灭了两名观想境的进化者。

“紫晶天雷！”魏璇脸色铁青，站在足够远处，带领剩下的西林族人回头，姣好的面孔都快扭曲了。

所谓紫晶天雷，乃进化者渡劫时将天劫雷霆之威储存在神秘的紫晶材料中，并用特殊手段炼制的秘宝。

一般来说，非天赋绝佳之人渡劫时不可能分心炼制出紫晶天雷。

西林族自然也有紫晶天雷，都是旷世奇才渡劫时所留，可惜他们跨界时不好带过来，因为稍有不慎，紫晶天雷就会爆炸。

魏璇没有料到没落的地星上还能有这种东西，她口中的“虫子”“杂鱼”居然一出手就炸死了西林族两名观想境的进化者，给了她一个血的教训。

“哈哈——”周全大笑。

他带着一腔热血而来，为楚风摇旗呐喊。他没有想到，从秘境走出的这群人原来都是狠角色，有底气，有手段，绝非为送死而来。

“一群杂鱼，竟敢伤我西林族的天才，你们都该死！”魏璇的俏脸上带着强烈的杀意。她带领众人，分散开来，再次准备扑击。

不过，这一次他们谨慎了很多，没有直接冲上去。

“魏璇公主，我来助你们！”机械族有人开口。

甚至，机械金刚都目光灼灼，有出手的意思。

“谁是杂鱼？谁是可怜虫？你们这群狼心狗肺的人没有什么可自傲的，都去死！”刚才扔出紫晶天雷的老妪面带畅快之意，在那里叫阵，一点也不怕。

“斩了他们！”这时，机械金刚下令，让手下去帮助西林族的人。

“魏璇公主，我等也来相助！”方丈仙岛的人开口。“呼啦”一声，十几人走出，跟着上前。

蓬莱仙岛、瀛洲仙岛的人见状，相视一眼，也一起迈步，跟了过去。

才开始跟魏麟交手的楚风眼眸内顿时射出刺目的寒光，他从来没有一刻这么愤怒过。西林族人当诛，机械族人该斩，而蓬莱仙岛、方丈仙岛、瀛洲仙岛的人更该灭！

“轰！”

楚风浑身金光万重，血气冲天，爆发出最强力量，突破魏麟的阻挡，直接冲了过去。

他的手中出现了一杆大戟。“咔嚓”一声，瞬息间，一个机械族人就倒地而亡。

“噗！”

大戟翻飞，又让一名西林族天才丧命了。

“还有你们！”楚风怒吼，手持大戟，冲向三大仙岛的人。

“噗！”

又有三人当场死在天戟九式下。

“找死！”魏麟怒斥，快速追了过去，在楚风后面施展天凰拳，打向楚风的后心。

与此同时，机械金刚亲自出手，手持一柄天刀，猛地劈向楚风。

“当！”

楚风转身的刹那，大戟跟天刀碰撞在一起，光芒耀眼，刀气四射开来。

同时，楚风另一只手捏拳印，跟魏麟的拳头碰撞在一起。

就这么一刹那间，他同时跟两大高手交手。

“楚风不要分心！我等还怕他们不成？死！”这时，悬田山秘境的那个老妪喊道，并且一抖手居然又扔出两颗紫晶天雷，顿时让所有人都头皮发麻。

“轰！”

“啊——”

机械族有两人被炸中，金属碎片闪着电火花；西林族也有一人殒命。

这紫晶天雷威力太大了，作用范围极广。

谁都没有想到，老妪手中还有这种东西。

魏璇简直要疯了。老妪一行人都不动手，纯粹靠这种价值连城的秘宝顶着，就算是西林族也不能这么挥霍。

“生不带来死不带去，别的没有，这种东西还有一筐。不怕死的话，你们就滚过来吧！”老妪喊道。

第278章 宿命之战

还有一筐？很多人听到后，都不相信。

要知道，紫晶天雷可是渡劫的人留下的。一般情况下，除非旷世奇才，不然谁敢在渡劫时炼制紫晶天雷？那是在找死！

而且，就算是超级天才，炼制出几颗紫晶天雷也就到极限了，不可能有一筐那么多。

当场就有人不信邪，哂笑道："骗鬼啊，谁相信？你以为紫晶天雷是大白菜？还有一筐？你再拿出几颗看看？"

"是不是大白菜我不知道，但砸你几颗没问题。"悬田山秘境的老妪"哐当"一声，拎出一个青铜箱子放在地上，只见里面密密麻麻的，都是紫晶天雷。

那人当场蒙了。

至于魏璇等人，一个个被惊得不轻，身体发寒，全都止住脚步。

还真有一筐！紫晶天雷这种东西真成大白菜了？地星上有这么多渡劫的旷世奇才？不对，这肯定不是当世所留。

人们意识到，这是上古年间遗留的东西。那个年代，地星上的确不缺少奇才。

一些神子、圣女级人物不得不叹，当年的地星真是恐怖，稀有的秘宝在这里都可以像大白菜似的拿出来一筐！

魏璇眼中寒光闪现，痛心不已。西林族的人先后被紫晶天雷炸死了三个，这是很大的损失。

须知，死的可不是一般的进化者，而是西林族挑选出来的天才，位列西林族年轻一代至强的一批人内。

这种天才未来都是要在西林族挑大梁的人物，是接掌各军团的后备人才。

“当！”

另一边，战斗异常凶险。楚风跟机械金刚和魏麟激烈对决，随时有死亡的危险。

那刀光白茫茫，那凤鸣动九天！

有数次楚风都差点被刀光卷中。

他有些走神，为老妪等人的“财大气粗”而吃惊。有这么一筐紫晶天雷在手，哪怕面对两百多名观想境的神子、圣女级人物也不怕。

这时，老妪暗中用精神力传音，告知楚风：“假的！哪还能有一筐？上古大战时都消耗得差不多了！这些都是材料，渡劫时的能量还没有储存进去。”

老妪告诉楚风，他们手中的确还有紫晶天雷，但是不好当大白菜一样向外扔了，用于震慑敌人较为妥当。

楚风了然，终究要靠实力一战。他身体向外释放能量，喝道：“西林族、机械族，你们一起上吧，我一个人消灭你们全部！”

仅这么片刻间，他就跟机械金刚和魏麟碰撞了上百次，不在乎多来几个敌人。

“机械金刚你退后，我自己来！”魏麟开口，声音很冷。他不想给人留下西林族神子还不如地星本土进化者的“错觉”。

对于魏麟这种神子级人物来说，这还不是真正的生死决战。

魏麟有强大的底牌可以动用，况且，他身体深处的能量还没有释放出来，他观想境巅峰的力量还没有施展出来。

机械金刚开口道：“是啊，我们联手对付他，只是白白成全他的名声，其实他算什么？魏麟兄，不如你退后，我来替你斩了他！”

“当！”

楚风突然祭出一座有点残缺的黄金塔，撞在机械金刚的天刀上，当场让那柄天刀炸开，差一点就伤到机械金刚。

当然，黄金塔也解体了。

“让你装！”楚风相当直接，不惜以自己从其他人手里缴获的威力很大的秘宝毁掉机械金刚的兵器。

机械金刚的脸色顿时阴沉下来。哪怕是一个金属人，它的面部表情也相当生动。

“机械金刚，速退！”魏麟再次开口。

“好，交给你了！”机械金刚最终点头答应。

“轰！”

在机械金刚退出去的一刹那，魏麟的拳头鲜红而璀璨，可怕的红色能量冲出，如同岩浆般炽热无比。

天凰拳！

魏麟进一步演绎，将这种拳法推向极致。一只凤凰在他的身后浮现，带着漫天的火焰，长鸣不已。

他向前攻了过去。

楚风神色一惊，不过，他仍然不惧。他收起大戟，专心演绎紫气东来拳。这是当年地星上的两大绝顶拳法之一。

“轰隆！”

就这么瞬息间，两人碰撞在一起，能量一下子炸开，刺目的光芒笼罩此地，遮住了两人的身影。

生死搏斗，勇者胜！

这两人都无比自信，没有人退缩。两人就这样进行生死对决，音爆声震耳欲聋。

“唰”的一声，两人分开，全都眼神冷厉，而后他们又快速冲向对方，施展拳法，进行生死大战。

“砰砰砰——”

两人像是两道闪电，一道鲜红如血，一道紫光刺目，他们在天空中不断碰撞。

雄伟的昆林山脉在颤动，而周围那些不属于昆林山区域的山体，有的被打得焚烧起来，然后炸开，有的则被撞击得轰然倒下，烟尘冲天，还有的熔化，成为岩浆地。

为了证明自己最强，实力远胜地星本土进化者，魏麟施展天凰拳，简直要击裂天地。

转眼间，两人就大战了上百回合。这惊住了很多人，便是星空中现在也很寂静，所有人都在关注这一战。

这是宿命之战，西林族是从这颗星球走出去的强大族群，跟地星本土的人恩怨纠缠，关系复杂。

很快，人们吃惊地发现，楚风的拳头也开始冒火光，紫气伴着火焰，偶尔还会传出凤鸣声。

“这个人在模仿天凰拳，他……怎么能做到这一步？天赋太高了！”许多人吓了一大跳。

楚风的拳印明显带着天凰拳的气息，跟紫气东来拳融合在一起，增添了些许超凡而可怕的威势。

西林族的人脸色都变了。他们早已知道楚风很厉害，可是他强到这种程度还是出乎所有人的预料。

他简直不弱于他们的神子，而且越战越勇。

“轰！”

魏麟脸色阴沉，突然间拳法大变，右手依旧施展天凰拳，威势更盛，左手却在施展紫气东来拳，造诣极高。

楚风被这种攻势打了个措手不及，肩头被擦中，肩铠当场破碎。

到了这个层次，两种绝顶拳法一旦一起演绎出来，可破神通，可碎秘宝，神威不可想象。

“我为正统，精通母星上各种拳法，你连嫡系一脉应该掌握的传承之术都没有，也敢与我争正统之位？”魏麟吼道。

他的拳印力量更加强大了，紫气东来拳与天凰拳相辅相成，释放出异常恐怖的能量，气息有些骇人。

“咚！”

随着魏麟挥拳，天地颤动。两人大战到昆林山外，一会儿从天上打到地上，一会儿又从地上打到云朵中，有些大山直接被他们掀飞。

楚风吃了一个暗亏，被两种绝顶拳法交织着的拳光震得后退开来，险些遭受重创，但是他很快就稳住了。

“西林族不过如此，就这么点本领吗？”楚风嘲笑道。

他抵住魏麟的攻势，想看看魏麟还有什么手段。他想通过西林族神子来窥探这一族的神功秘技。

他想了解西林族，跟魏麟不断交战，便是一个突破口。

“你哪里来的自信，敢跟我说这种话？”魏麟冷幽幽地开口，拳头如闪电般，一拳又一拳地击出。

周全不忿，喊道：“所谓西林族神子是观想境的进化者，跟楚风这个逍遥境的进化者决战，这么长时间了都没有占据绝对上风，也好意思张狂？”

这个时候，星空中也不平静了。

原兽平台上，许多人在观战，听到周全的话后恍然大悟，这不是同阶大战，而是跨境界对决。

“楚风神人也，差了一个大境界，居然能跟西林族神子分庭抗礼！”

“所谓西林族正统可能不敌一群失败者的后裔，这未免有些讽刺。”

……

在战斗中，楚风越发神勇，不断模仿天凰拳，并将其与自己的紫气东来拳融合，气势越来越盛。

片刻后，一些人看出端倪。

有人摇头，叹道：“错了，西林族神子实力很恐怖，他还没有动用最强手段，不曾展现自身的无敌画卷，也没有用观想之力，甚至身体深处的能量都还没有完全释放！”

这种话语一出，让许多人悚然。西林族神子还没有施展最强手段？

魏麟冷冷地道：“楚风，你竟有这种可笑的自信，敢这么向我挑衅！我原本想在能量层次差不多的情况下除掉你，现在看来需要强力压制你，这才符合我的无敌身份！不然，别人总以为我们两人实力相差无几。”

“有什么手段尽管施展，不然你就没有机会了！”楚风开口。这种话语让人惊愕，他真是太自信了。

魏麟的脸顿时沉了下来，他讨厌这种霸道的话。今天是他西林族回归之辉煌日，原本他应该轻而易举压制这个楚魔王才对，可现在拖的时间太长了，对方还这般口出狂言。

“我就在这里，看你如何压制我！”魏麟冷冷地道。

一时间，他身上的能量强度高了一大截，凤鸣声像是惊雷般炸响，他的身后浮现出一只巨大的凤凰，还有成片的活火山。这是非常可怕的景象。

“死！”楚风大喝。他想看看西林族的各种手段，了解该族的神功秘技，但也不会长时间拿自己的性命冒险。他决定现在动用撒手锏，击灭魏麟。

石球一个又一个出现，这是楚风与众不同的能量体。石球“轰隆”一声向前压落，他想用石球砸死对方。

“来了！”

“他动用特殊的能量体了！”

许多人低声惊呼。

人们早已猜测到，楚风早晚会动用他那近乎无敌的能量体。这种新型能量体在能量体黑马榜上的名次可是一路飙升，现在已经上升到第一百五十名左右。

这个排名着实有些惊人，因为这是全宇宙的排名，并非一颗星球、一片星系的排名。

“我还怕你不成？”魏麟冷笑。

在他身后，那一座又一座活火山复苏，喷出岩浆，天凰昂首，发出惊天动地的长鸣声，向前扑击而去。

“天啊，这居然是魏麟的能量体，我们被他麻痹了！”这时，许多人纷纷惊叫起来。

魏麟施展天凰拳产生的异象跟这种景象差不多，人们误以为他只是在施展拳法，其实不仅如此，还有能量体。

一座又一座火山喷出岩浆，天凰从火山口中冲起，这些景象合在一起，居然就是魏麟的能量体。

“怎么可能？这简直是一幅真实的画卷，西林族神子的能量体未免太生动太逼真了吧！”有人惊叹。

如果这是魏麟的能量体，那他的画卷又是什么样子？

“火山也就罢了，连天凰都有一只，未免有些可怕！”

在无数的惊呼声中，魏麟展现出他的强大之处。他俯视楚风，目光森冷无比，誓要迅速除掉楚风。

魏麟以拳法催动，以精神驾驭，能量体横空，压迫向前。

“死吧！”魏麟大吼。

然而，下一刻他的脸色就变了。情况跟他想象的不一样，他看到了什么？

楚风一口气催动八十一个粗糙的石球，在那石球当中居然隐约间浮现出生灵，这只有魏麟可见。

在这么近的距离内，魏麟感受到了压力，彻底明白了楚风的底气所在。有的石球内金色纸张纷飞，有的石球内混沌莲池与青莲并存。这很不妙！

魏麟毛骨悚然。

“死！”楚风大吼。八十一个石球伴着紫气东来拳，融合流光拳，加入乱星指……他尽情施展。

魏麟怒吼。他那些喷出岩浆的火山要爆裂了，甚至连天凰都被压制得哀鸣起来。

“死！”楚风再次大喝。八十一个石球不再粗糙，气息越发惊人，跟他的拳法共鸣。

“噗！”

魏麟嘴角流血，踉跄着后退了几步，浑身痉挛。

可是，这也足以体现魏麟的强大绝伦。

当初，楚风动用数十个石球时，朱武雀、齐宇等一群神子级人物死的死，被压制的被压制。

这次，石球动用得更多，魏麟却抵挡住了，只受了一点轻伤。

“啊——”魏麟咆哮。披头散发间，他身体内的能量由鲜红色的变成深紫色的，滚滚涌动。

“既然你找死，我就成全你！”魏麟大吼。

“糟了！”后方，周全、老妪等人全都心惊肉跳，感受到一股宛若史前凶兽出世般的恐怖气息。

其他神子、圣女级人物也变了脸色，能够保持淡定的只有天神族少神、大梦净土的秦珞音等少数几人。

“魏麟刚才一直没有动用观想境巅峰的能量？”一名神子愕然，不得不服。

星空中也是一片喧嚣。

“西林族神子这么厉害，像是史前圣兽出世啊！”原兽平台上，有人怪叫出声。

“这才是他真正的实力吗？他先前刻意压制自己的能量，想跟楚风同阶一战，现在被逼施展出真正的手段了！”

许多人意识到，之前魏麟想跟楚风进行逍遥境的大对决，哪怕偶尔动用观想层次的能量，也不是动用全部。

直到现在，他才被逼得全面启用观想层次的能量，周身能量翻腾，连色彩都不同了，气息骇人。

然而，魏麟现在很不爽。他被迫动用高一个境界的能量对付楚风，这违背了他的初衷。

他原本想当着所有人的面，只用逍遥层次的能量与楚风大战。

现在他这样毫无保留地出手，岂不是说同境界一战，他不如楚风？

魏麟愤怒无比，脸上无光。这是举世瞩目的一战，这不是他真正想要的局面。

“我当你多厉害，原来也不过如此。以高境界压制低境界，这也算是你的无敌成就？”楚风奚落道。

“境界就是实力的最直观体现。我现在就压制你！”魏麟吼道。既然都动用观想境巅峰的能量了，他自然不会再有所保留。

他希冀在这种状态下瞬间解决楚风，这样他才能挽回一些颜面。

如果动用了观想层次的能量还不能快速解决楚风，那么身为西林族神子的他无疑是失败的、羞耻的。

楚风被恐怖的能量震得身体摇晃，然而，他不慌不忙，双手共振，准备使出撒手锏。

楚风喝道：“看好了，我要让你明白，哪怕高我一个境界，动用了观想层次的能量，你也不行。所谓西林族不过如此！”

楚风施展共振术。这是他以弱击强的底气所在！

在楚风看来，这是绝世妙术，是比紫气东来拳、天戟九式还要厉害许多的手段，仅次于他的呼吸法。

“轰隆隆！”

八十一个粗糙的石球在共振术的辅助下，一下子不同了，散发恐怖气息，当中的那些生灵有了灵气。石球不断颤动，向前砸去。

同一时间，魏麟的那些火山、那只天凰在抖动，而后居然开始龟裂开来。

这时魏麟脸色苍白，发疯般催动自己的能量体，要跟楚风对抗到底。

“怎么可能？”魏麟在心底大吼。他不顾颜面动用了观想境巅峰的能量，以境界压制楚风都不行？

他可是号称宇宙中天赋绝佳族群之一的西林族的神子，怎么能败给地星本土的进化者？

“我是西林族神子，败给谁都不能败给这颗星球上的杂血后裔！我才是纯血传承者，这里的都是杂鱼！”魏麟心中怒吼，太不甘心了。

然而，现实很残酷，他的确不敌楚风。“轰”的一声，他周围的一些火山炸开，天凰哀鸣。

他整个人横飞出去，口鼻流血，身体出现伤痕。

“天啊，西林族神子在决战中动用高境界的能量都打不过那颗没落星球的天选之子楚风！”许多人惊呼，死死地盯着这震撼人心的一幕。

今日这一战，最大的看点就是双方的身份。追本溯源，两人其实都是这颗星球上的血脉，一个号称正统，一个被认为是没落的杂血后裔。结果激战后，没落的杂血后裔胜出？

“哥哥！”魏璇惊叫。在此之前，她很难想象哥哥会失利。

“该死！”魏麟咆哮，眼睛赤红，杀气腾腾。

在刚才的一击中，他算是丢尽了颜面，哪里还会自命清高，进行所谓公平一战？他开始施展一切至强手段。

“轰隆隆！”

在魏麟周围，火山一座又一座，岩浆喷涌，更有九轮刺目的金色太阳横空，释放出强大的能量。这是他的绝世画卷。

“楚风，我送你上路！”魏麟大吼。今天哪怕最终击败了楚风，他也觉得丢人，现在唯有在短时间内解决楚风，他才能稍微挽回一点颜面。

“轰！”

在人们震惊的目光中，有九只神禽从那九轮金色太阳中腾起，全部是凤凰，一起长鸣，散发出无与伦比的气息。

“这就是……魏麟的绝世画卷！”

人们真的惊呆了。有凤凰、龙等神禽圣兽的画卷绝对是恐怖的，魏麟的画卷中居然一下子出现了九只凤凰，那一定越发可怕。

在一些人看来，这是无敌的画卷。

同一时间，魏麟在观想，自身化作凤凰，向楚风扑击而去。

无论是昆林山附近还是星空中，各方人马都惊呼起来。这个魏麟不愧是西林族神子，这些手段都足够惊人。

魏麟扑向楚风，希望在刹那间解决楚风。

可惜，他失望了。

楚风毫无保留，不再藏着掖着，也展现出自己的无敌画卷。哪怕提前被西林族的绝顶圣人魏恒知晓他的画卷又如何？将来若是在原兽平台上与魏恒决战，他依然不会畏惧。

同一时间，楚风运转道引呼吸法，动用共振术，将自己的一切绝招全都施展了出来。

“噗！”

当两人碰撞在一起时，所有人都震惊了。观想境的西林族神子魏麟大叫，他的画卷破烂了，他观想的凤凰也被打得龟裂开来。

魏麟很果断地冲天而起，向远方遁走。他内心惊悚，知道自己不敌楚风，再与楚风碰撞下去，自己必死无疑。

“发生了什么？那是什么画卷？为什么看不真切？”

“天啊，楚风将魏麟打得横飞了起来，让金色大日九凰图都碎裂了！”

一刹那，大叫声响起，如同山崩海啸般。无论是昆林山还是星空中，各方人马都惊呆了。

原兽平台第一时间沸反盈天。

西林族神子败了？人们简直不敢相信。魏麟动用了自己的绝世画卷，并观想出天凰，却被楚风一击攻破，逃亡而去。

“不可能！”魏璇惊叫，脸色惨白。

她身边的那些西林族天才更是面无血色。西林族年轻一代的最强者都败了，被一个逍遥境的进化者追击，这颠覆了他们的认知，击碎了他们心中的骄傲。

“哪里逃！”楚风大喝，一路追击而去。

两人一逃一追，从西部区域一直闯到东部区域，最后闯入栗湖。

“啊——”魏麟咆哮，奋力反抗，可是他真的不敌楚风。

这一刻，西林族大本营的所有人都在观看直播，老辈强者脸色阴沉无比，中青代强者也都受不了了，怒吼起来。

栗湖湖水动荡，这一战摘掉了西林族身上的无敌神环，让西林族人震怒。

他们难以接受这个事实。纯血正统掌握诸多传承之术，怎会不敌那个在没落星球上成长的楚风？

第279章

不过如此

宇宙深处，西林族栖居的星球上一片寂静，众人不能接受这一结果——他们的神子血洒战场，不敌楚风。

地星，栗湖。

天地剧变后，栗湖水无比清澈，湖面如同蓝宝石般晶莹剔透，面积比以前大了不止百倍。

此刻，浪涛击天，碧蓝的水花冲上天宇。

“啊——”魏麟怒啸，浑身是伤，非常不甘。战到这一步，宿命之战尘埃落定，他不是楚风的对手。

他不想死，一路从昆林山逃到栗湖，可还是无法摆脱楚风。他练成了神足通，楚风则修成了天涯咫尺，在速度上来说两人不相上下。

“轰隆！”

魏麟逃不掉，只能背水一战。求饶是无用的，而且那样做的话西林族也不会放过他。一瞬间，他的绝世画卷再现。

九轮金色太阳横空，熊熊焚烧，似乎要蒸干如今灵气氤氲的栗湖。每一轮太阳中都孕育着一只凤凰，随着翻涌的能量而出世。

在九轮金色太阳之下，则是无尽的活火山，岩浆如海。

这幅画卷太恐怖，有着末日的气息。

“还用这招？”楚风很冷静。他自然不怕魏麟的这种手段。

“死！”魏麟大吼。这一刻，他的举动很奇怪，他以血气为纸张、以精神为颜料所作的绝世画卷突然飞起，向楚风这里而来，并且开始焚烧，像是马上要炸开。

楚风大吃一惊，域外的人也都脸色骤变。这个魏麟太狠了，不仅对敌人狠，对自己也够狠。他这是要毁掉画卷，借此逃脱。

“轰轰轰！”

画卷猛地爆炸开来。

这是魏麟的部分道果，他这么毫不珍惜地引爆画卷，自身肯定会元气大伤。道果残缺，哪怕日后想要弥补都很难，动辄断掉自己的进化之路。

但是，为了活下去，魏麟毫不犹豫就这么做了。他想要重创楚风，拼出一条血路。

“轰隆！”

楚风毫不犹豫，迅速展开自己的画卷。画卷是跟他融为一体的，上面的景物甚至生灵都栩栩如生。

那一百颗星球中都有生灵，更有种种可怕景象。

电光石火间，魏麟终于洞彻那一百颗星球中究竟是什么了，顿时通体冰凉，毛骨悚然。

有的星球中有金色纸张，那是无字天书；有的星球中伴着混沌莲池与青莲；也有的星球中有凤凰在筑巢，引吭高歌；还有的星球中，神剑、长矛、战戟横空，刺穿一颗又一颗星球……

那是映照诸天的百强星球，那是至强人物的轮廓，竟然被楚风全部浓缩于画卷中。

“轰！”

成片的活火山与如海的岩浆爆炸开来，九轮金色太阳与九只凤凰熊熊焚烧，魏麟的画卷毁于一旦。

可是，魏麟哪怕引爆了自己的画卷，也奈何不了楚风。

楚风毫发无损，在风暴中发光，被自己的画卷包裹着，立在那里。

这一刻，仿佛任时光荏苒，岁月变迁，他始终会凌空而立，不惧千般冲击，万般侵蚀。

星空中，所有人使劲揉眼睛，也没有看清楚那是什么画卷。楚风的画卷太模糊了，且一闪而过。

“啊——”魏麟凄惨大叫。失去画卷后，他痛苦不堪，一阵剧痛袭遍全身。

他顾不上身上的剧痛，飞快逃跑，想要遁走。

然而，楚风冲过来了。此时，楚风脸色也有些发白，哪怕没有被魏麟的画卷爆炸时产生的能量吞噬，但他也受到了一定的冲击。

不过，他并无大碍。他追了过去，他的画卷则快速敛去，因为动用这种无敌画卷消耗极大。

他可不想除掉魏麟后，自身损耗严重，而被人暗中袭击。

“轰！”

楚风一拳击了过去，前方的魏麟顿时身体剧烈颤动。

“不！”魏麟大叫，同时将一罐金色的液体倒进嘴里，修复身上的伤口。

“你敢用我的战利品？”楚风大怒。不用想也知道，一份无比珍稀的圣药被消耗掉了。

楚风施展共振术。

前方，魏麟身体发光，身上的伤口渐渐愈合，可是现在又一次遭受重创。

楚风下定决心要诛灭魏麟，立刻身形如闪电，不断施展共振术。

“我恨啊！我怎能败给你？”魏麟大吼。他打不过楚风，又逃脱不了，实在太不甘心了。

他是西林族神子，败给谁都不能败给在这颗星球上成长起来的人！

对他来说，这是最大的挫折。他万念俱灰。

在开战前，他自信满满，同意天神族少神的提议，举办一场举世瞩目的盛会，全星空的人都在看着。

结果怎样？人们不是见证西林族的辉煌，而是见证西林族的大败和耻辱。

他曾说过，今日的盛会预示着西林族从此踏上归途，算是一个绚烂的起点，可是眼下尽是屈辱。

“啊——”魏麟不断嘶吼，心中憋屈。西林族当年背叛母星，如今回归，想要掌管母星，却尝到了这种苦果。

“去死吧！”他一声嘶吼，祭出全身上下所有的秘宝。秘宝向楚风激射而去，如同成片的闪电。

“禁锢！”

楚风的一声大喝，让魏麟绝望了，却让域外的众人看得眼睛发直。

只见栗湖中，成片的玄磁能量光腾起，化作符文，交织成一座近乎透明的神炉，将魏麟和他所有的秘宝都收了进去。

域外，人们倒吸了一口凉气。

“场域大师！”

“这不是一般的场域大师，而是掌握恐怖传承之术，拥有可怕攻击力的场域大师！”

一些人惊呼。

楚风化名山大川的能量为已用，直接运转栗湖中的场域之气，这种手段不是一般的场域研究者所能拥有的。

单凭这种手段，他就不亚于一个观想境的绝顶人物！

由玄磁能量光构成的玄磁神炉将魏麟与他的秘宝禁锢住，当着所有人的面炼化。

“这就是西林族吗？不过如此！”

楚风的话语像是一巴掌扇在西林族人的脸上。宇宙深处，西林族栖居的星球上，这一刻传出很多年轻人的嘶吼声。他们心里不忿，楚风这是在羞辱他们，可是他们能怎样？他们的神子的确不如那个没落之地的楚魔王。

“败给谁都可以，你怎么能败给地星本土的进化者？”就连西林族一些大人物都在低声咆哮。

他们当年一个个冷血无情，背叛母星，事后始终对此有心结，不愿去面对。

很多年过去后，他们相信自己是最强的，那群失败者的杂血后裔不可能是他们这批人后代的对手。

“西林族不是很强，号称宇宙中天赋绝佳的族群之一吗？他们的神子怎么败得这么惨，被血脉同源地的人打得毫无还手之力？真是没有想到啊！”

“西林族遭遇大败，估计他们的圣人脸都黑了吧！他们精心培养的传人还不如一个在没落之地靠自己成长起来的年轻人，这让他们情何以堪？”

星空中，各族都在议论。

“放开他！”地星外，有金身罗汉级进化者大喝，向楚风传音。那是西林族的强者。

楚风不屑理会。他的双手划动间，那玄磁神炉在栗湖上方发光，内部传来“咔咔”的声响，诸多秘宝裂开，而后粉碎。

魏麟痛苦地哀号，想要挣脱都不行。

“嗖！”

在这个过程中，也有秘宝未毁，那是一条上面有一块晶莹发光的空间石的空间手链。它“嗖”的一声飞了出来，落入楚风的手中。

“放开我哥哥！”魏璇终于赶来。她大口喘气，站在栗湖上空，目眦欲裂。在她身后，还有十几个西林族的人。

“统统该死！”楚风冷冷地道。

天空中，那座玄磁神炉瞬息间光芒大盛，魏麟形神俱灭。

接着，玄磁能量光一道又一道地飞起，重新构成玄磁神炉，要将魏璇等人收进去。

这时，很多神子、圣女级人物也从昆林山追到了这里，想要一同对付楚风。

“谁能阻我？”

“轰隆！”

玄磁神炉发光，将西林族的数名天才收了进去，直接开始炼化。

楚风自己则施展共振术，迅猛无比地冲向魏璇，与她展开激烈搏斗。其间，他的画卷展开一次，瓦解了对方观想层次的手段。

“砰！”

最终，楚风活捉了魏璇。

太空中，随行而来的布置五行能量塔的西林族金身罗汉级强者此时目眦欲裂。看着魏麟惨死，魏璇被捉，他光有实力却无法出手，实在恼火。

至于宇宙深处的西林族大本营内，所有人都愤怒无比，那些大人物更是感觉万分羞耻。

西林族以宇宙强族自居，整体天赋惊人。

他们原本觉得那个没落之地的杂血后裔远不如他们的后代。不管怎么说，他们活下来了，而且族群越来越辉煌，而那个地方却越发没落，连纯血后裔都很难见到了。

可是现在，他们精心培养的神子却死在了那里的人的手中，神子的胞妹也被生擒。

看到这一幕，宇宙中所有人都面露异色。这一次西林族踢到铁板，丢人丢到家了。

各方都知道，西林族无论败给谁都不会像眼前这般尴尬与羞耻。

地星，栗湖。

楚风抓着魏璇，扫视刚刚赶到这里的一群神子与圣女级人物。

这种情况下，先前还想出手的人都迟疑了，不少人后退，不想卷入战斗中。

西林族神子都殒命了，他们现在没有必要立即蹚浑水，还是看天神族少神等人怎么针对楚风吧。

也有人想围攻楚风，但是看到楚风的眼神以及他现在的气势，最终还是打了退堂鼓。

半空中，那座发光的玄磁神炉内，有数名西林族天才在挣脱，但一切都是徒劳的，他们的身体很快焚烧起来。

“楚风！”魏璇尖叫，脸色煞白。她很想除掉眼前的男子，却没有那个实力。

“闭嘴！”楚风看了她一眼，冷冷地道。

“西林族，你们兴师动众而来，不把你们一网打尽的话都对不起你们的热情！”楚风开口，平静中带着冷酷之意。

他的手在空中划过，更多的玄磁能量光从栗湖水下腾起，没入天空中那座璀璨的玄磁神炉中。

那几名西林族天才最后全都丧命。

“轰！”

同一时间，楚风抓着魏璇，向西林族剩下的人出击，像是一道闪电，忽东忽西，忽左忽右。

在楚风全力以赴的情况下，那些人怎么挡得住？连最强大的魏麟与魏璇兄妹都打不过楚风，更不用说其他人了。

天空中发生了激烈的碰撞，能量波动剧烈，西林族的天才不断丧命。

“嗖嗖嗖——”

有些人哪怕竭尽全力，不顾一切地逃亡，也改变不了什么，最终还是被楚风追上，当场丧命。

“你们一个都走不了！”楚风的声音很冷。

“楚风，你这样做有些过分了！西林族神子已经败亡，你还要赶尽杀绝吗？”有人开口，不过并没有站出来，而是暗中传音，冷幽幽地威胁楚风，“这么多同道在此，天神族少神更是在后方坐镇，你却如此放肆地出手，是想与我们所有人为敌吗？”

楚风运转火眼金睛，捕捉所有细微的动静，最终一眼盯住人群后的一个年轻男子，并“轰”的一声俯冲过去，带着巨大的音爆声。

楚风很直接，一拳就砸了过去：“藏头露尾，想替人出头就站出来，躲在人群后面叽叽歪歪，以为我找不到你吗？”

“你……”那人又惊又怒，被动迎战楚风，结果在强大的能量下很快被压制。

其他人见状，全都心里发毛，无人再强出头。

“西林族不过如此！你们不是以族群意志坚定自居，号称遇敌不退，战到最后为止吗？现在为什么要逃？可笑！事实上，你们所谓意志坚定，在当年跪在天神族脚下，跪在幽冥族脚下时，就已经揭露了本质。如今谈什么意志强大？都拿命来，一个也休想逃走！”

楚风追击，最后一个逃跑的人也被楚风追上，乱星指点出，那人顿时毙命。

西林族进入地星主空间的人，只剩下一个魏璇，其余全部死去。

“楚风，你这个恶魔，刽子手！”魏璇眼睛通红，大声尖叫。

“我是恶魔？我是刽子手？你这种说法有些好笑！你们西林族当年做了什么事情你不会忘了吧？你们这一次为何而来你不会也忘了吧？”楚风冷笑着，“你给我闭嘴，不要再聒噪！”

“西林族，想救这个女人吗？拿六道轮回丹来换！”楚风喊道。

西林族顿时炸窝。这么多年来，西林族一路崛起，哪里有人敢如此对他们？他们憋了一肚子火。

魏璇是大人物的后代，在西林族中地位很高。听到那种交换要求后，她又羞又怒。

还未降临地星时，她还在心底鄙夷那些曾被楚风俘虏的神子与圣女级人物，暗中嘲讽他们实力不行。

可是眼下，她竟也有这样一天。

她心中滋味难明，很想发怒，但多少也有些庆幸，因为按照目前的情况来看，她不会死了。

“楚风，你除掉我西林族这么多天才，将来必定不得好死！”魏璇诅咒楚风，十分怨愤。

这一次，死的可都是西林族十分厉害的人物，是未来要挑大梁的人。

楚风直接消灭了西林族年轻一代中的精英。

“再说一遍试试看？”楚风低头看着魏璇，眼神冷厉。

“你杀我兄长，此仇不共戴天，将来我一定要将你挫骨扬灰！”魏璇冷冷地道。

“你是不是觉得自己暂时安全了，所以敢这么对我出言不逊？”楚风温和地问道。

“你……”这种温和让魏璇心里发毛，一时间竟说不出话来。

“你还是去跟你哥哥团聚吧！”楚风说罢，一巴掌拍出，淡金色能量光芒瞬间迸放，满脸惊恐之色的魏璇很快便形神俱灭。

一群神子、圣女级人物见状，无比忌惮。

“楚风，你该死！”地星外，西林族的金身罗汉级强者在怒吼。

“咦，机械族，你们既然来了，怎么在悄无声息地后退？过来，咱们好好聊一聊！”楚风眼尖，第一时间发现了异常。

远处的高空中，机械族有人在后退，动作谨慎而小心，生怕惊动楚风，结果还是被楚风发现了。

“机械金刚，你快给我滚过来！”楚风喝道。

不久前，机械金刚可是跟魏麟站在一起，对楚风挥动天刀，带着俯视的姿态，要除掉楚风。

而且，机械族与西林族关系最好，这次跨界，两族也是联袂而来。

机械金刚来了，缓缓拔出一柄崭新的天刀。被楚风指名道姓，它不可能再逃了，它丢不起那个人。

其实最为关键的是，它知道自己逃不了，楚风掌握天涯咫尺，一眨眼就能追到它近前。

这个时候，机械族其他人也都头大，后悔跟西林族走得太近，导致现在惹上大祸，被楚风盯上。

机械金刚眼神闪烁。它知道，自己想要活命的话，除非在场的所有人一起出手，或者天神族少神从昆林山赶来，不然它就完了！

楚风慢慢逼近，让机械族人全都感觉无比压抑。

“嗯？”楚风抬头，又看到一些人从远方赶来。那竟是蓬莱仙岛、方丈仙岛的人。他们速度不够快，现在才赶到这里。这简直是找死！

第280章

一路横扫

在楚风眼中，蓬莱仙岛、方丈仙岛的人跟西林族的人一样可恶。他们都是地星本土的进化者，却对域外的人卑躬屈膝，对本土的人傲慢无礼，且多次加害楚风。

甚至，蓬莱仙岛、方丈仙岛的人对付楚风比域外的人还上心，恨不得立刻消灭他，不久前还跟西林族一起行动呢。

“坏了！”在看到楚风眼神的刹那，蓬莱仙岛、方丈仙岛的人汗毛倒竖。他们知道楚风有多恨他们。

他们暗暗后悔，不该离战场太近。

“轰！”

就在他们觉得情况不妙，转身要遁走时，楚风冲了过去，抬手间就是一片刺目的能量光束。

“一个也走不了！”

蓬莱仙岛与方丈仙岛追到这里的人不是很多，加起来总共有十几人，现在全都在楚风拳光的笼罩范围内。

“好好的人不做，非要做奴才，投效域外西林族，那我就成全你们，跟西林族人一块去死吧！”楚风声音很冷。

“一起上！”这些人中有观想境的进化者，自然不会坐以待毙。他们脸色铁青，面带恐慌之色。

然而，一切都是徒劳的，连西林族观想境的神子与天才都远远不及楚风，更别说他们了。

蓬莱仙岛、方丈仙岛的人刚赶到栗湖附近，就都被楚风给解决了，一个都没能跑掉。

“轰！”

下一刻，楚风没有停留，突破声障，疾速冲向另一边的机械族人，带起来极其恐怖的气流。

“楚风，其实我们完全可以坐下来谈一谈。多一个朋友多一条路。如果有我机械族相助，你会得到巨大的好处。”机械族有人这样开口。当然，这是动用精神力暗中传音的。

这说明机械族人想妥协，不愿跟楚风一战到底。毕竟有前车之鉴，它们知道自己死磕下去也没有好下场。

但是，它们不敢公开低头，怕被其他神子、圣女级人物看不起，只是暗中跟楚风沟通。

楚风脸上露出一丝冷意。不久前机械族的人还对周全等人下手，而且机械金刚亲自出手对付过他，如今它们一句话就想揭过去，哪里有这么便宜的事？

再者，举世皆知机械族和西林族交情深，是盟友，欺负他不懂星空中的形势吗？

“想投降？我不接受！你们还是去跟西林族神子团聚吧！”楚风喝道，当众揭破机械族的意图。

人们哗然。机械族可是一个强族，实力与底蕴都相当惊人，居然想要向楚风低头？

机械族的人心中大恨。楚风这么做，让它们里外不是人，实在难堪，还好没有什么证据，眼下它们不可能承认。

机械金刚冷冷地道：“楚风，休要胡言乱语！你想向我机械族身上泼脏水？办不到！谁不知道我们与西林族同仇敌忾，生死与共？你一句话就想陷害我们？太幼稚了！”

楚风叹气，他还真是低估了机械族人的无耻。

“废铜烂铁一堆，也配我陷害？你们太高看自己了！”楚风大喝。

这一战不可避免地爆发，机械族人很被动，心底带着惧意，却没的选择。

机械金刚硬着头皮应战，其他机械族人也全都跟着一起围攻楚风。

它们不是不想逃，而是都被锁定了。它们真要各自逃走，估计会跟西林族的那群天才一样，被各个击破，一个都活不了。

“诸位还等什么，一起围攻此人！有少神坐镇，大家不要怕！”机械金刚大吼，号召附近所有的神子、圣女级人物一起参战，共同对付楚风。否则，它们绝对不敌楚风。这是它们机械族人活下去的唯一机会。

想到天神族少神就在后方坐镇，此外更有大梦净土的秦珞音，一些人顿时蠢蠢欲动，想要冲上去。

但是，他们也只是想想而已，到头来没有一个人付诸行动。

没人愿意送死，有些事能想却不能做，楚魔王有多强大有目共睹，天知道他诛灭机械族人的决心有多大。

他们若就这么冲上去，逞一时之勇，到头来可能会枉死，还是等天神族少神亲自出手后再说吧。

“你们……”机械金刚脸色变了，无比恼火，一边跟楚风搏斗，一边一副痛心疾首的样子，道，“诸位，现在还需要猜忌与犹豫吗？现在正是消灭楚魔王的好机会！我们这样一盘散沙，若是让他就此突围逃走的话，那无异于纵虎归山，他定会成为我们的大患。赶紧出手啊！”

然而，四野寂静，还是没有人动手，一些人反而在后退。

目睹西林族人全部被消灭的整个过程，各路神子、圣女级人物感触太深了，都不想当出头的椽子。

“咔嚓！”

就在这时，楚风挥动手中的大戟，接连劈向三个机械族人。

机械金刚很强，可跟西林族神子不分伯仲，现在楚风全力以赴地出手，它顿时不敌。

“轰！”

下一刻，一个机械族天才被楚风的拳头击中，倒地而亡。

“轰隆！”

能量光束交织。机械族人身上有热武器，发射后，云雾腾起，遮天蔽日。

可惜，楚风躲避过去，热武器没有奏效。

事实上，机械族人身上的热武器威力不是很大。地星场域有限制，太强大的热武器带不进来，就像金身罗汉层次的人进不来一样。

“死！”楚风目光冷厉，一只手持大戟，猛力挥动，施展天戟九式，另一只手则施展紫气东来拳，所向披靡，如入无人之境。

“咔嚓！”

“轰隆！”

碎裂的声音和巨大的爆炸声不断响起，机械族的人挡不住楚风，死了一个又一个。

楚风这简直是一路横扫。机械金刚的金属脸膛难看无比，它咆哮着，愤怒地跟楚风决一死战。

机械金刚动用能量体，展开自身的画卷，施展观想层次的惊人手段，却都被楚风给瓦解了。

“砰！”

楚风一拳砸在机械金刚的右肩上，那里电火花闪烁，而后“咔嚓”一声，机械金刚的一条手臂断落，它闷哼出声。

“死！”楚风大喝。在接下来的战斗中，他浑身血气如海，毛孔中透出金色的雾霭，能量恐怖，手中的大戟化成一条真龙，横扫这片天地。

“轰隆！”

最终，机械金刚——机械族神子倒地而亡。

玄磁神炉光芒闪烁，将机械金刚的金属躯体熬炼成一滴特别明亮璀璨的液体。

楚风把它收了起来。

同时，楚风不动声色地收起机械金刚的一个空间容器。这是他的战利品。

域外一下子无比轰动，又一个强大族群的人覆灭了。

机械金刚的护道者脸色铁青，愤怒无比，可惜它进不了地星主空间，奈何不了楚风。

至于机械族栖居的星球上，更是有很多人怒吼，钢铁丛林密布，寒光闪耀。

地星。

下一刻，楚风速度飞快，离开栗湖。

“嗯？”所有人一愣。他逃走了？

“上当了，他有可能已是强弩之末，我们刚才真的应该动手啊，结果让他逃了！”有些人后悔不迭。

此时，域外各族也惊呼，难道楚风真的负伤了？

也有人判断，他可能是不敢与天神族少神以及大梦净土的秦珞音碰面，才萌生退意的。

而事实是，楚风遁走后，直接吞食最后剩下的圣药，准备进入观想境。

敌人太多，而且一个比一个厉害，西林族神子、机械族神子就已经如此，可想而知天神族少神会强到何等地步。

“轰隆！”

几乎在刹那间，楚风就打破了某种壁障，突破到了观想境。

从挣断数十道枷锁开始，到后来的多次进化，楚风已经将在“封禅之地”获得的蟠桃、草还丹、朱果等全部耗尽了。

此刻，他盘坐在一处紫褐色的山崖上，周围场域符文闪烁，用以遮蔽气息，隔绝域外天眼的探测。

这本就是一座名山，加上他精心布置，哪怕是天眼也无法看透。

“观想境……”楚风轻叹。他终于跨入了这个境界，观时光荏苒，岁月变迁，沧海桑田。

就在破境的一刹那，他险些迷失。

观想这个境界很重要，对精神层次要求非常高。

观想，是一次改变命运的机会，可观大千世界，诸天万物，重塑自身。

有人杀意浓烈，纵横战场，便观想主掌杀伐的太古凶虎，战斗时可跟自身融合，能量大增。

也有人观想神禽或史前圣兽，那种力量层次不可想象，比如西林族神子魏麟观想的就是天凰，可惜有缺陷，不能成为真凰。不然，他融合真凰的力量，足以横行观想境。

还有人拥有大气魄，观想诸天星体，将星体与自身相融合，成就不可限量。

亦有人观想混沌神祇，将其与自身融合，塑造真我。

常年观想，有些人到了后来可能会选择彻底重塑自身，甚至改变族群，化成鲲鹏、白虎等神禽圣兽。

这也是进化。有飞禽猛兽向人形进化，也有人借观想这个重塑自我的机会，有意识地向其他无敌族群比如鲲鹏、金乌、真龙等进化。

当然，绝大多数人观想，只是借观想之体的力量，并不一定要转化为观想之体。

紫褐色的山崖上，浓重的能量精气袅袅而起。楚风坐在这里，心中略有迷茫：我要观想什么？

从进入观想境开始到现在，他观想了很多，宇宙星海、诸天世界、神禽圣兽、蝼蚁尘埃，甚至自我，一遍又一遍，从至强到极弱。

他一声轻叹。这个境界十分不简单，难度很大，令人难以取舍。

想要确定观想之体，那就一定要弄清楚这个境界的本质。楚风早有准备，现在默默思量，体悟这个境界。

观想，给自身一次改变命运的机会，重在“重塑”二字。

他半眯起眼睛，认真思量。最终他起身，没有再耗费时间。

已经进入这个境界了，他还有的是时间去揣摩，不用第一时间定下观想之体。现在外面敌人成片，他不能在此浪费时间。

“咔！”

楚风起身的刹那，体内一声轻响，身体一阵踉跄。他分明刚进化，无论是肉体还是精神都格外强大，实力增强了一大截，可是现在为何有如此虚弱之感？

一刹那，他明白了，该来的终究还是来了！

他进化根基不稳，进化太迅猛，过于频繁，身体终究还是出了问题。

楚风一阵头大，脸色煞白。真要发生这种无比糟糕的事情吗？

事实上，他对此早有预感，知道自己不能急于求成。因此他预订了两颗六道轮回丹，就是为了防备这种情况。

可惜，那两颗丹药还未到。

只要六道轮回丹一到，他立刻服食，身体出现的问题就可以迎刃而解。

仔细想来，他昨天刚进化到逍遥境大圆满，今天就跨入观想境，进化速度的确快得令人难以想象。

哪怕地星现在处于特殊时期，在地星修行一年抵得上在别处修行十年甚至百年，可楚风这种速度还是太快了。

宇宙中，人们早已对进化太迅猛的后果有过各种判断，最严重的就是进化根基崩开，身死道消。

楚风缓缓坐下，内视自我。他隐约间看到一道裂痕从体内生出，但仔细感应，发现身上并没有这种裂痕。

“这是要裂我根基！”楚风自言自语，双目深邃。他没有妄动，而是安静地体会了很长时间。

他的确太急于求成了，只因外面强敌环伺，又有那么多的降临者一起出现，对他造成了巨大的威胁。

“我订的丹药为什么还没有到？”楚风联系原兽平台。他曾委托原兽平台作为中间商从宇宙黑市购买六道轮回丹。

“六道轮回丹太珍贵，我们自然分外小心，哪怕是请通天隧道公司进行邮寄，也是首选安全性最高的空间隧道，而非追求时间上的优势。”对方耐心告知楚风，让他不要急躁。

楚风结束通话。看来这几天指望不上六道轮回丹了。

他运转道引呼吸法疗伤。

“嗯？有效！”楚风惊异地发现，神秘的道引呼吸法运转起来后，他体内的那道裂痕在缓缓愈合。

这还真是意外之喜。

“不愧为无上呼吸法！”他暗自点头。

最终，那道裂痕淡去，彻底消失不见。他知道自己无大碍了。

那道裂痕哪怕还没有彻底消失，也已经影响不到他的战斗。只要六道轮回丹一到，他就可以彻底消除身体所有的隐患。

“难怪十大星球高高在上，亘古不变，因为他们掌握无上呼吸法！”楚风心有感触，道引呼吸法在宇宙中排名第十一就已经能如此，十大星球掌握的呼吸法可想而知。

他起身，准备上路。

他担心外面的情况，这次之所以匆匆突破，不计后果，就是怕天神族少神等人丧心病狂，在这颗星球上大开杀戒，针对归无山秘境、布拉卡纳山秘境等。

他不允许那种情况发生！

仔细想来，他离开了小半日，估计外面已经翻天了。

当走出这片山岭，来到外面开阔的平原上时，楚风看到了一个人。那不是域外的降临者，而是本土的进化者。

尉迟空，他又出现了！

这个人不愧是一个超越观想境的超级进化者，居然能找到自己，楚风甚至推测，这个人一直在跟着自己。

楚风运转火眼金睛才看到尉迟空，并未提前生出感应。

“你的竹舟是神物？”楚风面露异色。

尉迟空坐在青竹扁舟上，瞬间就来到楚风近前。这东西可以遮掩气息，让域外的天眼都失效。

“不错，当年有圣人驾驭此扁舟横渡宇宙，它的确不是凡品。”尉迟空点头，并叹道，“小友果然了不起，不愧是天选之明子，几乎不弱于有无劫神体的暗子。”

楚风神色冷漠，没有回应。

“楚风小友，你这一去恐怕凶多吉少，真不要留后手吗？”尉迟空看着他，道，“那里可是有天神族少神，有宇宙年轻一代十大高手之一的秦珞音，你若是落在他们手中，银色盒子将不保！”

哪怕与尉迟空同为地星本土的进化者，似乎是一条战线上的人，楚风也难以对他有好感。

都到这种关头了，对方还没有带着所谓地星真子参战，而仍然在谋求楚风的呼吸法。

楚风沉下脸，道：“我不想跟没有担当的人说话！看到我是怎么做的了吗？我需要什么，就自己去取！我现在就去向天神族少神索要天神液，向秦珞音索要照看她表姐的报酬！”

楚风转身就走，不想在这里浪费时间。

星空中，人们此时正在议论纷纷。楚风消失了，之后便一直没有现身，让很多人猜疑。

有人说，他在跟西林族神子魏麟的一战中不是没有付出代价，后来又跟机械金刚搏斗，身体出了问题，所以退走了，逃进名山大川中养伤。

也有人说，他不见得是伤势过重，也有可能是见识到秦珞音与天神族少神的风采后，感觉到了自己与他们的差距，所以退却了。

原兽平台上一片嘈杂，说什么的都有。

“没有想到楚魔王不战而逃。”

“的确有些出人意料。他这是遁走了吗？”

地星上此时更不宁静，楚风中途离场，让很多人产生了不同的想法。

有人叹息，有人担忧，也有人冷笑。与楚风的关系不同，人们的表现自然也就不一样。

此时的昆林山，诸多神子、圣女级人物都还在，并未散场，而周全、老妪等人则被围困，无法离开。

还好，那一筐“紫晶天雷”有非凡的威慑力，无论谁看到都会心存忌惮。

“什么楚魔王，到头来还不是逃了？他再不出现的话，我们就毁了地星，我看他能逃到哪里去！”有人冷笑道。

“有少神在此坐镇，他自然惧怕。哪怕消灭了西林族神子，他自己恐怕也付出了极大的代价，失去了战斗力，他当然不敢再来。”

“他的确很强，但也只是跟魏麟、机械金刚不相上下。而且他付出了很大代价才胜过那两人，自然明白自己跟少神相比还是差得远，所以他逃走了。”

一些人恶意揣测，恭维天神族少神。

“嘿嘿，我有预感，他在除掉魏麟、机械金刚等人时用了秘法，如今已经体力不支，若非及时逃走，可能会倒在当场。”

“什么楚魔王，不过如此，下次遇到他，他别想再逃！”

……

突然，四周没有了声音。

因为，一个人从地平线尽头走来，一步就到了近前。

“楚风！”有人惊叫道。刚才他们还在奚落楚风，现在楚风直接就出现了。

“砰！”

楚风迈步，将刚才冷笑连连、口气狂妄的圣子一脚踢飞。那人惨叫，摔到一处山崖上，挂在那里。

然后，楚风代替他，坐在绿草地上的一张玉石桌前，取出一个玉杯，冲不远处的一名绝代丽人开口道：“蓝诗仙子，又见面了，倒酒。”

第281章

弹指间灰飞烟灭

楚风来了！

在有些人对他说三道四时，他突兀地出现，一步迈出，就从地平线尽头“轰”的一声赶到了这里。

后方，他刚走过的路上，白雾滚滚，那是空气大爆炸所致。

在昆林山这片富有神话底蕴之地，蓝诗眉目如画，顾盼生姿，亭亭玉立，肌肤白皙，就连发丝都在发光，一身长裙在微风中扬起，如同一个仙子。

见到楚风时，她瞳孔深处有光芒一闪而过，就连身体都略微一滞，不过别人都难以感受到这细微的变化，刹那间，她又露出笑颜。

“楚风。”她微微颔首。

她自然没有过去倒酒，态度谈不上温和，但也算不上冷厉。

而楚风也没逼她，现在还不是时候。

楚风突然来到，出乎所有人的预料。

昆林山前绿草如茵，紫气弥漫，如同仙境。很多神子、圣女级人物聚集在这里。

一大群人盯着楚风。他居然主动回来，出现在众人眼前，太突然了！

有人紧张，有人淡漠，也有人兴奋，还有人冷笑……大家的表现各不相同。

刚才不少人恭维天神族少神，将楚风当成可怜可悲的衬托者，现在看到楚风回来，这些人感觉很尴尬。

最倒霉的就是那个被踹飞的圣子。刚才他还在无比激昂地大发议论，故意埋汰楚风，结果楚风从地平线尽头瞬间来到眼前，一脚踹得他横飞而起，挂在山崖上，这真是让他恼羞成怒。

“楚风！”那个圣子身体剧痛，一时间竟动不了，气得面红耳赤，浑身颤抖，盯着楚风。

“有事？”楚风睨视他，神色淡定。

“你……好歹也是个人物，怎么如此粗暴，在这里突然动手？”那个圣子为了找台阶下，绝口不提自己背后奚落楚风的事，也不承认自己实力弱，只说楚风蛮横，偷袭自己。

“看你不顺眼，另外，你的席位不错。”楚风微笑。

这是什么理由？太荒谬了！

挂在山崖上的那个圣子气得咬牙切齿。这楚魔王可真是肆无忌惮，分明是在揶揄与调侃他。

“少神在此，秦仙子也在，岂能容你无礼？”他想转移话题，让厉害的人干预此事，早点对楚风下手。

“别吵嚷，再敢吵嚷，一会儿就不是把你踢飞那么简单了！”楚风道。

那个圣子不禁心里发毛。他感觉这魔王不是说说而已，真有可能再次对自己出手。

更关键的是，秦珞音与天神族少神现在还没有理会这茬儿，那个圣子自然越发心凉。

他张了张嘴，愣是没敢再针锋相对。

此时，天神族少神面露异色，正在打量着楚风。他没有发作，也没有开口，只是很镇定地盘坐在绿草地上的玉石桌前。

他很高大，坐在那里，比其他人都要高出一头，一头金色长发很浓密，发出绚烂的光芒。

很明显，天神族少神的血气无比旺盛，远胜常人，哪怕隐藏在体内，也给人巨大的压迫感。

有人喝问：“楚风，你当这里是什么地方？当着少神的面，当着秦仙子的面，竟敢这般放肆！”

这里的人大部分是神子、圣女级人物，来自不同的星球，平日间自然神采飞扬，无比自信。他们哪怕来到地星，听到很多关于楚风的传闻，也依旧不惧与不服。

楚风大剌剌地看了那人一眼，道："这是我家后院，你不知道昆林山被我和一群兄弟占据了吗？我还想问你呢，没事跑我家来做什么？"

楚风以主人自居，看向那人，继续道："我才是昆林山的主人。"

"对啊，这颗星球都是我们的，这是我们的家园，你们闯到这里来，还怪我们无礼，真是岂有此理！"远处，周全喊道。

很多人侧目。

此时，如果说谁最害怕，那自然是蓬莱仙岛、方丈仙岛、瀛洲仙岛的人。半日前，他们派出的人马被楚风在栗湖附近全部消灭了，让他们越发担忧。楚风真要崛起，便没他们好果子吃。

"楚风，这颗星球不是你一个人的！昆林山是古东方第一神山，是天下名山之根，你想要据为己有，问过天下人吗？不是你张口一说，这里就属于你。"出人意料，在别人还心存顾虑时，方丈仙岛有人开口，这么针对楚风。

方丈仙岛的人越发确定要投靠域外，投靠天神族那样的大靠山才好。他们此时全都站在天神族少神的后面，恭谨地垂手而立，以示尊敬。

显然，他们这是打算彻底投靠天神族。

多日以前，方丈仙岛的清琪公主就要跟天神族的家臣后代鱼九变结为道侣，现在真正的天神族嫡系成员过来了，他们自然在第一时间表示臣服。

"呵呵——连本土的人都反对你，你还有什么话可说？这颗星球不是你一个人说了算，这里的一切不属于你一个人。"一个神子开口，脸上带着嘲讽的笑意，看向楚风。

楚风淡淡地看了他一眼，道："知道他们是什么人吗？是一群奴性十足的仆从！他们说的话你也当成金科玉律？你们是立场相同，还是本就为同一种人？"

所有人都咋舌。这个魔王来到这里后，看谁不顺眼就针对谁，毫无忌惮。

那个神子气得不轻，但他知道三大仙岛的人的来历。仔细说起来，他们的确是上古一群仆从的后代。而今，他们在第一时间投靠域外，也确实是奴性十足，让人看不起。

"你这人太野蛮无理！"那个神子的话语实在无力。

蓬莱仙岛的人开口道："楚风，你认不清大势，域外众多神子、圣女级人物降临，你这是螳臂当车，终究会跌个头破血流！”

楚风依旧没有理会。对三大仙岛的人，他选择无视。楚风直接找上天神族少神：“这种奴仆你也收？”

楚风的话语相当简洁，却让三大仙岛的人心中大恨。

楚风无视他们也就罢了，还用简单的一句话给他们的地位定了性。这种评价对他们来说太狠了！

周围，那些神子、圣女级人物也都面露异色，眼神闪烁。所有人都体会到了楚风这种话语有多大的杀伤力。

一句话而已，就让三大仙岛的人的主动投诚之功化为乌有。

“楚风！”三大仙岛当场就有人眼睛喷火，恨不得立刻跟楚风拼命。

然而，三大仙岛的人瞬间都安静下来，因为，天神族少神终于开口了。

“楚风，我对你还算比较欣赏，一个人折腾出这么大的动静不易。”天神族少神浑身散发金光，盘坐在那里，面孔英俊，金色发丝披散到腰际，眼睛炯炯有神。

楚风依旧淡定地道：“是吗？不敢当啊！看你身后站着的那些人，真是臭不可闻。”

三大仙岛的人一个个恨不得活吃了楚风。此时他们就站在天神族少神的身后，楚风这依旧是针对他们啊。

他们心中大恨，很想怒吼：你跟少神对话也就罢了，为什么总是带上我等？

这时，天神族少神点了点头，道：“也是，一群没有骨气的奴才而已，我的确看不上眼。早前听闻我天神族家臣的后代要娶他们的公主，我便不喜。”

三大仙岛的人听到这种评价，一个个脸色骤变，尤其是方丈仙岛的人。

他们的清琪公主当初险些嫁给鱼九变，当时他们还不知道鱼九变是天神族家臣的后人，还以为那是天神族真正的嫡系成员。事后，他们心情复杂。

现在他们竟听到这种话语，天神族少神根本看不上他们，连家臣的后人跟他们的公主通婚都觉得厌恶。

这让他们情何以堪？

楚风开口道：“既然如此，我除掉他们，你不反对吧？有这种人待在此地，实在污染空气。”

"请便。"天神族少神开口道。

"少神！"三大仙岛的人大叫，简直不敢相信自己的耳朵。

"闭嘴！"天神族少神身边立刻有人站起来，对他们呵斥道，"少神想要仆从的话，星空中也不知道有多少强者会投奔。你们不过是一群仆从的后裔，本身就那么不忠，还妄想投靠少神，也不掂量下自己几斤几两！"

"你……"三大仙岛的人一个个面如土色，如丧考妣。

"可悲，可怜，可耻，可叹！"楚风摇头，连说了四个词。

"嗖嗖嗖——"

三大仙岛的人冷静下来，全都冲天而起，想要逃走。这地方他们没法待下去了，不仅要遭受耻辱，还会有性命之忧。

然而，等待他们的是可怕的光束。楚风进入了观想境，实力提升了一大截，弹指间光芒刺目。

"噗噗噗——"

天空中，一道又一道身影灰飞烟灭。

"该解决的你也解决了，现在，我们聊一聊吧。"天神族少神神色冷峻下来。

与此同时，东海不灭山发生异常现象，光束漫天。

"轰隆"一声，黄牛、大黑牛、蛤蟆、驴王等从巍峨的不灭山中闯了出来。

"哞！"大黑牛通体乌黑，皮毛光亮还带着血，它是带伤从不灭山中闯出来的。

保持着本体的它像人一样立起，吼道："老牛我终于回来了，花花世界，大好河山，等我来游览！"

"总算是活着回来了，老驴我从此要成圣做祖！"驴王支棱着耳朵，龇着大板牙，兴奋得不得了，也自信得不得了，显然是实力大增。

"天空一声巨响，老子闪亮登场，我也回来了！"蛤蟆斜着眼睛看世界，要多嘚瑟有多嘚瑟。

黄牛也很激动。此时黄牛是人形，金色发丝柔顺，大眼睛扑闪着，无比英俊。他道："赶紧休息，调整一下身体状态。不知道外面怎么样了，等体力恢复，我们立刻出去！"

“轰！轰！轰！”

就在这大山前，几股恐怖的血气冲起，震散了弥漫在此地的雾霭。黄牛等都散发出惊人的气息，各自运转呼吸法，疗伤，休息，恢复身体。

昆林山，山体巍峨，紫气蒸腾。

山前有平地，绿草如茵，林木葱茏，小湖澄净，灵气一缕又一缕地升腾而起。

现在，这里的气氛无比紧张，天神族少神的神色变得冷峻后，整片区域仿佛冰雪之地般冰寒刺骨。

“你击败我族家臣的后代鱼九变，并且还通过原兽平台把鱼九变交给我族的仇人，这是对我天神族的严重挑衅，是大罪！”天神族少神罗屹一头金色发丝都飞舞起来，眼神有些森冷，通体散发的金光也越发迫人。

然而，楚风很淡定地盘坐在那里，自斟自饮，悠然自得，像是根本没有将他的话语听进去。

过了好一会儿，楚风才道：“然后呢？”

他没有解释自己为什么那样对鱼九变，仅仅三个字“然后呢”就摆明了他的强势态度。

这是一种无形的对抗。

附近，所有人的脸色都变了。这个楚魔王果然了不得，面对天神族少神居然还这么平静，且沉静中有锋芒。

刚才，楚风一口气弹指数十次，将三大仙岛的人一网打尽，已经震撼了很多神子、圣女级人物的心神。

现在他又这么从容与平静，顿时让很多人不得不叹：不愧是搅起无边风云的楚魔王！

“有点意思，不愧是当年能跟我族大战的那群人的后代，那种倔强与傲骨传了下来。”出人意料的是，罗屹没有发怒，竟这么评价楚风，脸上还带着淡淡的笑，不过那笑容很冷。

罗屹深深地看了楚风一眼，道：“我对你有点兴趣，如果你愿意从今以后追随我，我便既往不咎！”

闪闪发光的崖壁前，瑞气腾腾的湖泊畔，众多神子、圣女级人物面面相觑，非常吃惊。

天神族少神居然要收楚风为追随者，连他击败天神族家臣后代并将其交给该族仇人的事都可以不追究？

要知道，那件事影响非常大。

大梦净土的秦珞音这时也面露异色。她一直很安静，超然物外，现在终于略微抬头，看向这边。

楚风淡淡地回应道："我这一生可以跟很多人一同前行，那都是我生死与共的伙伴。但是，我不会卑躬屈膝地去追着别人前行，我没有那种奴性！"

他果断拒绝。

罗屹冷冷地开口道："楚风，你在拒绝一个天神族嫡系成员的好意，这已经是我的一种低姿态。"

之后，他又收起冷峻的神色，变得平和而镇定，道："我可以承诺，追随我，你将一生辉煌！"

对这个人，这种话语，楚风毫无感触。罗屹觉得自己礼贤下士，但在楚风眼里一文不值。

天神族映照诸天级的人物曾围攻地星的先祖，此仇太大！

"楚风，你可要想好了！"罗屹沉声道。

"你太自负了，谁能让我追随？凭你？不行！这样，看在你没有当场翻脸的分上，不管你是不是惺惺作态，我都给你一个机会，若你就此追随我，我保你荣耀无尽！"

许多人倒吸了一口凉气。没落之地的进化者太自负了，居然敢对自古恒定的十大星球的嫡系后人这样说话。

楚风要收天神族少神为追随者，在一些人看来，这实在有些胆大包天，是在找死。

别说罗屹不会同意，哪怕他真的脑子发热，莫名其妙地答应了，那也是取死之道。天神族会答应吗？

"哈哈——"罗屹大笑。

他收起最后的温和，脸上带着一丝冷笑，看向楚风，道："给你机会了，你不珍惜，那就怪不得我了！"

不等楚风开口，罗屹接着道："这颗星球曾经地位很高，这里的人曾经很强大，但这一切终究是过去式。我很向往那个时代，希冀跟那个时代的人物争锋，那自然是不可能了。最后我便想要把他们的后代收在身边，满足一下自己的心愿。可你让我失望了。"

楚风冷幽幽地盯着他，道："你这是坦诚，还是撕破脸皮后显了原形？"

"随你怎么理解。"罗屹盯着楚风，道，"既然你不顺从，我便将你生擒，慢慢'培养'，我想你会愿意当一名仆从的。这就是敬酒不吃吃罚酒的下场！"

"蠢货，还是我把你培养成我的仆从吧！"楚风一句话而已，就让很多人半晌无语。

"就凭你，也想跟我争锋？"罗屹血气剧烈波动，压迫得附近的人快要窒息。

就连一些神子、圣女级人物都有些承受不住，忍不住要跪伏下去。

远处，一些人冷笑，觉得楚风自负过头，敢向十大星球的嫡系传人叫板，纯粹是找死。

所有人都感受到了天神族少神无与伦比的强大，除却秦珞音，其他人绝对不是他的对手。

楚风半眯着眼睛，内心震动。幸亏他果断服食圣药，秘密进化到了观想境，不然，今天麻烦就大了！

很快，楚风安静下来，丝毫不惧。他已经是观想境的进化者，还怕什么？

此时，许多人看向楚风那里。所有人都不知道他进化到了观想境，以为他还是一个逍遥境的进化者，这个层次的人怎么可能是天神族少神的对手？

"蓝诗仙子，过来一叙！"楚风开口，惊呆一群人。他不是跟天神族少神说话，而是跟蓝诗说话。

蓝诗倾城倾国，宛若从画卷中走出的美人。她是新一代的明星，歌喉动听，唱圣歌时辅以精神秘法，可助人悟道。

有好事者把她排在星空美人榜上前十几名。

许多人看向蓝诗，又看向罗屹。谁都知道，罗屹对蓝诗很在意，他来地星最初就是为了蓝诗。

当然，得悉秦珞音也赶来后，罗屹又多了一个目标。

人们都面露异色。楚风这种姿态完全是无视天神族少神，当众“勾搭”他所在意的美丽女子。

蓝诗蛾眉微皱，自然不想过去，但是听到楚风接下来的一句话，便袅袅娜娜走了过去。

“蓝诗仙子，回头我送你一套宝甲。”

所有人都在腹议。所谓一套宝甲就让蓝诗移步，这也太让人吃惊了。

蓝诗心中暗骂。她知道，所谓宝甲其实是她的衣物，她担心自己拒绝的话，她最担心的事情会发生。

所以，哪怕罗屹正目光炽热地盯着她，她也无视，走到了楚风身边。

楚风笑了笑，道：“蓝诗仙子，远离那个人吧，他不会有好下场的。”

“砰！”

终于，罗屹不再隐忍，他一巴掌拍碎玉石桌，霍地站了起来，目光森冷地盯着楚风。

此时，东海，不灭山。

黄牛、大黑牛、驴王、蛤蟆等终于恢复，并走到石壁那里，看到了楚风的长篇留言。

“什么，诸多神子、圣女级人物降临，不断找楚风兄弟的麻烦？去教训教训他们！”

“别急，看后面，咱兄弟不曾吃亏。”

“哈哈，好，我们这就出关，看谁敢欺负我们的兄弟！”

昆林山。罗屹盯着楚风和蓝诗，目光冷幽幽的。

“楚风，你想找死吗？”

“你算什么东西？尽管放马过来！”楚风推开玉石桌，也站起身来。

“你没资格跟我一战！”罗屹面露不屑之色。

他的进化层次何其高，一个逍遥境的进化者提不起他的兴趣。同时，他不跟楚风大战，这也是一种蔑视和轻慢。

“你不敢与我一战？”楚风冷冷地道，并向前逼去，主动要去与天神族少神大战。

然而，一群人截住了他，都是些神子与圣女级人物。

罗屹冷冷地开口道：“我是天神族少神，你算什么？哪里值得我出手？我有这么多追随者，一声令下，就可以将你解决！”

楚风冷冷地道：“以众敌寡？笑话！败在我手中的神子、圣女级人物没有一百也有八十了，你们可要想清楚，都跟着蹚浑水的话，统统没有好下场！”

这种话语一出，让所有人的脸色都变了。

东海，不灭山。

黄牛、蛤蟆、大黑牛、西伯利亚虎王、驴王等吹响一只雪白的海螺，声音震动整座岛屿。

“域外的人不是有很多吗？欺负我兄弟势单力薄，今天我们也壮大声势，召集不灭军团杀过去！”

此刻，那些只有眼窝深处有火光，平日间死气沉沉的骷髅生物完全不同了，在海螺声中开始行动。

随后，一艘又一艘近乎腐烂的大船从不灭山深处飞出。地面上那些骷髅生物全都跃起，无比灵活地登上大船，像是获得了新生。

“走，弟兄们，去大战神子、圣女级人物了！”

“又一次试炼开始了！”

大黑牛一马当先，跳上第一艘大船。

蛤蟆斜着眼睛，跃到第二艘大船上。

从不灭山试炼归来的几个王者“嗷嗷”大叫着，带领众多人马冲出岛屿，横渡东海，向陆地而去。

第282章

重逢

近乎腐烂的大船每一艘都无比巨大，带着浓重的雾霭，横空而行，满船密密麻麻的都是骷髅生物。

大船共有十艘，聚集在一起，打破了东海的宁静，让许多海族生物产生巨大的压迫感，战栗不已。

哪怕躲在海底，海族生物也感觉异常压抑，像是天外陨星齐坠，要毁灭世界一般，死亡的气息弥散开来。

事实上，这些散发着死亡气息的大船上一点也不平静，嘶吼声简直要撕裂虚空。

每艘大船上都有数千骷髅生物，小如拳头大的蚂蚁，大如小山般的翼龙、孔雀、金毛犼等，生物种类繁多。

它们有的都快腐烂了，此时却一改往昔的死寂，头颅中的灵魂之火剧烈跳动，一个个亢奋而激动，像是沉睡数万年后一朝醒来，对整个世界都充满好奇。

当然，它们也带着敌意，有毁灭性倾向。

“一支穿云箭，千军万马来相见。域外的人嚣张过头了，今天也让他们尝一尝被围攻的滋味。”第一艘大船的船头上，大黑牛昂首，相当霸气地在挥手。

这个时候，大黑牛已经化成人形，并开始整理自己的造型。大墨镜那是必需的，一根胡萝卜那么粗的雪茄也被他叼在了嘴里。

“有情况！”蛤蟆叫道。它体内流淌着纯正的神血，是真正的神兽后代。进化到如今，它的双眼视力惊人，堪比天眼通。

“嗯，有人在突破，是观想境的进化者！”黄牛也盯着前方的海域。那里有一股血气滚滚涌动，冲上高空。

西伯利亚虎王闻言，顿时来了精神，瞪着铜铃般的大眼，道："不用多想，除却咱们兄弟楚风，现在东海上突破到观想境的人肯定都是域外来的王八蛋。走，去拿下他们！"

大黑牛也喊道："冲！敌人就在前方。兄弟们，首战来了，我们要直接压制敌人，在一瞬间结束战斗，不然太对不起不灭山的名头了。"

远处，五色大船漂浮在海面上。

元魔正盘坐在甲板上，运转呼吸法，吞吐天地间游离的能量。他曾自废道行，现在恢复到观想境。一时间，这里风起云涌，他身上一股浓烈的血气冲上高空。

李凤、展鹤、赵晴等人也都在参悟妙术，抓紧修炼。

另一边，紫鸾半躺在藤椅上，手持红酒杯，慵懒地晒太阳，吹海风，不时抿一口美酒，悠然自得。

只有罗妙香不在这里，她被楚风带走了，好跟大梦净土的秦珞音谈判。

"什么人？"元魔第一时间站了起来。他恢复到观想境后，实力激增，感知无比敏锐。

然而，十艘近乎腐烂的大船速度太快了，几乎是划破虚空而来。这都是不灭山中的宝船，层次自然非常高。

元魔、紫鸾、赵晴、展鹤等人大吃一惊，他们已经被围住了。

"神王在此，现在本座郑重宣布，你们被捕了！"蛤蟆很霸道，直接跳上五色大船，宛若在宣示主权。

元魔这个一向冷酷的人此时都忍不住想骂人，不是因为对方言语不敬，而是因为蛤蟆张嘴时，口水狂喷过来，像是瓢泼大雨，简直让人受不了。

最娇气的紫鸾更是尖叫着扔掉红酒杯，跳到元魔等人的后面，迅速躲避。

"敢欺负我兄弟楚风，统统拿下！"大黑牛一挥手，让船上的不灭军团进攻。

"什么，楚风是你们兄弟？不要误会，都是自己人！"大魔女赵晴一向精明，听到大黑牛的话，赶紧喊叫起来。

然而，这群家伙刚出关，正在兴头上，根本没有理会赵晴，也不相信她说的话。

"轰隆！"

片刻间，五色大船上就满是骷髅生物，加上蛤蟆与黄牛这样的绝顶高手出击，元魔、展鹤等人很快就被生擒了。

不是元魔不够强，而是他陷入了“人”海中。骷髅生物密密麻麻的，要知道，它们昔年都是妖族的天才，不然根本进不了不灭山。

奈何它们试炼失败，沦为骷髅生物，只为等待后世试炼成功的人召唤。

“进军陆地！”

“什么？他们说真的认识楚风兄弟，说他在昆林山跟什么天神族少神对峙，将有生死一战。”

“还等什么？去昆林山！”

十艘大船并排而行，浩浩荡荡，击散漫天的云朵，飞渡而去，路经各座名山上空，闯入西部地域。

此时，昆林山前气氛十分紧张，称得上剑拔弩张。

“你们都退后！”楚风让归无山、布拉卡纳山等秘境的人以及周全退后，自己一个人站在最前方，跟众神子、圣女级人物对峙，想要冲过阻挡，去对付天神族少神罗屹。

“楚风，识时务者为俊杰，你现在依旧可以成为我的追随者，我给你最后一次机会。”罗屹十分平静地开口。

他金色发丝披散着，神色漠然，显得有些倨傲与高高在上，给人压迫感。

他的这种招揽自然被楚风无视。

一个神子喝道：“楚风，人贵自知，你这种张狂的姿态必将加速你的灭亡！”

“你是谁，叫什么名字？”出乎众人的意料，楚风并没有发怒，而是在问那个神子的名字。

“藤冲！”那人回应道。

楚风点头道：“好，我记住你了，你是第一个出头，当众向我挑衅的神子。”

藤冲有些心虚，可是，哪怕知道自己不是楚风的对手，他也不输阵，态度很强硬，道：“真的很可笑，你以为自己是神吗？当众向你挑衅又怎样？有少神在此，你能翻出什么风浪？列位同道一起出手的话，你能抗衡？你现在不过是虚张声势罢了！”

楚风揶揄道：“你这马屁拍得很响，但没听说过出头的椽子先烂吗？你会后悔自己刚才说过那些话的！”

说完，楚风就发动了攻击。

在楚风看来，这是一场生死磨砺，他早晚要走向星空，面对诸多强大的对手。

与他为敌的神子、圣女级人物很多，他不但不害怕，反而将这种危机当成试炼，检验自己的进化成果。

他面对群雄，主动出击，出乎所有人的预料。

楚风施展天涯咫尺，突然出手，速度实在太快，大多数人没反应过来。

几乎是瞬间，楚风就跟站在最前面的藤冲碰撞在一起，能量光芒迸发。

毫无悬念，藤冲惨叫，身体受创，被楚风生擒。

域外，藤冲家族中所有前辈人物的脸都黑了下来。

“小孽障，你抢先出头做什么？即便是向少神示好，动动嘴也就可以了，为何要站到最前面去？”

“蠢货，你……真给我藤家丢人！”

域外一片嘈杂声，原兽平台上，议论声也是此起彼伏。

昆林山，一群神子、圣女级人物脸色难看。藤冲瞬间被抓，让他们也跟着颜面无光。

“我们这么多人难道还不是他的对手吗？拿下他，交给少神处置！”有人喊道，号召众人一起动手。

在一些人看来，两百多名观想境的神子、圣女级人物哪怕只出动一部分，也足以消灭楚风。

“你们不行的话，就都退后吧，我自己来擒拿他！”罗屹开口，神色冷峻，通体散发金光，威风凛凛。

“杀鸡焉用宰牛刀？少神请退后，有我们足矣。不就是一个没落之地的天选之子吗？哪怕真的很厉害，他面对我们这么多同道也只有跪的份儿。一会儿我们就让他臣服在少神的脚下！”无论什么时候，都不缺少溜须拍马的人。刚被擒走一个藤冲，就又有人站了出来，这么恭维天神族少神。

当然，此人比较谨慎，没有站在最前面，而是远离楚风，号召众人一起出手。

“我们一起出手，救下被俘虏的同道。”

“对付这种人不用讲什么规矩，我们一起上！”

一些人纷纷开口，释放出最强能量，准备围攻楚风。

“轰！”

这时，远方能量波动剧烈，动静大得离谱，地面都在颤动，所有人皆很吃惊。

可以看到，天际尽头有气势磅礴的大船横空而来。

天边，大黑牛、西伯利亚虎王、驴王等正在号令战船开火，追逐某一神秘人物。

在临近昆林山时，蛤蟆双眼射出光芒，看到一个老者坐在绿油油的扁舟上，眺望昆林山，明显是在观战。

黄牛也发现了此人，还看到扁舟上有红泥小火炉和茶具。此人居然饮茶观战，让黄牛很是反感。

黄牛与蛤蟆率众向前冲去，打算先拿下尉迟空。这也算是搂草打兔子。

可是，尉迟空实力太强了，居然从容躲过了黄牛、蛤蟆率众发出的第一次攻击。

“战船上有天妖监测系统，启动，锁定他！”黄牛吩咐道。

不得不说，近乎腐烂的大船很是恐怖，毕竟出自不灭山。天妖监测系统启动后，每艘大船上都有黑色的眼睛睁开，洞彻一切。

这是堪比天眼的监测系统，尉迟空的青竹扁舟哪怕很非凡，也被发现了。

尉迟空被大黑牛、西伯利亚虎王、黄牛、蛤蟆等追击，脸色变得难看起来。

他是真子的护道者，可不想现在暴露身份，被域外的人注意到。

他没有拼命，只想遁走，结果遭到来自不灭山的十艘大船的围攻，险些暴露在域外的天眼下，非常狼狈。

“轰！”

近乎腐烂的大船黑色光芒大盛，聚集了不灭军团所有生物的能量，袭向尉迟空。

“黄牛，大老黑！”楚风大喊。他已经看到了天边的那些故人，顿时激动万分，感觉浑身热乎乎的。

“楚风！”

“兄弟！”

那边也传来大喊声。

“砰！”

青竹扁舟遭到黑色光芒的攻击，颠簸起来，尉迟空险些坠落下去，脸色难看无比。

浑身湿漉漉的元魔第一个飞到楚风这边。他实在不想在蛤蟆那艘大船上待着了，哪怕双方早已消除误会，知道对方是自己人。

“恭喜你恢复到观想境。”楚风看着元魔，颇为诧异地道，“你怎么浑身湿漉漉的，落水了吗？”

元魔顿时看向远处的蛤蟆，这魔族冷酷男子的眼神那叫一个哀怨。

他决定再也不跟那蛤蟆动手了，那倾盆大雨般的口水实在让人受不了！

楚风看到元魔哀怨的眼神瞥向蛤蟆那里，瞬间懂了。他第一次跟蛤蟆相遇时，也差点被那瓢泼大雨般的口水淋得满身都是。

他拍了拍元魔的肩头，表示同情。

元魔无语，盯着楚风的那只手掌。楚风的手掌发光，被一层能量裹着，这明显是嫌弃他身上的口水，才没有真正触碰他的肩头。

附近，一群人见天际尽头突然出现十艘近乎腐烂的大船，都在刹那间变了脸色，心里很不安。

谁都能感应到大船发出的黑色光芒威力惊人。

地平线上，一些山头被打得爆炸开来，喷出岩浆，一些则像从人间蒸发，无比迅速地消失了。

“兄弟，一会儿再叙，这老梆子有点难拿下，等我们先收拾完他！”西伯利亚虎王喊道，让楚风稍等。

尉迟空的确强得离谱，避过了黄牛等的数次攻击。

楚风眺望那里，没有阻止。事实上，他看尉迟空早也极其不顺眼。

楚风拥有火眼金睛，看得真切。尉迟空来此观战也就罢了，居然还烧水煮茶，什么意思？真当在看戏？

尉迟空说周尚是暗子，楚风是明子，可在楚风看来，相对所谓地星真子来说，自己分明是弃子。

楚风眼底深处有光芒闪过。尉迟空来这里，是等着看他陨灭，然后捡便宜，带走银色盒子吗?

不管怎么说，尉迟空这种姿态让他反感至极。

驴王所在的大船上，所有骷髅生物都在咆哮，凝聚能量。能量被船体吸收，最后从船头发出一道刺目的光束。“砰”的一声，尉迟空的青竹扁舟被掀飞，撞向远处的一座大山，顿时烟尘滚滚，山体折断，乱石穿空。

尉迟空非常狼狈，心里大怒，眼中寒光闪烁。

“小心！”蛤蟆提醒大家。它体内流淌着神血，是一只真正的神兽，双瞳能量非凡。蛤蟆此时发现尉迟空要逞凶。

“怕什么，一起上，围攻他！”大黑牛喊道。

来自不灭山的大船很特别，能凝聚不灭军团的能量，合众人之力，发出惊天动地的一击。

所以，尉迟空哪怕超越观想境，且乘坐的青竹扁舟不是凡物，但现在也吃了大亏，再这么下去定会危及性命。

“呜——”

黄牛亲自吹响海螺号角，雪白的海螺发光，十艘大船上所有的骷髅生物都嘶吼起来，释放出更强劲的能量。

每一艘大船上都有数千骷髅生物，十艘大船上的骷髅生物加在一起，数量可观，非常惊人。

十艘大船齐动，围攻尉迟空。

船上，天妖监测系统启动，黑色的眼睛张开，锁定对手。

“砰！砰！砰！”

来自不灭山的十艘大船发威，让尉迟空憋屈无比。同时，他意识到自己可能暴露在了域外那些老怪物的面前。

之前域外的天眼监测不到他，是因为他没有闹出大动静，且以青竹扁舟遮蔽气息。

而现在这种情况下，他不见得能隔绝域外圣人的探察。

他必须离开，不能硬抗。从旋涡中脱身后，他有信心继续隐身起来，让域外的人探测不到自己。

故此，接下来，在爆炸声中，在能量光束的攻击下，尉迟空没有拼命，只是不断逃跑。

“砰！”

青竹扁舟数次被击中，撞进大峡谷内，砸在林地间，但很快又会冲天而起。

“那青竹扁舟这么厉害！”楚风看出来了，不是尉迟空实力惊天，而是那青竹扁舟非同寻常，每一次都迸发出水波般的绿光，化解毁灭性的攻击能量。

尽管如此，尉迟空还是翻滚着，数次跟青竹扁舟一起被掀翻，或者撞击在山峰上，或者被轰进地下，无比狼狈。

要知道，近乎腐烂的大船聚集不灭军团的能量发出的每一击，都能将巍峨的大山给毁掉。

楚风看得神清气爽。如果不是天神族少神带领着一群观想境的神子、圣女级人物在跟他对峙，他都想去凑热闹，看尉迟空怎么连滚带爬地逃亡了。

“哪里来的孽畜！”尉迟空怒了。

到了这一刻，他披头散发，身受重创。

“你敢骂人？我拍死你！”

“竟敢挑衅我等，不要跑！”

大黑牛、西伯利亚虎王、驴王等一个比一个骂得欢。

尉迟空心中恼怒，他看到黄牛、大黑牛，顿时知道这肯定是传闻中跟楚风交情很深的两头牛。

可是，那十艘大船是从哪里来的？不灭军团又是怎么回事？那些骷髅生物释放的能量合在一起，有数次险些让他丧命。

尉迟空惊疑不定。他对地星较为了解，熟知一些秘境与隐族，但从未听说过什么不灭军团。

在此期间，他不是没有出手，但是效果不大。

近乎腐烂的大船看着破烂，仿佛随时会坏掉，其实很结实，一般人撼之不动。

“轰！”

尉迟空愤怒还击，但依旧被打得跟青竹扁舟一起翻飞而起，砸向远处。

最后，他终究还是逃走了。那青竹扁舟发光，剖开大地，进入一条地下暗河中，就此遁走。

显然，青竹扁舟非常神秘，强如尉迟空也没能研究透彻，无法真正掌握，不然威力更大。

此时，楚风心情不错。亲眼看到那个满口大义，一直想让自己献出道引呼吸法，甚至连自己身上的秘狱蚁神液都惦记着的老家伙被打得那么惨，最后狼狈逃窜而去，他感觉特别舒畅。

不过，十艘大船上的“祸害”们觉得有点遗憾。

“那老家伙跑得真快，居然没影了。”大黑牛非常不满意。

在大黑牛看来，超越观想境的神秘老者肯定是域外的敌人，刚才十艘大船上的骷髅生物联手都没能解决他，真是太遗憾了。

然而，与楚风重逢的喜悦立时冲淡了几个“祸害”心中的遗憾，他们驾驭十艘近乎腐烂的大船快速而来。

昆林山前，一群神子、圣女级人物都心悸不已。

先前楚风是孤家寡人，所以这些神子、圣女觉得他们一拥而上就足以解决他。

现在来了这么多骷髅生物，这可是一支大军啊，到头来谁围剿谁还不一定！

十艘大船上的骷髅生物加起来有数万，数量非常惊人。

“兄弟！”

“楚风！”

几人都跳下大船，向这边冲来。

在场的神子、圣女级人物都愣住了。那几人也太另类了，都是什么人啊？比如为首的那个，简直像个大流氓！

大黑牛走在最前面，已化成人形，虎背熊腰，非常健壮。他梳着大背头，穿着黑西服，踩着黑皮鞋，戴着大墨镜，叼着一根胡萝卜那么粗的雪茄。

这种造型还真是另类，在域外进化者中几乎看不到。

“师父！”周全扑了过去。看到大黑牛后，他居然有想哭的冲动。两人很久未见，突然在这里重逢，他感触太深。

原本，周全不顾生命危险，来为楚风呐喊助威，想跟楚风一起迎敌。

结果，关键时刻，大黑牛带领千军万马闪亮登场，一下子就扭转了局势，周全知道己方实力大增，自己根本不用考虑战死这件事了。

周全热泪盈眶。

大黑牛教训他："哭什么？打起精神来，一会儿准备大战！"

此时，楚风迎了上来，大黑牛立刻给了楚风一个大大的拥抱，拍着楚风的肩头，道："兄弟，受苦了！"

接着，西伯利亚虎王过来，道："我们回来了，一切都将改变！"

随后，轮到蛤蟆登场。它来到近前，还未张嘴，楚风就果断取出一把天魔伞挡在身前。这是他从某个神子那里得来的。

可以说，楚风相当明智。蛤蟆张嘴后，口水真像倾盆大雨般，直接喷了过来，天魔伞彻底被淋湿。

蛤蟆当即斜着眼睛瞪楚风，表示不满："你什么意思，这么久没见面，跟老牛和老虎热情拥抱，轮到我就直接举伞？"

后方，紫鸾脸绷得很紧，"嗖"的一声跑到楚风身后。她也饱受其害，跟着躲在天魔伞后面，同时小声向楚风告状，说蛤蟆的各种坏话。

楚风打死也不跟蛤蟆亲近，而是一把将如同瓷娃娃般精致的金发幼小黄牛给抱了起来，道："你们安全回来就好！"

然后，驴王凑上前来，支棱着一对大长耳朵，龇着大板牙，未语先笑，便要张口。

结果，楚风不让它张嘴。

"咱们都是熟人，不用这么客气。你现在不用急着跟我打招呼，去，认识一下那群神子、圣女级人物，还有天神族少神。"

驴王一向好说话，它听从楚风建议，跑到另一边，看向所有神子、圣女级人物，又盯着天神族少神看了又看。

而后，它就张嘴了，跟天神族少神他们打招呼："儿啊儿啊儿啊……"

那群神子、圣女级人物哪怕很文雅，此刻也忍不住想骂人。这主儿太损了，张嘴就叫人儿子？

一个脾气有些火暴的神子顿时怒斥道："你会不会说话？为什么直接辱人？"

另一人喝道："你找死，敢在我等面前嚣张！在这里的都是一族神子、一教圣女级人物，你敢随便占便宜？”

蛤蟆跳了过去，斜眼看着众人，道：“你们想欺负人？”

蛤蟆的出现，震慑力太大了。

因为，蛤蟆一张嘴，口水便如倾盆大雨般“哗哗”地向外喷，谁都受不了。

一群神子级人物狼狈地向后跑，一群圣女级人物更是大声尖叫，四散而逃。

第283章

挑战

蛤蟆一来，域外的一群人全跑了，水畔这片绿草地上只剩下它与驴王。

“本座还未出手，尔等就开始飞逃，当真不成气候，令吾失望。当然，这也体现出本座的无上威势，吾心甚慰。”蛤蟆一脸傲然，要多嘚瑟有多嘚瑟。

许多人听到后心中暗骂：这家伙太不要脸了，这种话也说得出口？如果不是你口水如雨下，谁会躲避？

“呸！一只蛤蟆而已，浑身都是金色条纹，就以为自己是三足金蟾吗？”有人实在看不过，在那里呵斥蛤蟆，面露嫌恶之色。

蛤蟆顿时恼了，不服气地道：“你懂什么，纯血的三足金蟾也只是亚神兽，而本座是神兽，注定要成为一代神王！懂吗？”

“癞蛤蟆，你真是该死！”另有一个神子开口，怒发冲冠。他浑身湿漉漉的，显然不久前中了招。

蛤蟆顿时沉下脸来，道：“真是胆大包天！小小的一个神子而已，也敢向本座叫板？”

这种口气让许多人无语。一族神子进化到观想境，在一颗星球上都是数一数二的年轻俊杰，居然被这个蛤蟆轻蔑地说成“小小的一个神子”。

“癞蛤蟆打哈欠——好大的口气！”有神子嘲笑道。

蛤蟆脸色微黑，道：“看来本座不出手，你们不知道神王之威！今天先压制几个，好让世间传吾之无上威名。”

蛤蟆说得一本正经，无比郑重，好像真是一代神王少年激昂时。

“癞蛤蟆，拿命来！”那个浑身湿漉漉的神子第一个冲了过来，果断出手。他实在被这个嘚瑟的家伙气得不行了。

同时，还有一个神子迈步，也要出手。那正是刚才奚落蛤蟆口气大的人。

他们对楚风无比忌惮，不敢跟他单打独斗，但是对他身边的进化者可不会在意，因为从未听说过。

在这颗星球上，只有楚风的战绩很吓人，其他进化者目前都默默无闻。

“轰隆！”

蛤蟆冲了过去，对上那个浑身湿漉漉的神子，抢先出手。它虽然是蛤蟆形体，却直立着身子，摇动一双前肢，不断拍出神掌，光芒耀眼，照亮高空。

它的招式简单而直接，是典型的蛤蟆掌。

所有人眼睛都看直了。这只蛤蟆勇猛无比，还未真正进入观想境，却能横扫这个境界的强者。

“噗——”

那个浑身湿漉漉的神子如遭雷击，大口咯血，双臂痉挛。

“砰！”

最终，蛤蟆猛力一拍，将此人震得身体摇晃，彻底瘫软在地上，昏了过去。

蛤蟆将他生擒，扔给驴王。

然后，蛤蟆一个转身，往回冲去，冲向另外那个想出手却又站住了的神子。

蛤蟆身体闪着金光，在半空中一扑——这是典型的蛤蟆跳——一跃就到了那个神子近前，挥动双掌向前拍击。

“该死！”那个神子迎战蛤蟆，一瞬间展开超凡的画卷，且自身化成一只鹏。那是他观想出来的神禽。

可惜，蛤蟆浑身发光，身后的画卷出现各种神禽圣兽的身影，那个神子的攻击根本无效。虽然蛤蟆只动用了自身画卷的一小部分，但画卷上的身影从真龙到鲲鹏等都有。

“砰！”

那个神子咯血，也被压制。

片刻间，蛤蟆便生擒了两个神子。它傲然看向前方，道：“还有没有人？今天战个痛快！”

山地中鸦雀无声。

一群神子、圣女级人物都被镇住了。这才刚开始，两个神子就被抓走了，那只金色条纹密布的蛤蟆什么来头？实力未免有些惊人！

楚风最清楚蛤蟆到底有多强，它可是当初能跟他叫板、激烈对抗的主儿，在不灭山中磨砺一段时间后，自然更加厉害。

更重要的是，蛤蟆体内流淌的是神血，是真正的神兽后代。

驴王拍蛤蟆马屁："数风流人物，还看今朝。神王威武，风流倜傥！"

蛤蟆直立而起，挺着肚子，背着前肢，咧开大嘴笑了起来，一副坦然接受的样子。

对面，一群神子、圣女级人物真是受不了这两个家伙了。

"问天下英雄，谁堪与吾一战？"蛤蟆无比傲然，仰头望天。

这时，天神族少神罗屹一声冷哼，向前迈步。他身边几个强大的神子、圣女级人物也跟着同行。

这几人散发的气息异常恐怖，让群山都在战栗。

楚风、大黑牛、西伯利亚虎王等也一起迈步，向前逼去，毫不示弱。

与此同时，黄牛吹响白色的海螺，沉闷而苍凉的"呜呜"声响起，仿佛远古天庭的战争号角再次响起。

十艘近乎腐烂的大船听从号角命令，齐头并进，俯冲到近前，跟以罗屹为首的域外数百人对峙。

此时，一大群观想境的域外强者神色凝重。今天这个局面远超他们的预料，他们是为围攻楚风而来，怎能料到出来这么一大群骷髅生物？

"罗屹，过来一战！"楚风开口，直接挑战天神族少神。

"你没资格！"罗屹神色冷峻。他站在那里，高大而英挺，金色长发飞舞，整个人都被刺目的光团笼罩着。

他是傲慢的、自负的，不接受楚风的挑战。罗屹不认为这里有人值得他出手。

"装什么装！"不等楚风开口，驴王向罗屹叫板，"有种你出手试试看，我保证打不死你！"

士别三日，当刮目相看。当初的软骨头老驴，在蛤蟆、大黑牛等的熏陶下，现如今也相当硬气。

当然，它的硬气目前还只限于嘴巴，真让它去跟天神族少神交手，估计它立刻又得退缩。

“少神是吧，过来，本座一巴掌拍死你！”蛤蟆斜着眼睛看罗屹，一副大剌剌的样子，而后又指着那些神子、圣女级人物，道，“你们都是我的猎物！”

这顿时引发了那边的众怒。

此时，梳着大背头、穿着黑西服、戴着大墨镜、叼着大雪茄的大黑牛很淡定地开口道：“今天我先放话，想一起上还是单挑，由你们选，我们奉陪到底！”

大黑牛这副沉稳、霸气的姿态，看起来不像是一族强者的风范，而像是黑社会头子的做派。

他傲视域外诸多神子、圣女级人物，就连天神族少神都是他蔑视的对象。

“敢欺负我兄弟，今天我跟你们没完！”大黑牛语气相当霸道。

“没错，一个都别想走！”西伯利亚虎王也叼着一根雪茄，瞪着铜铃般的大眼，在那里冷笑道。

楚风发现，现在没他什么事了。这群兄弟相当自信，都不用他出手，就能搞定所有对手。

后面，周全热血沸腾，兴奋不已。

远处，没有上前的大梦净土传人秦珞音面露异色，凝视这边。

此时，罗屹开口道：“殷波，替我拿下他们！”

罗屹依旧自恃，不想亲自出手，而是吩咐身边一个名为殷波的银发男子出战。

殷波闻言，面带淡笑，大步走出。他身材挺拔，一头银色长发飘舞，身体发出光芒，释放出惊人的能量，面孔上写满了自信和冷意。

楚风皱眉。这个人非常强，达到了观想境巅峰，再前行半步，就是另一个层次的进化者。

蛤蟆也觉察到这个人很强，对他颇感兴趣，想要与他一战。

不过，大黑牛一把拽住了蛤蟆，没让它出手。看到蛤蟆要开口反对，大黑牛赶紧捂住它的嘴巴，不让它张嘴。

“兄弟，先休息会儿，这个人不值得你出手。对了，你实在想要说话的话，一会儿去喷那个少神。”

就连自己人也害怕被蛤蟆喷得浑身湿漉漉的。

蛤蟆瞪着大黑牛。

大黑牛很淡定，背着双手，叼着胡萝卜那么粗的雪茄，看向殷波，道：“你想单挑还是一起上，自己选吧，给你一个机会。”

“哼！就凭你们这些似乎都没有进入观想境的家伙，也想跟我一对一地决战？”殷波非常狂傲，一脸自信。

他自然是故意的，就是为了以牙还牙。

因为不久前，蛤蟆、驴王、大黑牛等都太张狂了，让一群神子、圣女级人物心里非常不爽。殷波现在这种做派，也算是“回敬”。

大黑牛可不管这些，他一脸严肃地道：“你要独自大战我们这边的所有人，可是认真的？”

殷波稍微迟疑了一下，而后银色瞳孔发光，点了点头，道：“自然！”

大黑牛道：“好，够硬气！大家都后退，留下足够广阔的场地，给他独自大战群王的机会！”

然后，大黑牛拉着蛤蟆与驴王，又示意楚风、西伯利亚虎王，迅速后退。

黄牛会意，吹响雪白的海螺，顿时有一艘大船上前。

在那艘近乎腐烂的大船上，数千个骷髅生物“嗷嗷”叫着，一起跳了下去，瞬间将那片地带淹没，殷波人都看不到了。

“无耻啊！”一些神子、圣女级人物先是目瞪口呆，而后忍不住大叫起来。

有这样决战的吗？

殷波气得不行。他本想一个人对抗大黑牛、西伯利亚虎王、蛤蟆等，没想到会是这样的情况。

“啊——”殷波怒吼。然而，他才张嘴，上千只发光的爪子就向他抓过来了。

骷髅生物都很强大，毕竟都是闯进不灭山的曾经的妖族天才。

黄牛、蛤蟆目前试炼还算成功，能召唤出实力不高于自身的骷髅生物。这也就意味着不灭军团中，有观想境的骷髅生物。

殷波奋力对抗。然而，时间不长，他便被一群骷髅生物牢牢抓住并扛了回来，扔在了大黑牛、楚风等人的脚下。

殷波整个人都蒙了，躺在地上一动不动，还没清醒过来。

“下一个，想要单挑还是一起上？”大黑牛叼着雪茄，很沉稳也很淡定地问对面众人。

对面，域外的神子、圣女级人物早已炸窝，不是因为大黑牛再次挑战，而是因为殷波被生擒。

殷波是罗屹手下出名的几员大将之一，实力异常强大，没想到结局这么惨。

“太无耻了，就没有见过这样决斗的，数千个生物啊，围攻一个人，这太让人不服了！”

“冲过去，救回殷波！”

许多人叫嚷着，场面一片大乱。

但是，他们终究投鼠忌器，怕对方下狠手先行除掉殷波。

而且，数千个骷髅生物都在那里，如同一堵墙，他们很难闯过去。要知道，连殷波都远不是这些骷髅生物的对手。

“不是我说，你真的很弱，所谓决战太没有挑战性了。”大黑牛慢悠悠地开口。

地上，殷波终于渐渐恢复了神志。

然后，他便看到一个又一个大脑袋探了过来，正在看着他。

他首先看到的是一个驴头，支棱着大长耳朵，龇着大板牙，正在对他笑呢，那模样太可气了。

“驴子，你敢嘲笑我，我宰了你！”回过神来的殷波看到驴王这个样子，心中大怒，满头银发都飞舞起来，当即就想动手。

然而，他高估自己了，他现在浑身无力，能量运转不畅。

“你想宰我？老驴我马上教会你做人！”驴王很镇定，鄙夷地对殷波说道。

殷波真的很强，可惜没有表现机会，就被擒住了。此刻被一头驴鄙视和奚落，他险些气炸。

“驴子，你给我走开！”殷波呵斥道。

结果，驴王直接给了他一蹄子，他当场眼冒金星，又陷入发蒙的状态。

一群神子、圣女级人物看得无语，替殷波难受。

这位可是能独自大战十名同阶神子的天才，有“小无敌”之称，在某一片星海中拥有极高的人气。

“士可杀不可辱，你们都给我住手！”对面，有神子大喊道。

更有圣女斥骂道：“卑鄙无耻！你们真有实力的话，可敢跟殷波神子公平一战？”

西伯利亚虎王不屑，斜着眼睛看了过去，面露轻蔑之色，道：“不久前，你们是怎么对付我兄弟楚风的？不是要围攻吗？同样的事情轮到自己，你们就觉得不公平了？”

“什么神子，不过如此！”驴王也说道。

此时，域外也彻底炸开了窝。

殷波这样的顶级神子被生擒，出乎所有人的预料。

原兽平台上更是早已沸反盈天。

“可气啊，我心中的殷波神子所向披靡，这次居然沦为阶下囚。”

“天啊，那可是殷波神子，居然就这么被俘！我都看不下去了。”

显然，有人是真心惋惜，为殷波担忧。

也有人讽刺道：“心疼殷波神子，被一群骷髅生物擒住也就算了，还被驴踢，生有何欢？”

地星，昆林山。

天神族少神罗屹站在刺目的光团中，所有毛孔都喷出金色的能量，他神色冷峻，目露杀意，凝视前方。

“少神，让我去消灭他们吧！”一个蓝发青年神情严肃，请命出战。他周身满是电光，手持一把硕大的蓝莹莹的锤子，稍微抡动一下就迸发雷霆。

蓝发青年很自信，真要开战，他有把握对付楚风他们。

他也是罗屹的得力干将之一，实力远超很多神子级人物，处在观想境巅峰，再巩固一下便可迈入更高的境界。

“好！”罗屹点头，让他出战。

随后，罗屹又吩咐众人：“随时准备冲过去，我不允许刚才的事情再发生！”

他自己也登上秘金战车，做好了大战的准备。

两百多名观想境的神子、圣女级人物无不神色一动，看来这是要爆发激烈大战了，连天神族少神都已经站在战车上，杀气腾腾。

蓝发青年手持那把硕大的雷电锤，一步一步向前逼近，冷笑道："我选单挑，一个对一个。你们当中有人敢跟我一战吗？"

他面露不屑之色，轻蔑地扫视所有人，包括楚风。希望激怒蛤蟆、大黑牛甚至楚风跟他单独决战。

蛤蟆当场斜着眼睛，道："爷在不灭山对付的观想境的傀儡还少吗？你以为自己在观想境巅峰就无敌了？来、来、来，让爷告诉你什么才是无敌！"

蓝发青年笑了，觉得自己的激将之法奏效了。

他眯起眼睛，看向大黑牛、西伯利亚虎王、驴王，道："还有谁？在我击灭这只蛤蟆后，还有谁敢与我一战？如果你们怕了的话，我不介意自缚一只手。"

他看得出，大黑牛、西伯利亚虎王、驴王跟蛤蟆、黄牛实力有差距，故此言语相激，希望惹怒其，让其跟他决战。

驴王不忿，看向大黑牛，道："牛哥，这孙子欠揍啊，赶紧干掉他！"

大黑牛叼着雪茄，不慌不忙地道："淡定。"

蓝发青年眼神冷厉起来，觉察到自己的激将法对那几人根本无效，也就一个蛤蟆太骄傲，要跟他决战。

大黑牛吐出一个烟圈，镇定地开口道："看好了，看看在一对一的情况下，什么叫弹指间灰飞烟灭。"

驴王自然万分期待，就连楚风也面露狐疑之色。

蛤蟆则叫道："老黑，你不许插手，我要亲自对付他！"

大黑牛瞥了蛤蟆一眼，道："兄弟，还是让我简单有效地赶紧解决掉他吧，不用你费事。"

蓝发青年闻言，有些恼怒。大黑牛与蛤蟆居然都扬言要解决他。

"真是自信啊！"后方，一个男子道。这个男子一身白衣，发丝碧绿，面孔俊美，冷若冰山。他也是罗屹手下的大将，实力出众，不比蓝发青年弱。

白衣男子请示过罗屹后，大步走来，道："正好，我们一人对付一个，看谁先除掉对手！"

白衣男子冷笑着迎向大黑牛，想要跟大黑牛决战。

蓝发青年笑了，直接逼向蛤蟆，准备展开凌厉的攻击。

楚风皱眉，就要上前。

大黑牛一把拉住了他，道：“兄弟，你靠后，看我们怎么对付他们！”

“就凭你，也敢在我面前装高人？我一个手指头就能戳死你！”白衣男子话语相当不善。

大黑牛很从容地道：“灭你不过弹指间，为了让你多活一会儿，我们一会儿再开战吧，先观看我蛤蟆兄弟与那蓝毛的一战。”

“你……很好，一会儿再战！”白衣男子冷笑，退到一边，观看蛤蟆与手持雷电锤的蓝发青年决战。

“你准备好了吗？”蓝发青年开口，眼睛微眯，盯着蛤蟆。

“爷是神王，随时能战，来吧！”蛤蟆向前狂喷口水，斜着眼睛，鄙夷地道。

“找死！”蓝发青年大怒，抡动手中硕大的雷电锤，蓝莹莹的电光顿时大盛，向前击去。

“轰隆！”

电光击出，像是九天落雷在这里炸响，战斗激烈无比。

蛤蟆像人一般直立着身子，快如闪电躲避过去，并施展蛤蟆天功，释放绝世能量，周身金光绚烂，向前扑击。

“不知死活的东西，就凭你也敢跟观想境巅峰的人决战？”蓝发青年脸上露出残忍的笑，主动迎击蛤蟆，手中的雷电锤越发炽烈，正在酝酿恐怖的雷电。

然而，下一刻，蓝发青年的脸色变了。

在蛤蟆扑击过来的刹那，一幅绝世画卷展开，蛤蟆则处于画卷正当中，显得异常神圣。

画卷中有很多道身影，从真龙到金乌，再到鲲鹏、白虎、饕餮、凤凰、麒麟等，全都是神兽与瑞禽，全都是血统绝世的恐怖族群。

蛤蟆的画卷居然是诸天神兽瑞禽图。

人们倒吸了一口凉气。这画卷有些惊天，而且所有神兽瑞禽都在参拜中心地的蛤蟆。

刹那间，楚风明白了为什么蛤蟆总是以神王自居。这还真是它的目标，它要做的就是神兽之王，简称神王。

“死！”蓝发青年怒吼，不仅猛力抡动雷电锤，还展现自己的画卷。

“轰！”

然而，不得不说，蛤蟆的无敌画卷太恐怖了，当中某只雷属性的神兽张嘴间，就吞掉了蓝发青年手中的雷电锤发出的电光。

当蛤蟆猛烈抖动绝世画卷时，各种神兽瑞禽栩栩如生，一起昂首长啸。

“刺啦”一声，对手的画卷被撕裂了。

蓝发青年吃了大亏，精神力衰竭。蛤蟆可不管这些，展开画卷横扫了过去。

“噗！”

最终，蛤蟆画卷中的真龙、凤凰、饕餮等一起出击，蓝发青年当即殒命。

蛤蟆大口喘气，因为消耗太大了。不过，它瞬间除掉了一个强大的敌人，战绩惊人。

对面，一群神子、圣女级人物都不淡定了，就连天神族少神罗屹都面露惊容。

楚风暗叹，不灭山不愧是培养妖圣的地方，在不灭山历练过的蛤蟆果然更不简单，都成长到这一步了，在同层次的进化者中绝对算一个绝顶高手。

这一次，那些神子、圣女级人物，甚至罗屹都无话可说了。在一对一的公平对决中，蛤蟆完胜蓝发青年。

“该我们了。”大黑牛叼着雪茄，淡定地开口，看向白衣男子。

白衣男子的碧绿色长发随风扬起。刚才他们这边的高手惨死，他还真有点心惊肉跳。

“你准备好了吗？”大黑牛再次开口。

“滚过来，必然除掉你！”白衣男子心中略微紧张，表面上却更加强势。

“嗖！”

大黑牛跃上一艘近乎腐烂的大船，亲自掌控这艘船，让数千个骷髅生物一同释放能量，击向白衣男子。

“你敢！”白衣男子怒斥。对方太无耻了，这就是所谓单挑？

“没错，这就是一对一的公平对决，一艘战船跟你单挑！”

“轰！轰！轰！”

近乎腐烂的大船发出一道又一道黑色光芒，全部打向白衣男子。这是一种令人无法抵抗的能量攻击。

须知，超越观想境的尉迟空都在这种能量攻击下险些死掉。

白衣男子不过是观想境巅峰，又没有特殊的秘宝，自然很快陷于危难之中。

“你们找死！”罗屹怒了，驾驭战车，带头向前冲去，想要营救白衣男子。

然而还是晚了，大船发出的黑色光芒集聚了数千个骷髅生物的能量，威力骇人。

白衣男子虽然避开了很多次攻击，但终究还是被一道黑色光芒打中，当场形神俱灭。

“无耻啊！你不是接受单挑吗？怎么能这样？”

“太无耻了，依旧是集中一支军团的力量，除掉了我们这边的人！”

“太可恶了，这头牛没信誉，当诛！”

许多神子、圣女级人物纷纷叫嚷，跟着罗屹向前逼近，准备随时出手。

“少废话！我们有不灭军团，人马众多，凭什么跟你们单打独斗？就是要用军团压制你们！”大黑牛冷笑道。

西伯利亚虎王点头道：“没错。先前你们要联手围攻我楚风兄弟时，怎么不觉得可耻？来吧，各位，开战吧！”

“呜呜——”

黄牛吹响雪白的海螺，十艘近乎腐烂的大船全都发光，锁定天神族少神罗屹和他的战车，让他没能在第一时间出击。

同时，大船上还有很多骷髅生物跃下，密密麻麻，到处都是。

“冲啊！”大黑牛吼道。

大量的骷髅生物向前扑去，围攻一群神子、圣女级人物。同时，天空中的十艘大船发光，射出毁灭性的黑色光芒，专门针对罗屹和他的战车。

大战就这样爆发了！

第284章 本土决战域外

“天神族的黄毛，给我滚过来！”蛤蟆叫阵，挑战天神族少神罗屹。它依旧是蛤蟆身，全身都是金色条纹，但此时直立着身子，咧着大嘴，挺着肚子。

罗屹脸色阴沉，目光森冷。一头金色长发将他衬托得很英武，结果却被那只大嘴巴的蛤蟆说成黄毛。

加上他身边的得力干将殷波被俘虏，还有两人殒命，这实在让他情绪不佳。

不过，他自恃身份高贵，不想跟一只蛤蟆对话，只是冷冷地扫了蛤蟆一眼，而后看向十艘近乎腐烂的大船。

他觉得，这才是最大的威胁。

蛤蟆被无视，顿时不爽：“黄毛，没看到本座正在教育你吗？”

自己居然被一只蛤蟆这样叫板，罗屹的神色此时无比冷峻。他来自天神族，一只蛤蟆也敢与他争锋？

“凭你也配？”罗屹声音冷厉，眸子如严冬中的冰泉。

“有种你再说一句试试看！”蛤蟆威胁道。

附近，不少人觉得很不真实。平日谁敢这么对天神族的嫡系后人？这种事简直不敢想象。

“谁给我去斩了它？”罗屹“锵”的一声拔出一柄光芒刺目的金色长剑，问身边的人谁愿持他的战剑去消灭蛤蟆。

这是一种自信，更是一种藐视。他高高在上，都到这种关头了，依旧懒得理会蛤蟆，不愿亲自出手。

见对方没有视自己为神兽，轻慢自己，蛤蟆大怒。

此刻，四周大乱，双方已经开战，密密麻麻的骷髅生物从十艘大船上跳下，向前扑击，各种可怖的声音此起彼伏。

“冲啊！”不灭军团冲向两百多名观想境的神子、圣女级人物。

十艘近乎腐烂的大船则像是死神之剑悬在半空中，随时会发出黑色光芒，参与围攻行动。

这些带着腐朽气息的大船威力有目共睹，连罗屹身边的得力干将，那个白衣碧发的男子都被打得形神俱灭。

昆林山此时不再宁静，喊杀声震天。

此时，罗屹已经将手中的金色长剑交给了一个中等身材的黑发青年，让他去对付蛤蟆。

罗屹自己则站在那里，催动战车，准备主动进攻大船。

他脚下的战车不是凡物，曾经随圣人东征西讨，当年一路碾压宇宙中很多生命星球，可怕无比。

如今战车虽然残破了，但对罗屹这个层次的进化者来说依旧是重宝。

“死！”那个黑发青年手持罗屹的金色长剑，逼向蛤蟆。金色长剑将他的手臂都映照得金光闪闪。

“谁替我去斩了他？兵对兵，将对将，我不屑与他交手。”蛤蟆喊道，回头看了一圈。除了楚风与黄牛，估计其他人都不是黑发青年的对手。

蛤蟆顿时仰天长叹道：“天神族那个浑蛋总是浑身发光，真以为自己是太阳啊？不过身边时刻跟着几个追随者，表面上看起来确实能提升自身的层次与高度，以后我也这么做。唉，现在只能自己动手了。”

“嗖！”

蛤蟆冲了过去，两条后肢着地，一对前肢像人类的手臂一样灵活，拿着一柄寒气逼人的黑色长刀，道：“黑毛，你给我滚过来吧！”

“拿命来！”那黑发青年杀气腾腾，早就按捺不住了，周身散发出一道又一道黑色光芒，向前扑去。

“当！”

黑发青年与蛤蟆刹那间冲向彼此，金色长剑与黑色长刀碰撞，发出刺目的光芒，能量起伏剧烈。

周围的山体全都颤动不已，若非昆林山，山体肯定就都被毁掉了。

“铮铮铮！”

蛤蟆与黑发青年交手，寒光耀眼，刀锋刺目，剑气激荡。

远处早就大战起来了，一群神子、圣女级人物痛苦不堪，正在被不灭军团围攻。

整整十艘大船，每一艘大船上都有数千个骷髅生物，现在跳下来的就有数万个，哪怕其中只有一部分观想境的生物，也很可怕了。

人海战术，简直无法可破。

不是没有人想逃。在大战过程中，很多人朝昆林山外遁去，想要逃走。

然而，“轰”的一声，一道黑色光芒飞出，那是集合了一艘大船上数千个骷髅生物能量的光束，顿时将一名想要逃走的神子消灭了。

其他神子、圣女级人物都脸色骤变。十艘近乎腐烂的大船全都威力巨大，堵死了他们的退路。

如果十艘大船毫无保留地向下攻击，他们这边肯定会损失更加惨重，有几人可以不惧？

“不灭战船，妖族某一传说之地的东西！哼，真以为无法对抗吗？又不是圣船开赴而来。我来破你！”这时，罗屹喝道。

他驾驭战车已经冲上高空，在他身边还有一些人，都是他忠实的追随者，也是最强的几人，跟他一同催动战车。

“轰隆隆！”

这辆战车哪怕曾被毁坏，也依旧很恐怖，毕竟曾是圣人的座驾，圣人曾经乘坐它冲锋陷阵。

车体上有刀痕，有箭孔，更有很多裂纹，都是昔年大战时所留。此刻，战车迸发光芒，昔日残余的秘力流转，不朽的气息弥散。

“死！”罗屹立在战车上大喝。车体迸发惊人的光芒，形成光幕，守护着他们，而后直接撞向一艘近乎腐烂的大船。

“轰隆！”

天空中，黑光与金光同时大盛，瞬息间，大船与战车便隔空碰撞在一起，以能量交锋，伴随着无尽的刺目光芒。

“砰砰砰——”

第一轮激烈交锋中，那艘近乎腐烂的大船有些受损，一些骷髅生物在颠簸中坠落了出去。

不得不说，天神族残破的战车很恐怖，毕竟曾经是征战诸天的圣人的座驾，还有昔日残余的一点秘力可以释放。

“一艘不行，就两艘、三艘！”大黑牛扔掉嘴里的雪茄，猛力一挥手，号令五艘大船围拢起来，击向天神族的战车。

顿时，这里黑光大盛，金光耀眼。

天空中一片混乱，能量激荡，地面上的大战也越发激烈。

其中，当数蛤蟆与黑发青年的战斗最引人注目。此时，蛤蟆气得够呛，因为，这个黑发青年的本体居然是一只黑天鹅。

“黑毛，你气死我了！”

罗屹选这个人出战，持金色长剑对付蛤蟆，明显是嘲弄蛤蟆：癞蛤蟆想吃天鹅肉。

蛤蟆知道，这是一种挑衅。

“你居然配合黄毛来挑衅我，真是该死！”蛤蟆发狂，拿着黑色长刀不断劈砍，更是将自己的绝世画卷展开，对抗观想境巅峰的黑天鹅族神子。

这名神子曾经看过蛤蟆的画卷，知道那是诸天神兽瑞禽图。他自然全力以赴，不仅动用自己的画卷，还施展观想层次的手段，跟蛤蟆决一死战。

“本座是无敌的，哪怕你境界更高，且早有防备，也不是我的对手。神王霸天！”蛤蟆咆哮。

在蛤蟆周围，画卷中的那些生物各自腾起，真龙摆尾，凤凰长鸣，麒麟望月，饕餮吞天……

此时，不要说昆林山这里，就连星空中的人们都万分震惊。这绝对算是一幅了不得的无敌画卷！

“砰砰砰！”

黑天鹅族的神子手段尽出，可依旧被震得大口咯血，眼看就要不行了。

“这里来！”天空中，罗屹驾驭着摇摇欲坠的战车，俯冲过来，营救黑天鹅族的神子。

“哪里走！”西伯利亚虎王吼道。黄牛则吹响雪白的海螺，霎时间，五艘大船围追堵截，攻击战车。

“当当当——”

战车颠簸起来，被撞得险些翻过去。

“嗖”的一声，黑天鹅族的神子被罗屹接到战车附近，但这时蛤蟆也即将追上来了，在它周围，各种神禽飞舞，一起向前扑击。

“噗”的一声，黑天鹅族神子的一条手臂被蛤蟆的画卷扫落下来。

“你们找死！”罗屹怒了，满头金色发丝飞舞，目光如同刀子一般锋利，吼声震动天地。

此时，地面上，两百多名观想境的神子、圣女级人物情况糟糕至极，他们都被冲散开来，被一群又一群骷髅生物单独包围，有的已经被生擒了。

“轰！”

半空中，罗屹通体金光迸放，比太阳还璀璨。他的声音震动这片天地：“谁敢与我一战？”

楚风第一个站出，他等待这一刻很久了！

蛤蟆速度也不慢，喝道：“我来对付你！”

不过，最引人注目的是一个孩童，五六岁的样子，身躯小小的，看起来非常柔弱，满头金发，大眼扑闪，睫毛很长，异常漂亮。这正是黄牛。他的声音略显稚嫩：“我来！”

黄牛已经凌空冲起，想要与罗屹决战。

不要说昆林山的那些神子、圣女级人物，就连宇宙中，各族人马都有些发呆。一个孩童要迎战天神族少神？

“这颗星球没人了吗？还真是没落了，竟让一个孩子跟我对决，哈哈——找死！”罗屹大笑，奚落地星无人。

“轰”的一声，楚风也冲上高空。他不放心黄牛，担心黄牛出意外。

蛤蟆斜着眼睛也上来了，它隔着一段距离对罗屹狂喷口水：“黄毛，赶紧滚过来，爷准备一巴掌拍死你！”

这是赤裸裸的叫板，它准备跟罗屹死磕到底。

罗屹心里实在不爽。早前他派黑天鹅族的神子出战，就是为了嘲讽蛤蟆，哪里料到蛤蟆这么强大，居然胜出。

罗屹目光灼灼，一脸冷酷之色，道：“你们三个想要一起出手吗？我可以给你们这个机会，来吧！”

“装什么装，爷吐口口水都能淹死你！”蛤蟆喝道。

许多人无语。这或许是大实话，蛤蟆的口水太厉害了。

“好了，别争了，让我与他一战！”黄牛声音稚嫩，却很坚决，执意要与罗屹对决。

“可以，完全没问题。”这时，大黑牛来了，站在近乎腐烂的大船上，让黄牛、楚风他们也都登上大船。

大黑牛表示同意黄牛出战，接着又补充道：“但是，不能这么开战，要先击毁他的战车，不给他留下逃生的座驾。凭什么他一副傲气冲天、高高在上的样子？他竟敢轻慢我等，那就先将他打落云端，摔在烂泥地上滚三滚！”

“老黑就是想得周到。”蛤蟆立刻表示赞成，“不错，我早看那黄毛不顺眼了，不就是跟我长得差不多吗？至于时时刻刻浑身都冒金光吗？我最烦这种装蒜的人了！”

蛤蟆这种话语让罗屹像吞了苍蝇一般难受。那只蛤蟆到底什么眼神，哪儿来的自信说两人长得差不多?

宇宙中，原兽平台上，一群人怪叫。

“少神长得真帅，跟蛤蟆差不多！”

“那蛤蟆太自信了，哈哈！”

难得看到天神族少神一而再，再而三地被针对，原兽平台上许多人起哄。

地星，昆林山。

“该死！”罗屹大吼。他站在战车上，目光森冷，浑身发出刺目的光芒，血气滚滚。

一刹那，他金色长发乱舞，手持那柄炫目的金色长剑，向前劈来。

那柄金色长剑异常绚烂，金光万道，简直要割裂天宇，斩断昆林山脉。

“没什么可说的，打！”大黑牛开口，号令数艘大船一起开火，轰向前方的天神族战车。

“砰砰砰——”

战车只有一辆，大船却有十艘，现在只出动了五艘而已，就让昔日的圣人座驾承受不住了。

“再来两艘！”大黑牛喝道。

半空中，只剩下三艘大船监控地面上那些神子、圣女级人物，防止他们逃跑，每艘大船上都有数千个骷髅生物。

更多的骷髅生物正在地面上跟那些观想境的域外进化者激战。

“砰！”

天空中，刺目的金色剑光被黑色光芒震散，战车上裂痕密布，那是昔年的旧创，现在又开始裂开。

七艘大船围攻战车，黑色光芒大盛，战车即将解体。

到头来，连罗屹都狼狈不堪，他身边的几大战将也都变了脸色。

罗屹身边的一个女子喊道：“住手！少神要与尔等公平一战，你们不敢吗？”

“罗屹率领这么多人围攻我兄弟楚风，还谈什么公平对决？先打翻他再说，让这个所谓天之骄子跌落进泥沼中打个滚！”

“砰！”

天空中，战车解体，部分坠落下来。

下一刻，秘金碎片飞舞，战车彻底瓦解。

“噗！”

罗屹咯血，带领几名干将俯冲向地面。此时的天空太危险了，那些近乎腐烂的大船还在轰击。

这时，蛤蟆、黄牛都跃跃欲试，想要俯冲下去跟罗屹一战，领教一下所谓十大星球的嫡系后人到底有多强。

然而，大黑牛没有罢手：“继续轰！我们占据绝对的主动，凭什么罢手？先将那个所谓少神轰个半死再说！”

驴王同意：“没错，就该这么做！”

“轰！”

一道又一道黑色光芒向下击去，全都击向罗屹那里。

“你们太无耻了，不是说战车一毁就要公平一战吗？怎么还不住手？”罗屹身边的那个女子怒喝。

平日间，她不屑去争辩什么，哪里会说出这种话？

“牛爷我就是想教训你们，又能怎样！”大黑牛道。

其实大黑牛怕这些大船突然被不灭山召唤回去，正在估算时间。因此他果断下命令：“接着打！”

“轰！”

黑色光芒四射。

“啊——”罗屹披头散发，身受重创。

“咔嚓”一声，他手中拿着的一幅画卷被打烂了，那原本是一件非常惊人的秘宝。

当黑色光芒再次飞来时，罗屹头顶上方刚浮现的一座塔被击得裂痕密布，随后炸开。

此时此刻，罗屹很惨，身体踉踉跄跄的，身上一件又一件秘宝被消耗掉了。

地面上，那些神子、圣女级人物见到这一幕，莫不震惊。那可是天神族少神啊，平时高高在上，哪里这么狼狈过？

他们简直不敢想象，这时天神族的嫡系后人居然这么惨，还有可能会丢掉性命。

“砰！”

罗屹的得力干将有的被黑色光芒扫中后，整个人横飞了出去。

“完了，这还怎么打？想突围都不行！”其他人简直是万念俱灰。连少神都如此了，谁还能带领他们冲出去？

大船上，楚风、大黑牛等人商量一番后，让驴王喊话：“放下武器，投诚者生，反抗者死！”

他们临阵招降，动摇那些神子、圣女级人物的士气，让其越发恐惧与绝望。

“秦仙子！”有人向大梦净土的秦珞音求助。

到目前为止，大梦净土的人都置身事外，没有出手，也没有遭到攻击。

楚风第一时间将罗妙香放了出来，让她站在自己身边。大梦净土的人瞬间平静，没有理会那些人的求援。

远处，罗屹再次遭到攻击，他祭出的一座鼎炸开了。

各路神子、圣女级人物都惶然。谁能料到会发生这种事？他们声势浩大而来，结果反被围攻。

“抱头蹲到这边来，投降不杀！”驴王喊话。

数万个骷髅生物在地上围攻那些神子、圣女级人物，形势越发严峻。

终于，有人承受不住，彻底崩溃，大叫出声，表示要降服。

有一个人投降，就有第二个。片刻间，就有数十人承受不住压力，大声喊着，愿意低头认输。

“你们……”罗屹霍地抬头，目光森冷，金色瞳孔射出刺目的光芒。

他见到这种状况，自然无比愤怒。

他是这次降临的主导者，结果局势早已脱离他的掌控，这是要一败涂地啊！

时间不长，已经有七十几名神子、圣女级人物低头，表示愿意臣服。

当然，还有一部分人在激烈搏斗，负隅顽抗。

“那就成全你们！”大黑牛道。他驾驭一艘近乎腐烂的大船，黑色光芒大盛，直接让一名很厉害的神子形神俱灭。

其他人身体冰凉，心灰意冷。他们知道，自己今天栽跟头了，而且栽得很彻底。

此时，百余名神子、圣女级人物投降，一个个面露羞愧之色。大势已去，他们不想死。

“啊——”罗屹嘶吼，满头金色长发乱舞，无比愤怒。

下一刻，一道黑色光芒打下来，再次让他横飞出去，大口咯血。

“嗖！”

就在这时，黄牛动了。他不想再听大黑牛的了，执意要跟天神族少神一战。

“我渴望用这场战斗磨砺己身。”这是黄牛的想法。他外表精致而柔弱，出手却一点也不弱。

“轰！”

黄牛直接追上被黑色光芒击得横飞出去的罗屹，出拳砸了过去。

一瞬间，各方人马都张大嘴巴，面露震惊之色。因为，那小小的拳头发出刺目的光芒，将正在横飞的天神族少神击飞向高空。

宇宙中，各路人马都在议论。

“天神族少神被一个漂亮的孩子击飞了！”

第285章

翻天

地星，昆林山。

“你敢偷袭我，找死！”天神族少神罗屹怒了，只是他体外的金光有些暗淡，显然是血气不足。

黄牛皱眉，漂亮的小脸上露出纠结之色，最后还是咬牙道：“杀！”

“想杀我，再去修炼一百年！”不得不说，罗屹无比骄傲，哪怕落到这步田地，他也还是自负无比，双目如同两盏金灯般，射出冷冷的光芒。

他坚信自己在这颗星球上是无敌的，足以横扫所有的地星进化者。

“轰！”

罗屹如同一块陨石，带着刺目的光焰，挥拳向黄牛冲了过去。

不得不说，罗屹速度太快了，让很多人反应不过来，他释放出的能量也可怕无比，比所有神子、圣女级人物都厉害。

后方，楚风瞳孔收缩，暗暗为黄牛担心。他感觉到天神族少神哪怕身体虚弱，但也是一个无比强大的对手。

下一刻，黄牛一对雪白的小拳头有规律地振动起来，爆发出唯有用精神才能感应到的特殊波动。

他在动用共振术。

这一刻，楚风稍微放下心来。黄牛施展出绝世无双的共振术，这种秘法可以以弱击强，是越阶战斗的瑰宝级妙术。

同时，楚风惊叹，黄牛的天分太高了，他刚才传音告知黄牛共振术的秘密——源自大力牛魔拳，结果黄牛现在就施展出了。

事实上，黄牛自己也摸索出了共振术，不过他没有接着练道引呼吸法，而是改换成了妖族的无上呼吸法，所以没有盗取到共振术的终极秘密。

刚才经过楚风稍一点拨，他瞬间领悟。

黄牛人很小，面孔精致，大眼扑闪，肤色白皙，金色长发飘舞，像是从神话世界走出来的孩童。然而，他爆发出来的能量是惊人的。

黄牛跟罗屹对抗，迸发出刺目的光芒，令附近巍峨的山体都在轰鸣与摇晃。

远处，各路神子、圣女级人物都绝望了。连天神族少神都被对方队伍中的一个孩子挡住，这仗还怎么打？

后面可是还有一个大黑牛，他们感觉那应该是一个更厉害的狠角色。

一些人看出了黄牛和大黑牛的本体，理所当然地认为大黑牛是黄牛的长辈，应该是一个超级大魔王。

“呔！你们服不服？还不过来投降！”大黑牛一声断喝，那可真是惊天动地，各路神子、圣女级人物感觉头皮发麻。

那些人误认为大黑牛是黄牛的老爹或者师父，黄牛都敢跟天神族少神进行生死大战了，这位还不更厉害？

显然，大黑牛也意识到了这一误会，他站在大船上，更加表现出巨擘风采。

他稍微拢了拢大背头，昂首挺胸，再次叼起一根胡萝卜那么粗的雪茄。驴王则哈着腰上前，帮他点燃雪茄。

“牛魔王，我们愿意投降！”

果然，效果是惊人的。在黄牛跟罗屹大决战的背景下，大黑牛这种镇定的风范顿时让许多人发怵。

当场就有不少神子、圣女级人物放下秘宝，被骷髅生物抓住并押了过来。

瞬间，投降的人数已经由百余名激增到超过一百五十名。

“敢问这位牛王，你到底什么来头？”一名神子实在忍不住了，抬头看着大黑牛，询问他的来头。

这群人普遍认为，大黑牛的战力有可能高得吓人，打破了地星目前的平衡局面。

“家在火焰山，栖居芭蕉洞。”大黑牛一副绝世高手的样子，很深沉地回应道。

驴王拍马屁道：“大哥，别谦虚，我们都知道你无敌于天下，一旦出手，什么少神，直接压制！”

“我不做大哥好多年。”大黑牛来了这么一句。

就在这时，黄牛长啸，小小的身体发出刺目的光芒，共振术与妖族无上呼吸法结合，爆发出恐怖绝伦的威力。

罗屹不由得身体踉跄，向后退了几步。

他早已被大船发出的黑色光芒击伤了，发挥不了更加强大的力量，所以异常被动。

这一幕落在那些神子、圣女级人物眼中，则完全是另一种解读。

天神族少神都拿不下那个孩子？而那漂亮的孩子有可能是那个大黑牛的后代或者弟子！这样琢磨的话，那个大黑牛的实力得有多恐怖？

“我们也降了！”一批人气馁，低头走来，甘愿被俘。

“牛哥，大哥，厉害！”西伯利亚虎王自然知道是什么情况，不由得咧嘴大笑。

大黑牛很能装，他摆了摆手，叼着雪茄，淡定地开口道：“我不做大哥好多年，这次出山，实在是看不过域外这群人的做派。”

他这种姿态越发显得高深莫测，导致剩下的神子、圣女级人物都很泄气。

“还打什么？天神族少神带领我们降临，可现在他自顾不暇，被那个孩子打得受了伤。大势已去，我们都降了吧！”这时，一个地位较高的神子仰天长叹。

在他的影响下，一群人彻底泄气，哪怕原本打算鱼死网破的人也都有些失神，失去了拼命之心。

仅这么片刻间，投降的人就超过了两百名。也就是说，观想境的神子、圣女级人物有九成已经低下了骄傲的头颅。

“别相信他，他只是一头普通的老牛而已，哪里是什么绝世高手！”有人还在负隅顽抗，而且，他似乎了解大黑牛的一些过去。

驴王喊道：“轰击！牛哥自己说不做大哥好多年，但在我们心中依旧是大哥。”

蛤蟆斜着眼睛看他们，有点受不了了，但还是配合他们，吹响雪白的海螺。近乎腐烂的大船直接掉头，“轰”的一声发出黑色光芒。

那人当场形神俱灭。

“接着轰击吧！”蛤蟆发狠。蛤蟆预感到，不灭山快要将这些战船召唤走了，他们能动用战船的时间不多了。

“轰！”

下一刻，还在负隅顽抗的人有数人接连被黑色光芒击中。

“天神族也靠不住。来时气势如虹，光芒万丈，到头来却带我们陷入了绝境！”

终于，最后一根稻草压落，所有人都降了。

这时，黄牛与罗屹的大战越发激烈，两人打得难解难分。

“太厉害了，这个孩童才几岁，不愧是从专门培养妖圣的地方走出来的！”宇宙中，有老辈名宿惊叹道。他们已经洞悉大船与黄牛等人究竟是从哪里冒出来的了。

“嗖！”

就在这时，黄牛果断后退，道：“轰击他！我能感应到罗屹身上还有非凡的东西，很危险。”

黄牛跟罗屹的战斗停下了。

“射击！”大黑牛、蛤蟆等一起大喝，十艘大船全部发光，袭向罗屹。

“大胆！谁敢伤我族子弟？”地星外，有人冷冷地喝道，带着强烈的怒意和可怕的杀气，让星空中都一片寒冷。

然而，楚风等人并不理会。

罗屹披头散发，眼底深处闪过寒光，心中有不甘，更有愤怒。他身上不时发出白光，阻挡黑色光芒。

显然，这是在消耗他身上某件秘宝的能量。

天神族少神果然不简单，都到这一刻了，身上还有神秘的守护能量，让人心惊。

“轰隆！”

罗屹摔了出去，显然终究要不行了。

这时，楚风看了一眼大梦净土的人所在的方向，并与蛤蟆、黄牛等商量，能否利用大船将那辆蓝莹莹的车毁掉或者收走。

之前他们没有对大梦净土的人出手，是因为这边的敌人已经够多了，现在大局已定，可以考虑出击了。

域外的人终究需要防备，尤其是大梦净土的秦珞音曾经拒绝楚风前往该教，明显对他缺少善意。

这次秦珞音亲自赶来，多半是为她表姐出头。

楚风不想被动等待对方出招，而是想占据先机。他对那辆蓝色的车很忌惮，总觉得它可能会爆发惊天动地的威力。

“轰！”

就在这时，罗屹惨叫一声。他身上不再有白光冒出，身体则被黑色光芒击中，满地翻滚，他彻底失去了不久前的强势。

“好，攻击那个女人，我也觉得她是个危险人物。”蛤蟆点头，大黑牛、驴王也都同意。

“轰！”

数艘近乎腐烂的大船突然对蓝莹莹的车发起攻击，黑色光芒大盛。

然而，惊人的一幕出现了，蓝光映照高空，形成一片光幕，阻挡了大船的进攻，所有黑色光芒都被震散。

“这车果然厉害！”大黑牛叫道。

楚风心中的不安终于得到证实。难怪那女人不走，镇定地坐在车上观战。原来她有底气，那车非同寻常。

“这东西怎么能进入地星主空间？”楚风皱眉。

“继续！”黄牛道。黄牛跟蛤蟆一起，同时吹响雪白的海螺，催动十艘大船，一起轰击蓝色的车。

终于，车摇晃起来，光幕要崩开了。

“轰隆！”

突然，遥远的东海上，一座岛屿浮现，不灭山发光，气势磅礴，开始召唤那些不灭战船。

“嗡”的一声，昆林山这里，十艘大船和所有骷髅生物刹那间全都腾空而起，向东方而去。

这个变故惊呆了不少人。

“啊，时间到了！”大黑牛怪叫。

他们动用不灭山中的战船，召唤骷髅生物，都是有时间限制的。

“嗖！”

一道蓝光冲天，来自不灭山的力量将蓝色的车卷起，也给带走了。

大梦净土的秦珞音第一次变了脸色，哪怕她戴着五彩面具，人们也能感觉到她的惊疑。还好，在蓝色的车被卷起前，她“嗖”的一声腾空而去，没有被卷走。

“好！”楚风放心了，只要没有车就好。

此时，两百多名被俘虏的神子、圣女级人物目瞪口呆，无不变色。

他们懊恼而沮丧，无比后悔。只要刚才再坚持片刻，他们就赢定了！

“哈哈——”就在这时，身体遭受重创的罗屹勉强支撑着站了起来，神色异常冷峻，道，“我就知道，不灭山的东西不能久留。你们都死定了！”

“你一个废人，还想翻天？”驴王喝道。

“轰隆！”

驴王话音刚落，一道笔直无比的光束就从域外降下，跟罗屹交融在一起。那是一个近乎透明的玉石罐子，在散发神圣的光辉。

“我天神族嫡系子弟自古无敌，谁能抗衡？罗屹，现在赐你圣药，你赶紧恢复残身，将他们全部诛灭！”太空中，一个声音传来，有圣人开口，他一直在关注这一战。

所有人都心惊肉跳。天神族的圣人都来了，一直在太空中注视着这里？

那些投降的神子、圣女级人物更加后悔了，脸色苍白。

圣人虽然降临不了，却能送下一些药物来。

罗屹一口喝光玉石罐子中发光的圣药，他的躯体无比璀璨，很快便恢复如初。

在此过程中，一件白色器物在他身旁浮现，守护着他，让别人无法靠近。

“还真让他翻天了！”驴王小声道，神色凝重。

“轰！”

罗屹那里迸发刺目的光芒，让所有人都睁不开双眼，他的气息一下子恢复到巅峰状态。

“你们所有人都将死无葬身之地！”罗屹大吼，满头金色发丝乱舞。他站在一团耀眼的金光中，爆发出汪洋般的能量。

“我刚才身体受创，血气不足，无法真正地进行激烈战斗，现在恢复到巅峰状态，你们哪个是我的对手？一起上吧！”他无比骄傲与自负。

罗屹站立之地发生大爆炸，一朵又一朵云腾起。

这一刻，蛤蟆、黄牛都神色凝重，但都跃跃欲试，想要上前一战。

“这一次，让我来！”楚风开口，也神色凝重。他走了出去，准备迎战巅峰状态的天神族少神。

罗屹恢复实力后，状态前所未有地好，圣药化开，让他全身细胞活性激增，金色的云在他身边不断腾起。

“不要争了，你们几个一起上吧！没落之地的进化者都是土鸡瓦狗！”罗屹言语轻狂，无比放肆。身体复原后，他信心百倍，在这种状态下，他不认为有人会是自己的对手。

“这孙子真是得志就张狂！”蛤蟆跳脚，狂喷口水。那大雨点般的口水“哗哗”地向外喷溅，都快溅到罗屹身上了。

“你真是太嚣张了！天神族了不起啊，还不是被我们打成光杆司令了！”驴王也不忿。

西伯利亚虎王也叫道：“装什么装！你信心百倍，带着那么多人降临地星，以为会辉煌无比，可是你带来的人呢？就连你自己刚才也被重创！别嘚瑟！”

楚风摆手，让他们不要多说。不就是一战吗？他已进入观想境，没什么可怕的！

“你们真是让人失望。”罗屹盯着那群投降的神子、圣女级人物。哪怕他被刺目的光团笼罩着，那些人也能感觉到他金色瞳孔中的冷酷。

一些人神色不自然。刚才他们若再坚持片刻，那些大船与骷髅生物就会被召唤回去，着实可惜。

不过，也有许多人不以为然。天神族少神自己都差点被灭，现在有什么资格来责备他们？

降临前，罗屹自信满满，称要带他们统御这颗星球，掌控一切。然而现实很残酷，如果不降，他们可能会全军覆没。

“少神，这能怪我们吗？那些骷髅生物和大船根本无法对抗。”有人道。

罗屹一声冷哼，想到不久前的事，他脸色更加冰冷，恨不得立刻消灭黄牛、蛤蟆与大黑牛等。

然后，罗屹不再理会那些神子、圣女级人物，而是转身走向大梦净土的人，像是有话要与秦珞音讲。

另一边，楚风也在安排，将罗妙香交给黄牛与蛤蟆盯着。这是秦珞音的表姐，必须看好。

“秦珞音敢妄动的话，你们直接拿罗妙香挡着，想来这是她的表姐，她不敢轻易出手。”

事实上，楚风对秦珞音很忌惮，毕竟她号称宇宙年轻一代十大高手之一，比罗屹更厉害。

同时，楚风提醒黄牛等，秦珞音以梦入道，可托梦杀人，精神力超凡，是一个非常恐怖的敌人，一定得谨慎防备。

“放心，我对罗妙香施展了锁命术，我们一旦完蛋，她也只能陪葬。”驴王告知楚风。

驴王在不灭山别的没学到，倒是学到很多稀奇古怪的东西。

昆林山杀气冲天。

“楚风，滚过来领死！”罗屹喝道，声音冷厉。这时，他已经和大梦净土的人分开，立在前方。

哪怕只是一个人，他也如千军万马般可怕，浑身散发金光，整个人都刺目无比。

“你们天神族一向滚来滚去吗？”楚风回应。

“过来吧，领死！”罗屹指着楚风，对他勾手，言语越发轻慢。

后面，大黑牛、周全等人都脸色铁青。这个天神族少神太霸道、太目中无人了。

楚风还算平静，站在那里没动，只是冷冷地盯着罗屹。

罗屹言辞越发轻狂：“一群失败者的后裔，当年你们的祖先是我天神族先辈的手下败将，今天你们也将是我的手下败将，这是你们的宿命！”

楚风脸色阴沉。对方太肆无忌惮了，真没有把他当一回事。

“不作死就不会死！”楚风冷冷地道。

罗屹的声音不含任何感情：“当年，我天神族的强者灭掉这颗星球上的最强之人，诛灭你们的先辈，而自己依旧好好地活着。作死的是你们这群不知天高地厚的人！你们挑战我们的威严，必死无疑！”

他一而再，再而三地提及先人，说到旧事，令楚风忍无可忍，身体迸发刺目的光芒，能量激荡起来。

楚风冷冷地道：“天神族算什么？我早晚亲自登上天神星，去讨个说法。今天就从你开始！”

楚风知道对方是故意的，想引起他的情绪波动，但是，他哪怕心有愤怒，感知依旧是敏锐的。他不惧挑战。

太空中，有人声音淡漠地开口道：“罗屹，斩了他！他只是一个才进入观想境的小辈而已，与你相比，在进化层次上有明显差距。你除掉他轻而易举。”

天神族的圣人在域外发话，等于金口玉言，顿时引发轰动。

楚风进入观想境了？其他人都无比吃惊，心中掀起了惊涛骇浪。若非域外的圣人点出，他们都还不知道。

罗屹开口道：“好，老祖请观战。我现在跟族人一样，开始讨厌这颗星球上的一切生物了，一切对手都会灰飞烟灭！”

楚风道：“域外的老钩犾蛋，我今天先对付你的后人，下次再去对付你！”

然后，他与罗屹几乎同时冲出，全力出手。

“轰！”

第一击而已，两人就迸发出刺目的光芒，拳印碰撞，能量翻腾。

“嗯？”罗屹吃惊。这是他第一次跟楚风碰撞，对方的能量没有他的气势磅礴，这是境界上的差距造成的，但是也很难缠。

共振术！

这是楚风以弱击强的底气所在！

“真当我天神族没有绝世妙术吗？”罗屹冷笑。

一刹那，他的身体化成一道光，速度飞快，拳印恐怖，身体的生命气息都仿佛被隐藏起来了。

“不就是流光拳吗？我也会！”楚风嘲讽道。当然，他用的是精神力传音，真要开口说话的话，他会跟不上罗屹的速度。

“砰！”

两人交手，施展的都是流光拳，速度都超级快。

“流光拳只算是很普通的一种拳法，想要见识我天神族绝学，我满足你！”罗屹开口，拳印再变。

“轰隆”一声，让人震惊的画面出现，罗屹的拳头间迸发金色的能量旋涡，宛若一张大嘴张开，要吞噬楚风浑身的血气。

这种拳印有古怪，非常可怕。

“饕餮拳！”星空中，有人认出了这种拳法，不由得惊呼起来。饕餮拳乃神兽绝学，威力奇大无比，居然被天神族掌握了。

人们叹息，十大星球果然底蕴深厚，早就听闻天神族在储备属于神兽的绝顶拳法。

楚风心悸，有血气从毛孔中飞出，要被吸走。

这种拳法果然惊人。若是换作别人，估计会被饕餮拳夺走大量血气，这实在有些可怕。

“轰隆！”

楚风施展紫气东来拳，并催动道引呼吸法，希冀模仿饕餮拳。

“还不够，再来！”罗屹眼神冷厉，施展精神武功。他的眉心处飞出金色的涟漪，化成剑刃，横扫向楚风。

“轰！”

楚风浑身发光，运转道引呼吸法。他的眉心也在发光，精神力大增，翻涌而出。

两人冲撞向一起，进行生死搏斗。

楚风将呼吸法、共振术、紫气东来拳一起施展，大战天神族的敌人。

处于巅峰状态的罗屹比之前不知道强了多少，满头金色发丝飞舞。他咆哮着，恨不得立刻诛灭楚风。

“轰！”

拳印碰撞，精神力交锋，两人全方位地对抗，很激烈。

这一刻，域外的天神族圣人目光森冷，吩咐道：“一定要斩了他，不要放他逃走！”

“砰砰砰——”

昆林山中，两道身影动作很怪，像是两道闪电在纠缠着，光芒耀眼，战斗越发激烈。

“罗屹，你太弱了！”后方，驴王喊道，为楚风助威。

“诸位看到没有，我兄弟楚风才进入观想境，就可以跟罗屹决战！”大黑牛也喊道。

（本册完）

《异人崛起12》即将上市！敬请关注！